欧洲近代
三大家哲理散文
精华本

李代广 ◎ 编

北京工业大学出版社

图书在版编目（CIP）数据

欧洲近代三大家哲理散文：精华本／李代广编．
—北京：北京工业大学出版社，2012.8
ISBN 978-7-5639-3170-5

Ⅰ．①欧… Ⅱ．①李… Ⅲ．①散文集－欧洲－近代
Ⅳ．①I506.4

中国版本图书馆CIP数据核字（2012）第156887号

欧洲近代三大家哲理散文·精华本

编　　者：	李代广
责任编辑：	王　瑶　姜　山
封面设计：	尚世视觉
出版发行：	北京工业大学出版社
	（北京市朝阳区平乐园100号　100124）
	010－67391722（传真）　　bgdcbs@sina.com
出 版 人：	郝　勇
经销单位：	全国各地新华书店
承印单位：	唐山才智印刷有限公司
开　　本：	787 mm×1092 mm　1/16
印　　张：	17
字　　数：	259千字
版　　次：	2012年9月第1版
印　　次：	2021年1月第2次印刷
标准书号：	ISBN 978-7-5639-3170-5
定　　价：	32.00元

版权所有　翻印必究
（如发现印装质量问题，请寄本社发行部调换 010－67391106）

前　言

　　本书精选了培根、蒙田、帕斯卡尔的随笔佳作。这三位伟大的欧洲哲学家可谓对后世影响深远，那就让我们先了解一下他们的身世和写作特点吧。

　　培根（1561年—1626年），英国哲学家、作家。出身官僚家庭。剑桥大学毕业。后又学习法律。1618年任大理院院长，封为勋爵。1621年因受贿被国会弹劾去职，嗣后居家著述。1626年冬由于在野外试验雪的防腐作用而受寒致死。

　　《随笔集》是培根在文学方面的主要著作，初版于1597年，只包含10篇极短的摘记式文章，经过1612年、1625年两次增补扩充，才收入短文58篇，然而它在英国文学史上却有着重要地位。作者是一个通晓人情世故的哲学家和政治活动家，他对每个题目都有独到之见，而文笔紧凑，老练，锐利，说理透彻，警句迭出，例如："善择时即省时。""德行犹如宝石，朴素最美。""顺境易见劣性，逆境易见德性。""一切腾达，无不须循小梯盘旋而上。""声名犹如大河，空虚无物者浮，实学有才者沉。""读书使人充实，讨论使人机智，笔记使人准确。"这些话充满成熟的人生经验，而写法则务求清楚达意。使用的比喻十分恰当，但都来自实际。培根的文章也写得富于诗意。诗人雪莱读了他的随笔《死亡》以后，曾赞叹说："培根勋爵是一个诗人。"（《诗之辩护》）本书精选了培根的36篇文章。

　　蒙田（1533年—1592年），原名米歇尔·埃康，法国文艺复兴时期最著名的思想家和散文家。蒙田出生于法国南部的一个贵族家庭，因为家境宽裕，从小他便受到良好的教育。蒙田年轻时进入波尔多最高法院任职，在那里遇到律师伯蒂埃，并与他建立纯真深厚的友谊。

　　蒙田是一个特立独行、勤于思考的伟大哲学家，也正因如此才写成了博大深邃的《蒙田随笔集》。《蒙田随笔集》的内容虽然包罗万象，但说到底表达的仍然是蒙田的人生哲学。他的人生哲学绝对不是凭空而说的东西，而是

源自实实在在的生活经验并经过独立思考提升而成的思想结晶。俄罗斯著名作家赫尔岑曾经说过，蒙田的人生哲学是基于生活和自我思考，基于对往事的总结，部分地也是基于对古代作家的理解和长期实际研究的自由观点。他的随笔之所以能够达到天马行空、随意挥洒、汪洋恣肆、行云流水的自由境界，也是因为这种写作资源和根本立场的影响。与此同时，这种写作资源和根本立场又让他的随笔使人感觉到真实自然，富有亲和力。《蒙田随笔集》的思想和艺术魅力几百年来有增无减，至今仍然广为流传。本书精选了蒙田的30篇文章。

布莱兹·帕斯卡尔（1623年—1662年），17世纪最伟大的思想家和数学家之一。

1623年，帕斯卡尔生于法国奥弗涅的克莱蒙费朗，父亲是一位文职官员，但精通数学，对小帕斯卡尔的影响很大。帕斯卡尔一家都是虔诚的天主教信徒。帕斯卡尔自小就表现出数学天分，在父亲的精心指导下，他小时就精通欧几里得几何，还发现了欧几里得的前32条定理，而且顺序也完全一致。12岁时，帕斯卡尔独自发现了"三角形的内角和等于180度"。

帕斯卡尔在人类思想史，尤其在哲学思想和宗教神学上居于重要的地位。1647年，帕斯卡尔写了《论权威——〈真空论〉序》。从区分两种学科入手，帕斯卡尔认为有一类学科（如历史、古代语言、神学）可以以古代人做权威，而另一类学科（如数学、自然科学）则必须依据实验和推理拓展和完善。他认为科学是"发展和进步"的，人类及其个体有着"相对应"的发展，"人类知识的增长"好比"一个人知识的增长"，所以，古人则好比"幼稚的孩子"，他们的知识构成人类知识的"童年"，而今人才是"成熟的成年"，他们知道的比古人要多，要完善。本书精选了帕斯卡尔的七篇文章。

这三位不平凡的哲学家用其不平凡的人生经历向我们讲述了关于人生的哲理，这些文字将流传千古，经久不衰……那么，就让我们在这哲学之海徜徉吧！

目 录

培根随笔 …………………………………………………………… 1
  一   谈荣誉和名声 …………………………………………… 1
  二   谈礼貌 …………………………………………………… 2
  三   谈虚荣 …………………………………………………… 3
  四   谈养生之道 ……………………………………………… 5
  五   谈父母与子女 …………………………………………… 6
  六   谈诤谏 …………………………………………………… 7
  七   谈君权 …………………………………………………… 10
  八   谈报复 …………………………………………………… 15
  九   谈作假与掩饰 …………………………………………… 16
  十   谈厄运 …………………………………………………… 18
  十一   谈嫉妒 ………………………………………………… 19
  十二   谈爱情 ………………………………………………… 23
  十三   谈胆大 ………………………………………………… 25
  十四   谈迷信 ………………………………………………… 26
  十五   谈善与性善 …………………………………………… 28
  十六   谈贵族 ………………………………………………… 29
  十七   谈旅游 ………………………………………………… 31
  十八   谈拖延 ………………………………………………… 32
  十九   谈快捷 ………………………………………………… 33
  二十   谈假聪明 ……………………………………………… 34
  二十一   谈狡猾 ……………………………………………… 35
  二十二   谈利己之道 ………………………………………… 38

欧洲近代三大家哲理散文

· 精华本

二十三	谈革新	39
二十四	谈友谊	40
二十五	谈猜疑	46
二十六	谈殖民地	47
二十七	谈预言	49
二十八	谈人的天性	52
二十九	谈幸运	53
三十	谈残疾	55
三十一	谈放债	56
三十二	谈随从与朋友	58
三十三	谈求情办事者	59
三十四	谈协商	61
三十五	谈学养	62
三十六	谈愤怒	63

蒙田随笔 ············ 65

一	论悲哀	65
二	论闲逸	68
三	论辩才的急慢	70
四	论恐惧	71
五	论友谊	74
六	论交往	86
七	论良心	89
八	论交谈艺术	91
九	论功利和诚实	94
十	论相貌	97
十一	论想象的力量	99
十二	论言过其实	103
十三	论学究气	106
十四	论自我衡量	108

十五	论坐井观天	110
十六	论怯懦是暴虐的根由	112
十七	论命运的安排	115
十八	论读书	118
十九	谈适度	121
二十	谈酗酒	123
二十一	谈死亡	124
二十二	谈感官	127
二十三	我们的感情延续到死后	129
二十四	凭动机判断我们的行为	134
二十五	是否可以凭人们的见识来评定真假之狂妄	135
二十六	谈婚姻	139
二十七	平和执中	140
二十八	别为死而操心	141
二十九	要生活得写意	142
三十	人之常规	144

帕斯卡尔思想录 …… 146
　一　关于精神和文风的思想 …… 146
　二　人没有上帝是可悲的 …… 159
　三　正义和作用的原因 …… 197
　四　哲学家 …… 207
　五　道德和学说 …… 222
　六　基督宗教的基础 …… 248
　七　永存性 …… 254

培 根 随 笔

一 谈荣誉和名声

赢得荣誉可以原原本本地显露出一个人的才德与价值,所以有的人做事就一心追求荣誉和名声,对待这种人,别人口头议论的多,但心里佩服的少。有的人则恰恰相反,他们竭力遮掩自己的才德,所以受到别人的轻视。

如果有人做的事前人没有尝试过,或者前人尝试过又半途而废,或者完成了却遭到周围人的冷嘲热讽;有人却在别人的基础上完成了一项难度更大的事业,这样看来,前者赢得的荣誉应当更多。如果他能把自己的行动充分调和,以至于使行动中的每个方面的人都称心如意,那喇叭就会吹得更响。有的事办砸了就会臭名远扬,把人办成了风光有限,谁若办这种事,谁就不懂珍惜荣誉。战胜他人争得的荣誉就像被切割成多面体的宝石,光彩夺目。所以要让一个人乐于压倒竞争对手去争荣誉,在有可能的情况下,偏要在名家的本行里战胜名家!谨言慎行的随从和仆人能帮助主人名声大噪,"一切名声出自家仆"。嫉妒是荣誉的溃疡,若要将它根除,只有一个办法,那就是对外称自己的目的是建功而非出名,并把自己的成功归因于神助或幸运,而不是自己的才德和策略。

君王真正的荣誉排序如下:第一等是"开国之君",如罗穆卢斯、居鲁士、恺撒、奥斯曼、伊斯梅尔。第二等是"立法之君",也可以称"第二开国君王"或"万世之君",因为在他们作古后,后人仍靠他们的法令治国,如莱克格斯、梭伦、查士丁尼、埃德加,制定《七章法典》的英明的卡斯蒂利亚王阿方索。第三等是"解放之君",或"保国之君",是那

些解决了长期内战的苦难，或者把国家从异族或暴君的奴役下解救出来的国君，如奥古斯都·恺撒、韦斯巴芗、奥雷连、狄奥多里克、英王亨利七世、法王亨利四世。第四等是"扩国君"或"卫国君"，那些在光荣的战争中扩张领土，或抵御侵略者的君主。最末一等是"国父"，即那些治国有道，在自己有生之年成就太平盛世的君主。后两等不必举例，因为这两种君主数不胜数。

臣民的荣誉等级如下：第一等是"为主分忧之臣"，也就是君王委以重任的人，我们称之为君主的"右手"。第二等是"战将"，即伟大的统帅，辅佐君王，立下赫赫战功的人。第三等是"宠臣"，只以能慰君但不害民为限。第四等是"能臣"，即在君王之下身居高位，处理政务成效卓著的人。

还有一种荣誉，可以跻身于最高荣誉之列，但非常罕见，那是为了国家的利益可以万死不辞的人才能得到的，如雷古卢斯和德西乌斯父子。

二　谈礼貌

凡是笃实的人，必须要有过人的才德，就好像不用装饰的宝石必须是非常珍贵的一样。一个人如果多加留心，他就会看到人博得赞扬的情况跟生财取利的情况是一样的。常言道出真理："小利可以生大财"，因为小利来得频繁，大利却偶尔才得一见，同样的道理，小事情会赢得大赞许，是因为小事常有，所以常做小事的人常常引起更多的注意，而施展大才大德的机会却像过节一样罕见。举止得体会增大一个人的声望，正如伊莎贝拉女王所言，它是一封永久的推荐书。

要做到举止得体，只要做到不轻视它就大致可以了，因为不轻视，就会注意别人的举止，其余的就靠自己了。如果处心积虑地要表现一番，反而失去了它的优美，而优美应当是自然而然、不装腔作势的。有些人的举止就像一节诗，每个音节都经过推敲，但一个人太斤斤计较，怎么能做大事？如果你一点也不讲究礼貌，就等于叫别人对你也不讲礼貌，这就会使别人对你不尊重。对待生人和拘泥于礼仪的人，礼貌尤其不可忽视。然而一味地讲礼貌，把礼貌捧得比天高，这不仅会显得无聊，而且会减少人们对说话人的信任。当然，在赞语中是有一种效果好、印象深的表达方法的，如能找到，那就会有特殊的用途。

人在同伴中间肯定受到亲密无间的对待，因此还是严肃一点为好。人在下属中间一定会受到敬重，因此亲密一点才对。如果一个人什么事都不会变通，结果换了场合就惹得别人反感，就使自己显得太掉价丢份儿。助人为乐值得称道，但必须表明这样做是出于对别人的关心，而不是为了自己的利益。在支持别人的意见的时候，一般加上一点自己的看法为好。如果你同意他的看法，应当略有一点区别；如果你拥护他的动议，最好附带上一点条件；如果你赞成他的议论，不妨再说一点理由。

人应当注意不要成为马屁精。因为不论一个人在别的方面是怎样能干，嫉妒他的人肯定会说这是他的唯一特长，有损于他更大才德的展现。做事的时候奉命唯谨，或过分计较时间场合也是不可取的。所罗门①有言："看风的必不撒种，望云的必不收割。"智者创造的机会比找到的更多。人的举止应当像身上的衣服，不可太紧，不可过于精当，而应宽松一点，便于活动。

三　谈虚荣

伊索的构思实在美妙——苍蝇坐在战车的轮轴上说："我扬起的尘土多大呀！"有些爱慕虚荣的人正是这样，无论什么事情，不管是自行产生的，还是由其他更大的因素驱动的，只要他们一插手，就认为是他们促成的。爱吹牛的人一定爱闹派性，因为口出狂言总要依赖比较。要夸海口就必然言行激烈，这种人也不能保守秘密，因此办事就不会牢靠，按照法国

---

① 据《希伯来圣经》的记载，所罗门王是大卫与拔示巴的儿子，以色列王国的第三任君主。所罗门王是耶路撒冷第一圣殿的建造者，并有超人的智慧，大量的财富和无上的权力。但最后由于所罗门王的罪过（包括邪神崇拜和背弃神的旨意）导致在他的儿子罗波安执政时期王国发生了分裂。所罗门王还是后世许多文献和传说的主角。

的谚语说,就是"声音大,成果小"。

然而,在政治事务中这种品性倒有一定用处,因为在某种场合,需要制造一种大才德的好名声,而这些人就是很好的鼓吹手。而且,正如李维①在安条克和埃特利亚人那里所注意到的那样,互相矛盾的谎言是有奇效的。例如,一个人在两个君王之间游说,要引诱他们联合起来对付第三方,便竭力向一方虚张另一方的声势。有时候一个人在两个人之间斡旋,向一方吹嘘他在另一方的影响,从而同时提高在两个人心目中的威望。在这一类事件中往往能在虚中务出实来,就是:谎言足以产生见解,见解可以带来实质性的结果。

对军官和士兵而言,虚荣心是一种不可或缺的东西。铁可以把铁磨利,同样,借助于虚荣,勇气也是可以互相磨利的。在花销多、风险大的事业单位中,掺杂一些虚荣心强的人,的确能给事业注入活力。而生性稳重、头脑清醒的人发挥的则是压舱物的作用,而不是风帆的作用。学问的声名若不装点几根炫耀的羽毛,飞起来就十分缓慢。有句话说"那些著书立说去贬斥虚荣的人还是把自己的名字写在扉页上"。原来苏格拉底②、亚里士多德③和盖伦④都是爱炫耀的人。虚荣确实能帮助一个人青史留名,而才德从来不曾完全仰仗人性落到间接接受自己应得的东西的地步。西塞罗⑤、塞内加⑥、小普林尼⑦的声名之所以永世长存,是与他们自己的虚荣

---

① 李维(前59年—17年),全名提图斯·李维,古罗马历史学家。据说出身贵族,早年受过良好的传统教育。他学习了文学、史学、修辞学、演说术等,是罗马共和后期学问渊博、几乎无所不知的大学问家。与屋大维过从甚密。

② 苏格拉底(前469年—前399年),著名的古希腊思想家、哲学家、教育家,他和他的学生柏拉图,以及柏拉图的学生亚里士多德被并称为"古希腊三贤",更被后人广泛认为是西方哲学的奠基者。

③ 亚里士多德(约前384年—前322年),古希腊哲学家、逻辑学家、科学家。亚里士多德首次将哲学和其他科学区别开来,开创了逻辑学、伦理学、政治学和生物学等学科的独立研究。其学术思想对西方文化的发展影响深远。

④ 盖伦(129年—199年),古罗马时期最著名最有影响的医学大师,最著名的医生和解剖学家。他一生专心致力于医疗实践解剖研究,写作和各类学术活动。

⑤ 西塞罗(前106年—前43年),罗马共和国著名演说家和政治家,被誉为"拉丁语雄辩家"、散文家,也被认为是三权分立学说的古代先驱。

⑥ 塞内加(约前4年—65年),古罗马时代著名斯多葛学派哲学家。曾任尼禄皇帝的导师及顾问,公元62年因躲避政治斗争而引退,但仍于公元65年被尼禄逼迫自杀。

⑦ 盖尤斯·普林尼·采西利尤斯·塞孔都斯,也被称为小普林尼(61年—约113年)是一位罗马帝国元老和作家。

心分不开的。虚荣心就像油漆,不仅使屋内熠熠生辉,而且让它历久常新。

然而在此期间,我说的虚荣并不是指塔西佗①所说的穆西亚努斯②的品质——一个能用某种技艺突显自己的一切言行的人。因为虚荣并非出自虚荣心理,而是出自天生的豁达与谨慎。甚至在某些人身上,不仅显得得体,而且优雅。道歉、谦让、谦虚本身,如果掌握得当,都有自己的用处。那就放开手脚赞扬别人吧,小普林尼说得极其巧妙:"你赞扬别人的时候其实是给自己讨公道,因为你所赞扬的人在你所赞扬的方面,不是比你强就是比你差。要是比你差,但是他应当赞扬,那就该赞扬,如果比你强,要是他不该赞扬,你也不应当赞扬了。"

虚荣的人为智者鄙视,受愚人钦羡,是寄生者的偶像,也是他们自己的奴隶。

四　谈养生之道

医规之外还有养生之道。一个人自己观察,发现什么有益,什么有害,乃是最好的保健药品,从而下结论说"这个不适合我,因此我不会再用"比说"我发现这样无害,因此我可以使用"要保险。年富力强时人往往放浪形骸,但是这笔欠账到老年是要偿还的。注意年龄的增长,不要老是一如既往,因为年龄不饶人。饮食事关重大,切勿突然改变,如果非变不可,别的习惯也要相应改变。因为自然和政治都存在一种秘诀:多处改变比一处改变安全。检查一下你的饮食、睡眠、运动、穿衣等方面的习惯有什么不好,将你认为有害的那些设法逐渐戒除。不过,如果改变给你带来了什么不便,你仍然可以恢复旧日的习惯,因为通行的健身习惯对自己的身体有益,将其与具体做法区分开来,十分困难。吃饭、睡觉、运动时

---

① 普布里乌斯·克奈里乌斯·塔西佗(约55年—120年)是古罗马最伟大的历史学家,他继承并发展了李维的史学传统和成就,在罗马史学上的地位犹如修昔底德在希腊史学上的地位。

② 穆西亚努斯,罗马将领。

心情舒畅，精神愉快，是益寿延年的诀窍之一。谈及思想感情，嫉妒、忧虑、生闷气、钻牛角尖、欣喜若狂、黯然神伤，这些情绪都是要不得的。要满怀希望、心情愉快，但不可大喜过望；娱乐要多种多样，但不可造成乐极生悲的地步。要有惊羡之情和新奇之感。要有学问，使脑海里充满诸如历史、寓言、自然研究等光辉灿烂的事物。如果身体健康时完全摒弃药物，等你需要时身体就会对药物感到过于生疏，如果你平时药不离身，有病时它就没有特效。我倒主张随季节变换饮食，而不要经常服用药物，除非你已经养成了用药的习惯。因为不同的食物给身体带来的益处大，麻烦少。身体上有什么新的生病的苗头，千万不可等闲视之，而应当征求医生的意见。有病时，多着眼于健康；健康时，多着眼于活动。因为健康能使人体有耐力，偶染微恙只需注意饮食，稍加调养就可痊愈。塞尔苏斯提出：一个人应当体验与自己截然相反的生活习惯，但要倾向于更加宜人的一端。禁食和饱食都不妨一试，但以饱食为主；守夜和睡眠都可以实行，但以睡眠为主；静坐与运动可以并举，但以运动为主，诸如此类，不一而足。他认为这是健康长寿的一大秘诀，如果他不同时是一位哲人，他是绝不会以一个医生的身份这样说的。这样做不仅可以维护生理健康，而且可以增强体力。有些医生喜欢迎合病人的性情，却不努力真正治病；有些医生对医术循规蹈矩，但对病人的情况不大注意。请医生还是请一位适中的，如果找不到一个二者兼备的人，那就各请一位，合二为一。不要忘记：不一定要请医学界最有名的，但要请对你的身体最熟悉的。

五　谈父母与子女

父母的喜怒总是不形于色，欢乐他们无法说，悲哀与恐惧则不肯说。子女使他们的辛苦变甜，也使他们的不幸更苦；子女为他们增添了生的忧虑，却减轻了死的记怀。传宗接代是动物的通例，而名声、德行和功业则为人类独有。人们一定看到，丰功伟业总出自无儿无女的老绝户之手，因为这种人力图在他们肉体形象后继无人的情况下表现他们精神的形象，所以没有后代的人反而最关心后代。创立家业的人对子女最纵容，因为他们把子女不仅看做家族的传承者，而且还是他们的延续，所以他们既是子女，又是造物。

父母疼爱子女时往往厚此薄彼，有时候心眼偏得没有道理，尤其是母亲。正如所罗门所言："智慧之子使父亲欢乐，愚昧之子叫母亲担忧"。人们一定看到，有的家里儿女满堂，老大老二深受器重，老小备受娇惯。居中的几个好像被父母遗忘，然而事实往往证明他们最有出息。

父母对孩子的零用钱抠得太紧是个错误，必生祸患，这样做使他们变得卑贱，学会投机取巧，结交一些狐朋狗友，日后手头宽裕时，更会放浪形骸。因此当父母的权威用在严管子女，而不是严管钱包时，才有最好的效果。

人们有一种愚蠢的作风（父母、老师、仆人都是这样），就是挑动年幼的弟兄争强好胜，结果成年后往往兄弟失和，家庭不安。意大利人不大区分子女侄甥或近亲，只要同居一族，纵然不是亲生子女，也无所谓。说实话，在性质上，这大体上是同一回事。由于血缘，我们有时会看见某个侄子或外甥更像叔伯、舅舅或别的亲人，却不像他的生父。

父母打算让子女做何种职业，走什么道路，应趁早选定，因为小时候他们的可塑性最强。父母不必太拘泥儿女的爱好，别以为子女最爱做的就一定能做得最好。当然，不应该看到子女的爱就要横加干预。不过一般来说，这句格言讲得很好："选择最好的，习惯会使他变得轻松愉快"。

最小的弟弟通常很幸运，但很少，甚至从来没有因为兄长被剥夺了继承权而走运得福。

六　谈诤谏

人与人之间最大的信任就是对提出的诤谏的信任。因为在别的信任中，人们把生活的一部分委托予人，如田地、产业、子女、信贷等某些事情，然而对那些被选为谏臣诤友的人，常常被授予生活全部。由此可见，

诤谏者更应当忠诚正直。明君切不可认为听从诤谏就会减损他们的伟大，贬低他们的能力。上帝本人也离不开诤谏，因此把"策士"定为圣子的一个尊号。所罗门也说"诤谏中有安定"。事情要再三掂量，如果不在争议中颠簸，就要在运气的浪头上翻腾，而且一波三折，成败不定，恰如一个醉汉踉跄行路一样。如同所罗门看见了诤谏的必要一样，他的儿子则发现了诤谏的力量。因为上帝钟爱的王国最初就是被妖言分裂解体的。这个妖言有两点，我们可以引以为鉴，从而永远明察妖言：就人而论它是孺子之言；就事而论它是狂暴之言。

君王与诤谏密不可分的关系，以及君王明智、策略地纳谏的情况，古人都有形象的描述：他们说朱庇特①娶了美蒂斯，美蒂斯就代表诤谏。他们借此有意表示君权与诤谏的合婚关系。后面的故事是这样讲的，朱庇特与美蒂斯成婚以后，她便身怀六甲。但是朱庇特等不到她把孩子生下就将她吞进肚里，结果他却有了身孕，后来就从脑袋里生出了全身披挂的帕拉斯。这个荒诞不经的寓言包含着君权的秘密，即君王应当怎样利用议会：君王应当把事情交给朝臣策士议论（这就是受孕怀胎），但事务在议会的子宫里发育，成形、成熟长大、准备出生的时候，君王就不能让议会发号施令，仿佛此事全仰仗议会一样，而应把事务收回到自己手里，向世界表明那些敕令和最终指示（因为出台时审慎而有力，所以酷似全身披挂的帕拉斯）都是出自君王之口，不但来自他们的权威，而且（为了增强自身的声望）出自他们的才智谋略。

现在让我们谈谈诤谏的弊病和治病的良药。人们已经注意到求谏和纳谏时有三大弊病：一、暴露事由，难以保密；二、有损君王权威，仿佛权威不完全在君主手里；三、有听信谗言的危险，对进谏者利大，于纳谏者利小。为了根治以上弊病，意大利的理论和法兰西的实践在几代君王当朝时，都引进过秘密会议制度，这是一种比病还猛的药。

说到保密，君王不必事事都向议会通报，可以有所择取，征询应做何事者不必宣布欲做何事。但君王千万当心，自己不要泄密。至于秘密会

---

① 朱庇特是古罗马神话中的主神，第三任神王；科洛诺斯和瑞亚之子，掌管天界。以贪花好色著称，奥林匹斯的许多神祇和许多英雄都是他和不同女人生下的子女。

议,"我漏洞百出"这句话可以作为他们的警句。一个以碎嘴饶舌为荣的傻子会比许多知道保密责任的明白人危害还大。的确,有些事需要高度保密,除了君王,最多只能让一两个人知道。这样的诤谏不见得不好,因为除了有利于保密,这些诤谏一般是在大方向上一致,没有分歧。不过那必须是一位能独立操作,埋头苦干的明主,而且那几个心腹也必须是明达之士,尤其对国王的旨意要忠心耿耿。英王亨利七世①就是例子,至关重大的事情,他总是讳莫如深,隐而不言,只对莫顿和福克斯②透露。

关于有损君王权威的情况,上面的寓言也开了治病的良药。何况,国王的尊严在他们主持议事时不仅不会降低,反而还会增高。从来没有一个君王被他的议会搞成孤家寡人,除非某个谏臣势力过大,或者有几个结成死党,但这种情况容易发觉,也不难制止。

至于最后一个弊病,即有人进谏时总着眼于自己。无疑,"他在世上遇不见信德"指的是时代的特征,并非所有人的禀性。有些人生性忠诚、耿直,而不是狡诈、复杂,君王应当首先把这种人吸引到身边来。通常谏官并不是铁板一块,而是彼此戒备,因此如果有人出于派性和私利进言,一般是要传到君王耳朵里去的。然而治病的灵丹妙药则是:如果君王了解谏臣如同谏臣了解君王,那么,君王之大德在于知人。

另一方面,谏臣不应当过多地揣摩君王的为人。谏臣的真正品格是精通君王的事务而不是熟知他的脾性,因为只有这样他才可能向君王提出忠告,而不是投其所好。君王听取诤谏时若能做到单独与集体兼顾,那定会收到奇效。因为私下的诤谏较为随便,当众的诤谏则更顾及人望。在私下,人们可以按自己的性情大胆进谏,在众人面前,人们更容易受到别人性情的影响。因此,还是兼听为善。听微臣的诤谏最好在私下,好让他们畅所欲言,听重臣的诤谏最好是当众,好让人家赢得体面。君王听取的诤谏如果只谈事不论人,那就徒劳无功。因为事都是死的偶像,而办事的效果全赖于选人精当。关于人的问题,如果用触类旁通的办法像处理一种概

---

① 亨利七世(1457年—1509年),英格兰国王,1485年8月22日到1509年4月21日在位,都铎王朝的建立者。亨利七世任内奖励工商业发展。有"贤王"之称。

② 约翰·莫顿,为亨利七世的机要大臣。理查德·福克斯,在亨利七世即位前就已替他效犬马之劳,深得亨利七世赏识。

培根随笔

念或数学定义那样,只顾及那人应当是哪一种类型、哪一种性格,那是不够的,因为大错的铸成或是明断的表现,都在选人上。"最好的谏官是死人。""谏官吓白脸时,书籍却会直言。"这倒是真话。可见多读书是有好处的,尤其是读那些在公众舞台上扮演过重要角色的人写的书。

当今的议会大多是一种熟人的会面,对事情都是议而不辩,他们对议会的程序或法案草率行事。对于重大问题,最好是头一天先提出来,第二天再议。"夜里出良策",英格兰和苏格兰统一委员会就是这么做的,那是一个严肃认真、井然有序的会议。我建议为请愿者安排固定的日期,因为这样既可以让请愿者心里有底(他们请愿会受到接待),也可以让会议有充分的时间讨论国家大事,以便处理手头急务。在议会选设提案委员会时,选用不偏不倚的人胜于选用双方的死硬派,以造成不偏不倚的局面。我还建议设一些常务理事会,分别主管贸易、财政、战争、诉讼及一些专门事项。有的地方有各种议会,只有一个国家(如西班牙),那种议会充其量等于常务理事会,只不过权力大些罢了。专业人员(如律师、水手、铸币人员之类)如有事呈报议会,先让理事会听取他们的诤谏,然后待时机成熟再提交议会。他们来时不可成群结伙、高声叫嚷,因为这样做等于到议会无理取闹,而不是有问题向它禀报。摆一张长桌和一张方桌,还是墙附近摆一些座位,似乎只是形式问题,其实实质是因为摆一张长桌,几个坐在上手的人就可以左右全局。然而如果采用其他形式,坐在下手的进谏者的诤谏就更有用处了。君王主持会议,千万注意,在提出问题时不要过多地表明意向,否则谏臣就要望风使舵,不会畅所欲言,而只会唱"我主圣明"的赞歌。

七　谈君权

渴望的东西少,恐惧的东西多,这实在是一种可悲的心态。而帝王的情况一般都是这样。因为他们至高无上,无所需求,所以搞得他们精神更加萎靡,成天疑神疑鬼,总觉得险象环生,又使得他们心理更加阴暗。这也就是造成《圣经》上说的"君王之心测不透"的一个原因。猜忌多端，却缺乏一种主要的渴求来引导、调整其余的渴求，这就使一个人的心难以猜透。于是君王往往为自己设计一些欲望，把心思寄托在一些小技上。有时迷恋于建筑，有时热衷于设立爵位，有时一心想提拔一个人，有时又打算精通一门技艺。如尼禄①爱弹琴，图密善②善射箭，康茂德③好击剑，卡拉卡拉④能驾车，如此等等，不一而足。这似乎难以置信，因为有人不明白这样一种道理：那就是，在小事上无往不利比在大业上止步不前更令人欢喜雀跃、心情爽快。我们还看到有些帝王早年都吉星高照、南征北战、马到成功，因为不可能永远一往无前，总有流年不利、受阻碰壁的时候，到了晚年就变得迷信、忧郁，如亚历山大大帝⑤、戴克里克⑥，还有我们记忆中的查理五世⑦，等等。因为一贯一往无前的人，一旦停下脚步，就会自暴自弃，判若两人。

　　现在谈谈君权的真正结构，这是一种很难维持的东西。因为结构和解构都包含着矛盾对立，不过把矛盾对立融为一体是一回事，使它们交替轮换则是另一回事。阿波罗纽斯⑧回答韦斯巴芗⑨的话教育意义极为深刻。韦斯巴芗问他："尼禄为何而覆灭？"他答道："尼禄善于拨弦弄琴，但是在他当政时忽而把弦绷得太紧，忽而又放得太松，忽而施行高压，忽而放任自流，这种均衡失当的权力变换对权威的破坏真是达到无以复加的地步。"

---

① 尼禄（37年—68年），罗马帝国皇帝，公元54年—公元68年在位。是罗马帝国朱里亚·克劳狄王朝的最后一任皇帝，是古罗马乃至欧洲历史上有名的残酷暴君。

② 图密善（51年—96年），罗马帝国皇帝。他是罗马皇帝韦斯巴芗和皇后多米提拉所生的幼子，皇帝提图斯的弟弟，弗拉维王朝的最后一位皇帝。他在公元81年继位，至被暗杀为止都是皇帝。生性残暴，是一位暴君。

③ 康茂德（161年—192年），公元2世纪末的罗马帝国皇帝，公元180年—公元192年在位，后遇刺身亡。

④ 卡拉卡拉（186年—217年），是塞普蒂米乌斯·塞维鲁的大儿子，罗马皇帝。他杀死他的弟弟塞普提米乌斯·盖塔和盖塔的支持者以巩固他的皇位。

⑤ 亚历山大大帝（前356年—前323年），生于马其顿王国首都派拉城，是欧洲历史上最伟大的军事天才之一，马其顿帝国最负盛名的征服者。他雄才伟略，勇于善战，领军驰骋欧亚非大陆，使得古希腊文明广泛传播，是世界古代史上著名的军事家和政治家。

⑥ 戴克里克（243年？—316年？），罗马帝国皇帝。

⑦ 查理五世即西班牙国王查理一世，罗马帝国皇帝，称查理五世（在位期1519年—1556年）

⑧ 阿波罗纽斯，毕达哥拉斯学派的哲学家。

⑨ 韦斯巴芗，公元69年—公元79年任罗马帝国皇帝。弗拉维王朝的创建者。虽然出身贫寒，但屡建功勋，是一位受群众欢迎的皇帝，生活简朴。

欧洲近代三大家哲理散文 · 精华本

其实，近代君王的统治之道是在危难临近时侥幸躲避、设法转移的，而不是采用稳固踏实的渠道去防患于未然，这就等于在碰运气。因此人们要千万当心，不可忽视、容忍那些积蓄动乱的柴薪。因为谁也禁止不了火星，也说不上它会来自何方。君王事业中的困难又多又大，但是最大的困难往往还在他们自己的心里。因为正如塔西佗所言："君王总爱干一些自相矛盾的事情，君王的欲望一般都很强烈，而且相互矛盾。想达到目的，而又不忍采取手段，这就是权力的荒谬。"

君王必须应付邻邦、后妃、子嗣、高级教士或僧侣、贵族、二等贵族或绅士、商人、平民和军人等群体，如果稍有不慎，他们都会造成威胁。

先说邻邦，因为形势变化无常，所以提不出一个总则，但有一条是颠扑不破的，那就是君王必须严谨警戒，提防邻国（或通过领土扩张、贸易诱惑、深沟高垒、层层设防、步步逼近等办法）增强国力，以免对自己造成前所未有的威胁。这一般是预见阻止这种事态的常务顾问的工作。在英王亨利八世、法王弗兰西斯一世和查理五世三雄鼎立的时期，他们都在虎视眈眈，哪一方也不可侵占巴掌大的一块土地，如有一方胆敢越雷池一步，其余两方就会立即采取措施，有时结成联盟以示告诫，如有必要则付诸武力，而且绝不苟且偷安，养虎贻患。而由那不勒斯国王斐迪南①、佛罗伦萨的统治者洛伦佐·美第奇②和米兰大公卢多维科·斯福尔扎③结成的同盟（圭契阿迪尼④称之为意大利安全保障）也有同样的作用。一些经院派哲学家认为，"人不犯我，我若犯人，便师出无名"，这种观点是不能成立的。因为虽然尚未遭受打击，但大敌当前，危在旦夕，出于恐惧，先发制人，也算师出有名，这是没有问题的。

---

① 斐迪南（1503年—1564年），先为波希米亚和匈牙利国王，后为德国皇帝。

② 洛伦佐·美第奇（1449年—1492年）是一位意大利政治家、外交家，也是文艺复兴时期佛罗伦萨的实际统治者。被同时代的佛罗伦萨人称为"伟大的洛伦佐"。

③ 卢多维科·斯福尔扎（1452年—1508年），斯福尔扎家族成员，意大利文艺复兴时期最杰出的王公之一。他在意大利战争初期是一个重要的人物。

④ 圭契阿迪尼（1483年—1540年）是一位有成就的人文主义历史学家。圭契阿迪尼第一次打破地区的界限，把意大利各邦的历史熔于一炉。著有《意大利史》20卷，是近代西欧民族主义史学的先导。

至于后妃，其中不乏惨无人道的事例。莉维亚①因毒死丈夫而臭名昭著；苏莱曼一世的王后罗克珊拉娜杀死了著名的王子穆斯塔法苏丹，给王室和继位制造了麻烦；英王爱德华二世的王后则是废黜和谋害丈夫的主谋。后妃在策划立自己的儿子为王或者有奸情的时候，这种危险最可能发生。

至于子嗣，由他们引发危机而酿成的悲剧也层出不穷。一般来说，父王对子嗣产生怀疑总会招致不幸。我们前面提到的穆斯塔法的死对苏莱曼王室产生了致命的恶果，因为从苏莱曼②起直至今日，土耳其人的王位继承者有不正之嫌，恐怕有外来血统，因此谢里姆二世③被认为是私生子，以至于年轻温顺的王子克里斯帕斯被其父君士坦丁大帝④杀害，同样给王室造成了致命伤。因为君士坦丁的两个儿子君士坦丁和君士坦斯都死于非命，另一个儿子君士坦提斯结局也好不到哪里，他是病死的，但死在尤利安起兵反他之后。马其顿王腓力二世之子德米特里厄斯之死给其父王带来了报应，致使他悔恨身亡。类似的例子不胜枚举，但是父亲因此类怀疑而获益的却极其罕见，甚至根本没有。儿子公然举兵反叛父王则属例外，如谢里姆一世⑤讨伐巴亚赛特、英王亨利二世讨伐三个儿子。

至于高级教士，在妄自尊大、气焰嚣张时也会造成危险。当年坎特伯

---

① 奥古斯都的妻子莉维亚从颠茄这种植物的根与叶提炼出毒药阿托品，把毒药灌入奥古斯都私人的无花果树盆栽里，毒死她的皇帝丈夫。

② 苏莱曼（1494年—1566年），奥斯曼土耳其帝国苏丹（1520年—1566年在位）。在位期间，帝国处于鼎盛时期。对内颁布《苏莱曼苏丹法典》，改革行政制度，因而被称为卡努尼（立法者）。对外大事扩张疆土，曾13次亲征。

③ 谢利姆二世，奥斯曼土耳其苏丹。在位期间（1566年—1574年），曾征服塞浦路斯，击败西班牙、威尼斯和教皇的联合舰队。海军称霸于地中海东部，疆域扩大到匈牙利、美索不达米亚以及北非的黎波里。

④ 君士坦丁大帝（272年—337年），即君士坦丁一世，罗马皇帝。他是世界历史上第一位信仰基督教的皇帝，曾在公元313年颁布米兰诏书，承认基督教为合法且自由的宗教，并于公元330年将罗马帝国的首都从罗马迁到拜占庭，将该地改名为君士坦丁堡。此外，他的一系列改革措施，为欧洲从奴隶社会向封建社会的过渡起到了重要作用，他被称为西方的"千古一帝"。

⑤ 谢里姆一世（1467年—1520年）是奥斯曼土耳其帝国第九任苏丹（1512年—1520年在位）。于1512年接其父巴耶济德二世登上苏丹宝座。于1514年攻占两河流域上游。1516年攻占叙利亚和巴勒斯坦。1517年攻下阿拉伯半岛西部的汉志，并灭亡埃及的马穆鲁克王朝，成为哈里发。在他统治的时候，土耳其才真正成为一个版图辽阔的帝国。

雷大主教圣安塞姆①和圣托马斯·贝克特②的情况就是这样。他们甚至公然用主教的牧杖与帝王的刀剑对抗。然而他们对付的却是一些强悍骄纵的国王，如威廉·鲁弗斯③、亨利一世和亨利二世。危险并非是那个阶层本身，而是国外势力指挥扶持所带来的。或者当教士的进用不是由君王或有圣职授予权的人士遴选，而是由平民百姓推举时，才有危险。

至于贵族，与他们保持一定距离并不为过，但抑制他们却会使国王独裁增大，安全减少，也很少能随心所欲。我在拙著《英王亨利七世本纪》中已强调过这一点。亨利七世由于压制贵族，他统治的时代困难重重，动乱频繁。尽管贵族仍效忠于他，但在国事上不予合作，所以实际上他倒来个事必躬亲。

至于绅士，因为他们是一个分散的群体，所以不会造成多大危险。他们有时候也口出狂言，但危害甚微。况且他们可以抵消贵族的势力，不致使贵族过于强大，还有，他们在有权势的人中最接近平民，因此能缓和民众的动乱。

至于商人，他们可算是"门静脉回"。如果他们不景气，一个国家尽管肢体完好，但血管空虚，营养就不足。对他们苛税的君王好处甚微，因为这纯属贪小失大之举。税率有所增加，商贸总额反而减少。

至于平民，他们倒没有什么危险，除非他们有了伟大能干的首领，或者出现了宗教问题，或者他们的风俗习惯、生活方式受到干涉。

至于军人，只要他们集体生活，长期驻扎，又有领犒赏的习惯，他们就是个危险阶层。这从土耳其新军和古罗马禁卫军身上可见一斑。如果训练士兵，将其分地武装，分帅统领，不给犒赏，这样既有利于国防，又不会酿成危险。

---

① 圣安塞姆（1033年—1109年），意大利神学家和哲学家。1093年任坎特伯雷大主教。因教会权力问题先后同威廉·鲁弗斯和亨利一世发生冲突。由于态度坚决，曾遭两个国王放逐。但在1107年双方和解，并拟定了妥协方案，使国王终于接受。

② 圣托马斯·贝克特（1118年？—1170年）是英格兰国王亨利二世的大法官兼上议院议长，后于1162年至1170年任职坎特伯雷大主教。他与亨利二世因教会在宪法中享有的权限发生冲突，后被4位亨利二世的骑士刺杀而殉道。

③ 威廉·鲁弗斯（约1056年—1100年），英格兰国王，1087年至1100年在位。1100年8月外出狩猎被暗箭射杀。

君王犹如天上的星宿，能带来清平盛世，也能招致祸患年月。他们受万人景仰，但没有片刻的安宁。关于君王的种种警语其实可用两个"切记"囊括："切记你是个人"和"切记你是个神"，或者用"你是神的替身"概括。前者约束他的权力，后者扼制他的意志。

八　谈报复

报复是一种野道，人越是趋之若鹜，法律就越应将其铲除。因为头一个罪犯仅仅是触犯法律，而对该罪施加报复则是取代法律。但是，一个人如果采取报复行为，就等于跟他的仇人扯平拉齐。如果能放他一马，他则高出仇人一筹，因为宽恕乃王者风范。所以所罗门有言："宽恕人的过失，便是自己的荣耀"。过去的已经过去，不可挽回，明达之士则会着眼于现在与未来，所以对往事耿耿于怀只是跟自己过不去而已。况且为作恶而作恶的人是绝对没有的，人作恶无非是要沽名、渔利、寻欢、作乐。因此我何苦要为一个人爱己胜过爱我的人而愤愤不平呢？如果一个人完全是因为生性凶恶而作恶，那又如何？充其量仅像荆棘刺股，除了扎划钩擦，别无能耐。

有些冤情无法惩处，如果进行报复，还情有可原。然而人们还得当心，他的报复也必须无法惩处，否则他的仇人仍占上风，因为他和仇人遭受痛苦的次数为二比一。有人进行报复时喜欢让对方明白报复的来由，这还比较豁达大度，因为其中的意义似乎不在于伤人，而在于让对方悔罪。但是卑鄙狡猾的懦夫却像飞来的暗箭，让人不知缘由，得到了报复却不能达到悔过的效果。

佛罗伦萨大公科斯莫严词抨击对朋友的背信弃义，仿佛这些罪行不可宽恕似的，他说过："你会读到基督要我们宽恕我们的敌人的教导，却永远不会读到要我们宽恕我们的朋友的训诫。"然而约伯的精神格调更高一筹，他说："难道我们从上帝手里得福的同时，不受祸吗？"推及朋友，情况亦然。

的确，一个人念念不忘报复，就等于让自己的伤口经常开裂，如果忘记仇恨，它就会愈合的。

报公仇大多大运亨通，例如为恺撒的死报仇、为佩提那克斯的死报仇、为法王亨利三世①的死复仇。然而报私仇却运道不佳，不仅如此，报仇心强的人，过的是巫婆的日子。由于他们存心害人，所以就不得好死。

九　谈作假与掩饰

掩饰是一种荏弱者的策略或智谋。因为要知道什么时候该讲真话，什么时候该办实事，都需要强健的心智，因此孱弱的政治家都是掩饰家。

塔西佗说："莉维娅融会贯通了其夫的谋略与其子的掩饰。"这话的意思是奥古斯都②很有谋略，提比略③善掩饰，但当穆西亚努斯鼓动韦斯巴芗举兵反抗韦特利乌斯时，他说："我们起兵反抗的既非奥古斯都的明察秋毫，亦非提比略的谨慎诡秘。"计谋或韬略，掩饰或诡秘，此类性质的确是不同的习惯与才能，应当加以区分。如果一个人真有洞察秋毫的本领，看出来的事应当公开，什么事应当保密，什么事应当显露得若明若暗，而且能因人而异，因时而变（这才是塔西佗真正的治国立身的要术），那么对他而言，掩饰的习惯是一种障碍，一种贫弱的表现。然而一个人如果达不到那种明察秋毫的水平，他就只有事事保密，处处掩饰了。因为每当一个人在具体事情上无法选择、难以变通时，笼统地采取这种万无一失的举措实为上策，就好像眼神不好的人行路时会蹑手蹑脚一样。毫无疑问，自

---

① 亨利三世（1574年—1589年）在位。法王亨利三世在1589年8月2日遇刺身亡，因为无嗣，王位由他的妹夫、波旁家族的那瓦尔国王亨利三世继承，是为法王亨利四世，从此开始了法兰西王国卡佩王朝波旁支系的统治，又称波旁王朝。

② 原名盖乌斯·屋大维（前63年—14年），罗马帝国开国皇帝（前27年—14年），元首政制创始者。恺撒的甥孙。

③ 提比略·克劳狄乌斯·尼禄（前42年—37年），是罗马帝国的第二位皇帝，公元14年—公元37年在位。提比略继承由奥古斯都缔造的帝国，借由联姻关系，成为朱里亚·克劳狄王朝之继承人。提比略个性深沉严苛，执政之后并不受臣民的普遍爱戴。

古以来干练之才办事开诚布公，享有诚实可靠的美名。他们就像调教得当的马匹，因为他们明白何时该止步，何时当转弯。如果在他们认为情况确实需要掩饰，假如他们又果真进行了掩饰，但是他们诚信、清廉的美名早已远扬，所以几乎不会受到怀疑。

自我掩饰可分三等：第一等，守口如瓶，秘而不宣，他是何种人，叫人看不出，抓不住把柄；第二等，消极掩饰，就是故意放出空气，说他并不是他说的那种人；第三等，积极作假，就是处心积虑装成他不是的那种人。

关于第一等，秘而不宣。这的确是告解神甫的德行。守口如瓶的人无疑能听到很多告白，因为谁愿意向一个贪嘴长舌之人敞开心扉呢？如果一个人被认为能严守秘密，那么他就会招人向他吐露隐私，就像密闭的空气能吸取开放的空气一样。忏悔时的袒露不是为了有什么实际用处，而是为了减轻心里的负担。于是，严守秘密的人就用这种手段知道了很多事情。而他们与其说是交心，不如说是散心。简言之，秘密应为保密的习惯占有。况且（实话实说），裸露，无论肉体的还是精神，都是不雅观的。如果人们的举止行为不完全公开，就会增添不少尊严。那些碎嘴饶舌之辈，他们通常既愚蠢，又轻信别人。爱说知道的事情的人，也爱谈不知道的事情。因此可以断定：保密的习惯对治国修身都有裨益。就此而言，一个人的面孔所暴露出来的好过于他的舌头讲出来的话。因为一个人的自我由他的面部特征暴露出来是个大弱点。大泄露，要比由人的语言暴露出来的不知引人注目、让人可信多少倍。

关于第二等，掩饰。掩饰必然与保密形影不离。因此谁要保密，谁就要在某种程度上进行掩饰。因为人们太精明，不可能让一个人持中立的观点既要保密又要不偏不倚。人们一定会用各种问题困扰他，引诱他，探他的口风，这样一来，除非他拒不开口，否则一定会说出他的倾向来，即使他不说出来，人们从他的沉默中也会猜出一个大概，跟他说出来没有两样。如果含糊其辞、故弄玄虚，那也无法坚持长久，所以谁也无法保密，除非他留给自己一点掩饰的余地，可以说掩饰是保密的裙裾。

至于第三等，作伪和假冒。我认为这种做法犯罪的成分多，谋略的成分少，除非它表现在重大而罕见的事情上。因此，作假的习惯（就是这最

后一等）是一种恶行，起因不是生性虚伪，就是天生胆小，要不就是因为有重大的心理缺陷，因为这些弱点必须要掩盖，就使一个人在别的事情上作假，以免把手变生。

作假与掩饰有三大好处：其一，先使对手高枕无忧，然后搞突然袭击。因为人的意图一公开，那就等于发出了唤醒反对者的警报；其二，给自己留有一条安全的退路。如果一个人发表了宣言，为了言而有信，他就必须一干到底，要么只有接受失败；其三，更好地识破他人的居心。因为对于一个开诚布公的人，别人很难表示反对，就索性让他继续说下去，而他们只好闭上嘴巴，在心里做事。因此西班牙有句妙语："谎后见真情"，仿佛除了作假再没有办法发现真情似的。

作假与掩饰也有三大弊端，结果拉成了平局：其一、作假与掩饰总是面带惧色，这在做事时有碍于一箭中靶；其二、它使许多人感到莫名其妙，难以跟他合作，他只好单枪匹马去实现目标；其三、这也是最大的弊端，它剥夺了一个人立身行事的最重要的工具——信任。而最佳组合都是享有坦诚的美名的。养成保密的习惯，适当使用掩饰，无可奈何时作假。

十　谈厄运

塞内加有一句仿斯多葛派①的高论："幸运的好处令人向往，厄运的好处叫人惊奇。"而且，如果奇迹就是统摄自然，那么它们大多在厄运中出现。他还有一句宏论比这还要高明（此言出自一个异教徒之口，实在高明绝伦）："集人的脆弱与神的旷达于一身，才是真正的伟大。"如果将此话写成诗，那就更加妙不可言，因为在诗里，豪言壮语更会受到赞许。的确，诗人一直潜心于此道。因为它其实就是在古代诗人的奇谈中表现出来的那种东西，这种奇谈似乎并不乏玄秘，而且似乎与基督徒的境况相当接

---

① 斯多葛哲学学派（或称斯多亚学派），因在雅典集会广场的廊苑聚众讲学而得名，是塞浦路斯岛人芝诺（约前336年—约前264年）于公元前300年左右在雅典创立的学派。其代表人物：巴内斯、塞内卡、埃彼克泰特、马可·奥勒留等。

近:"赫拉克勒斯①(他代表人性)去解放普罗米修斯②时,他坐在一个瓦盆(或瓦罐)里渡过了大海",基督徒驾着血肉的小舟穿越尘世的惊涛骇浪,这种决心,被它描绘得非常恰当。

用平实的语言讲,幸运产生的美德是节制,厄运造就的美德是坚忍,从道德方面讲,后者更富有英雄气概。

幸运是《旧约》的恩泽,厄运则是《新约》的福祉,因为《新约》蕴涵着更大的祝福以及对神恩更加明确的昭示。然而,在《旧约》里,如果你聆听大卫的琴声,你就会听见像欢歌一样多的哀乐,因为圣灵的笔在描绘约伯的苦难之际比描绘所罗门的幸福之时更加用心良苦。

幸运并非没有诸多恐惧和灾难,厄运也不是没有安慰与希望。在编织和刺绣中,阴暗的底子上明快的图案比明快的底子上阴沉的图案更加喜人。因此,从悦目中赏心吧。

无疑,美德如同名贵的香料,焚烧碾碎时最显芬芳。所以幸运最能揭露恶行,而厄运则最能发现美德。

十一 谈嫉妒

除了爱与妒,还没有看到有什么感情能使人着迷的。这两种感情都有强烈的欲望,都容易制造出种种想象和联想,都容易进入眼睛,尤其在目击那些本身就是导致入魔的特点的对象的时候(假如有入魔那种东西的话)。《圣经》中把嫉妒叫"毒眼少",占星家把不祥的星力叫"凶视",所以好像总有人承认:"嫉妒行为中有一种眼光的闪射"。而有些人喜欢探

---

① 赫拉克勒斯,希腊神话中最著名的英雄之一。主神宙斯与阿尔克墨涅之子,因其出身而受到宙斯的妻子赫拉的憎恶,后来他完成了12项被誉为"不可能完成"的伟绩,除此之外他还解救了被缚的普罗米修斯,隐藏身份参加了伊阿宋的英雄冒险队并协助他取得金羊毛。

② 普罗米修斯,在希腊神话中,是泰坦神族的神明之一,是地母盖亚与天父乌拉诺斯的女儿忒弥斯与伊阿佩托斯的儿子。普罗米修斯教会了人类很多知识。宙斯禁止人类用火,他就帮人类从奥林匹斯偷取了火,因此触怒宙斯。宙斯将他锁在高加索山的悬崖上,每天派一只鹰去吃他的肝,又让他的肝每天重新长上。几千年后,赫拉克勒斯为寻找金苹果来到悬崖边,把恶鹰射死,并让半人马喀戎来代替普罗米修斯。

赜索隐，竟然注意到嫉妒者的眼睛伤人最凶之际正是遭嫉妒的人荣耀风光之时，因为这种风光无异于给嫉妒火上浇油。况且在那种时候，遭嫉妒的人光芒外露，最容易遭受打击。

不过我们先撇开这些隐微之处不谈（尽管在适当的场合不是不值得探讨的），只说说什么人容易产生嫉妒，什么人容易遭嫉妒，公妒与私妒有何区别。

一无所长的人经常要嫉妒别人的长处，因为人的心灵不是靠自身的善滋养，就是以别人的恶为食。一个人缺此，必然要吞彼。一个人无望达到他人的长处，必然要压制别人的长处来打个平手。

无事忙的人和包打听的人往往嫉妒心重。因为了解别人的事情绝不是因为这些东西与自己的利益息息相关，而是他在窥探别人的祸福中得到了一种看戏的乐趣。一个只顾自己事务的人是找不到多少嫉妒的理由的，因为嫉妒是一种好动的情绪，喜欢逛大街，不肯待在家里，所以说："好事之徒没有不心怀叵测的。"

人们注意到出身高贵的人对崛起的新人心存嫉妒，因为双方的距离缩小了。这就像视觉上的错觉一样，别人前进时，他们总以为自己在后退。

残疾人与阉人，老头子和私生子大多数都嫉妒心重，因为自身的缺陷无法补救，就只有竭尽全力贬低他人的长处。除非这些缺陷落在英雄豪杰身上，因为这种人要把自己的先天不足打造成一份荣誉，为了让人说，"那样子的宦官，那样子的瘸子，竟然树立了这等丰功伟业"，俨然是一种奇迹般的荣耀。宦官纳尔塞斯①和瘸子阿格西劳斯②、帖木儿③就是这样的人。

大灾大难后东山再起的人情况也是这样的，因为他们跟愤世嫉俗的人

---

① 纳尔塞斯（约479年—568年），拜占庭著名统帅。公元532年率兵镇压人民起义，公元538年率军前往意大利，支援贝利萨留。公元551年奉命再次进入意大利，任拜军司令。公元555年任意大利总督。

② 阿格西劳斯（公元前444年—公元前360年），斯巴达历史上的传奇国王（前399年—前360年在位）。在斯巴达君临整个希腊的时期，他几乎一直统率着军队。为人精于谋略，人们通常把他当做斯巴达尚武精神的化身。

③ 帖木儿（1336年—1405年）是帖木儿汗国的奠基人，帖木儿帝国开国君主（1370年—1405年在位）。

一样，把别人受的损害看做是自己苦难的抵偿。

由于见异思迁，爱慕虚荣和想事事出人头地的人总是嫉妒心强，虽然他们都有事干，但是在许多事情上，总有一件有很多人可以胜过他们。这正是哈德良皇帝①的特点，他对诗人画家、能工巧匠嫉妒得要命，因为在这些领域里，他也有很好的天资。

最后，看到近亲、同事、从小一起长大的伙伴等与自己不相上下的人高升时更容易产生嫉妒。因为齐辈的高升等于指着他们的鼻子指责他们自己时运不佳，而且这种情况使他们难免会屡屡想起，同样更容易引起旁人的注意，而言谈的体现与名声的外扬总是进一步增强了嫉妒。该隐②对他兄弟亚伯③的嫉妒更为卑鄙，更为恶毒，因为亚伯的贡物被看中时，并没有人旁观。关于容易嫉妒的人就谈到这里。

以下谈一谈或多或少会遭人嫉妒的人。首先是优点突出的人，他们的地位越高，遭到的嫉妒就越少，因为他们的好运似乎是理所当然的。而或许只具有优点的人会遭到更多的嫉妒。没有人嫉妒所欠的债务，却有人嫉妒受到的奖赏和慷慨的馈赠。而且，嫉妒总是离不开人的相互攀比，没有攀比就没有嫉妒，所以嫉妒国王的只有国王。然而，值得注意的是，无名鼠辈初次露脸的时候最招人嫉妒，尔后就逐渐会有所减少。相反，功名显赫的人福运长盛不衰，最受嫉妒，因为时间一长，虽然他们的德行依旧，但光彩已不那么耀眼，因为辈出的新人已使它黯然失色。

王公贵族在高升时少有人嫉妒，因为按照他们的出身，这似乎是天经地义的事，况且他们的幸运似乎已经无以复加了。嫉妒如同阳光，照在堤岸上或拔地而起的陡壁上比照在平地上热，同样的道理，循序渐进之辈比平步青云之徒少遭人嫉妒。

那些经历过大苦大难、千难万险才获得荣耀的人是不大受人嫉妒的，因为人们认为他们的荣耀来之不易，有时候还会怜悯他们，而怜悯总能治

---

① 普布利乌斯·埃利乌斯·哈德良（76年—138年，绰号勇帝），罗马帝国五贤帝之一，公元117年—公元138年在位，是一位博学多才的皇帝。
② 该隐，亚当与妻子夏娃所生的长子，后来该隐因为嫉妒弟弟亚伯，而把亚伯杀害，后受上帝惩罚。
③ 亚伯，《圣经》人物。该隐之弟，亚当和夏娃的次子。据《圣经·旧约·创世记》，他是一个牧羊人，上帝接受他的祭品，但是后来却被兄长该隐杀死。

愈妒病。因此你一定会注意到那些城府很深、头脑清楚的政治家,功成名就时总是自嗟自叹生活何等艰苦,一个劲地倾诉他们的苦情何等深重。并不是他们有这种感受,而是为了挫伤嫉妒的锐气。不过,这可以理解为任务加身,身不由己,而不是无事找事,好大喜功。因为助长妒火的莫过于对事务野心勃勃地大包大揽。而对大人物来说,最能消除嫉妒的莫过于给下属保留充分的权利和突出的地位。因为这样做,他对嫉妒就树起了层层屏障。

而最招人嫉妒的还是那些大红大紫而又盛气凌人者,因为这种人不大肆炫耀自己的伟大就心里难受,他们要么公开张扬,要么争强好胜。而聪明人却宁肯自己受点苦。为嫉妒作出一点牺牲,有时候在关系不大的事情上故意受点委屈,甘拜下风。然而,如果一个人身居高位,但态度举止平易坦荡(千万不要傲慢虚荣)要比使用狡诈手段的人少受人嫉妒。因为使用狡诈手段的人,只不过在极力否认这样一个事实:幸运之神一直在眷顾他,但他不配领受,好像意识到自己没有价值,从而叫别人来嫉妒自己。

最后,再说几句,就将这一部分结束。我们一开始就说,嫉妒行为多少有点巫术的成分,所以根治嫉妒别无他法,只能用根治巫术的手段,也就是人们所谓的"驱除邪气,嫁祸于人"。为了达到这一目的,有一些明智的大人物往往另找一些人出台露面,把本来会降到自己身上的嫉妒转嫁到他人身上,嫁祸的对象有时是侍从、仆人,有时是同事、同僚,诸如此类,不一而足。而总有一些莽撞好事之徒代人受过,这些人只要能获得权势,付出什么代价也在所不惜。

现在谈谈公妒。公妒还有些许好处,而私妒却一无是处。因为公妒是一种陶片放逐制度①,使一些人权势太大时有所收敛,因此公妒也是对大人物的一种节制,使他们不敢胡作非为。

这种嫉妒,拉丁文叫 invidia,现代语叫"不满情绪",这一点我们谈到"叛乱"时再说。这是国家的一种疾病,就像传染病一样。如同传染病蔓延到健全的身体上,就会将身体败坏一样,嫉妒一旦侵入一个国家,哪

---

① 古希腊的一种政治措施。公民将自己认为会危及国家安定的人的名字写在陶片或贝壳上,进行投票,逾半数者将被放逐 5 年或 10 年。

怕是最好的国家行为也要遭到诋毁，把它们搞得臭不可闻，因此哪怕再兼施一些笼络民心的措施也于事无补，因为这正好说明国家软弱无能、害怕嫉妒，而怕字当头，为害更甚，就像传染病期间常见的那样，你越害怕它们就越会招引它们。

这些公妒似乎专攻大官重臣，而不涉及君王贵族。然而这是一条铁定的规律：如果对重臣的嫉妒严重，但他招致嫉妒的根由轻微，或者，对一国的重臣产生了全面的嫉妒，那么这种嫉妒（虽然是隐蔽的）实际上是针对国家本身的。在前面谈及的私妒还有公妒或公愤以及公妒和私妒的区别，就谈这些。

关于嫉妒的感情，我们不妨再概括几句：在所有的感情中，嫉妒是最缠绵、最持久的，因为别的感情是分场合的，只是偶尔出现。但是古语说："嫉妒从不休假。"因为它不是在这人就是在那人心上兴风作浪。人们还注意到爱情和嫉妒都使人憔悴，而别的感情则没有这种能耐，因为别的感情不是那样缠绵不绝。嫉妒也是最恶劣、最堕落的感情，它是魔鬼的固有属性。魔鬼被称做"夜里在麦田里种稗子的嫉妒者"，因为嫉妒总是手段狡猾，暗中行事，偷偷地损害麦子之类的好东西。

十二　谈爱情

舞台比人生更多地受惠于爱情。因为对舞台来说，爱情永远是喜剧，然而在人生中，它为祸甚烈，有时像个海上魔女，有时又像个复仇女神。你可以注意到，所有的伟人（无论是古人今人，只要是英名长在的），被爱情搞得疯疯癫癫的绝对没有，这就说明崇高的目标和伟大的事业是能够抑制这种柔弱的激情的。不过，你必须把坐过罗马帝国半壁江山的马克·安东尼①和十大执政官之一兼立法者亚壁·克劳狄除外，前者确实是一个

---

① 马克·安东尼（约前83年—前30年）是一位古罗马政治家和军事家。他是恺撒最重要的军队指挥官和管理人员之一。公元前33年后三头同盟分裂，公元前30年马克·安东尼与埃及女王克娄巴特拉七世一同自杀身亡。

好色之徒，骄奢淫逸，后者却是个严肃明智的人物。因此，好像（虽然很少见）爱情不但可以进入一片敞开的心田，甚至在防范不严的情况下可以闯入一座森严壁垒的灵府。

伊壁鸠鲁①有一句迂论："在别人眼里，我们个个都是一出大戏。"仿佛天生为了关照天国和高贵事物的人应当无所事事，只是跪倒在二尊小小的偶像前面，虽然不为口福（如同禽兽）作奴，却甘心为眼福为仆。而眼睛生来就是为了高贵的目的的。

除了在爱情中，永远言过其实的情况在哪里都不合适；而且还不仅仅是"言"过其实的问题，因为常言说得好："和所有小马屁精声应气求的大马屁精拍的其实就是他自己。"当然情人就不止于此了。因为一个人无论多么高傲，也决不像情人看重他所爱恋的人那样荒唐地看重自己。因此常言讲得好："恋爱和明智实难两全"。然而，爱这种激情如此过火，它又是怎样糟蹋事物的性质和价值？真叫人不可思议。情人的这种弱点并非只是旁观者清，被爱者迷，而是被爱者看得最为分明，除非双方都是情挚爱笃。因为爱总要得到回报，不是获得对方的情爱就是遭受暗藏在对方心里的轻蔑，这是一条颠扑不破的定律。由此可见，对于这种感情，人们应当慎之又慎，因为它不仅会丧失别的东西，而且会丧失自己。

至于其他带来的损失，诗人有绝妙的描述："谁喜爱海伦，谁就会舍弃朱诺和帕里斯的礼物②。"因为谁主张爱情至上，谁就会放弃财富和智慧。

这种情欲恰逢人们软弱之时泛滥，也就是人们走红运或触霉头的时候，不过后一种情况们不会引起注意。但两种情况都会点燃爱火，并且煽得很旺，以显示爱情就是愚蠢的产儿。

如果一个人不得不接纳爱，却又让它安守本位，能把它与人生的重大事情截然分开，此人就算是处理爱情的高手。因为如果爱情干扰了人的事

---

① 伊壁鸠鲁，古希腊哲学家、无神论者，伊壁鸠鲁学派的创始人。他的学说的主要宗旨就是要达到不受干扰的宁静状态。

② 此典故来自古希腊神话中"帕里斯的裁判"。为了得到"赏给最美丽的人"的金苹果，雅典娜愿意用"智慧"与帕里斯交换，赫拉愿意用"权力"，可帕里斯选择了阿佛洛狄特"爱"的礼物。随后抛弃了妻子与海伦私奔，导致了特洛伊战争。

业，它就会危害人的幸福，使人无法持之以恒地实现自己的目标。

我感到莫名其妙的是，军人容易坠入情网，就像他们容易染上酒瘾一样，因为危险一般要用欢乐作为回报。

人的天性中就有一种去爱人的暗流，这种爱若不倾注在一个或几个人身上，就自然会普及众人，使人易得仁慈，这种情况有时在僧侣身上可以看到。

夫妻之爱创造了人类，朋友之爱完善了人类，而淫乱之爱败坏、作践了人类。

十三　谈胆大

有人问狄摩西尼①："雄辩家主要的才能是什么？"他答道："动作声情。""其次呢？""动作声情。""再其次呢？""动作声情。"这是小学课本上的一段烂熟的故事，但值得智者深思。说这话的人对这个问题最有真知灼见，但他在他所称道的事情上却是个先天不足的人。雄辩家的这种才能仅仅是表面文章，不过只是戏子的伎俩，竟然被抬到创造、技巧等崇高的才艺之上，而且几乎成了独一无二的因素，一切中的一切，岂不是怪事。然而，其中的道理极其明了：一般来说人性中的愚蠢多于智慧，因此能够驱散人心头愚暗的才干最有效力。

民众事务中的胆量极像这种情况。首要的是什么？——胆大，其次、再次是什么？——胆大。然而胆大却是愚昧与下贱的产儿，与别的才能相比则相差甚远，可是见识浅薄、胆气虚弱之辈，却能被它迷住心窍，捆住手脚。这种人占绝大多数，有时，它还能把意志薄弱时的智者镇住。因而我们看见了它在民主国家创造的奇迹，但在元老院和君主专政的国家则缺乏那种神通。胆大的人物初露锋芒时咄咄逼人，随后声势就逐渐减小。因为胆大不守信。有在人体上行骗的江湖郎中，也有在政体上行骗的江湖郎

---

① 狄摩西尼（前384年—前322年），古希腊最伟大的政治家、演说家和雄辩家，希腊联军统帅。

中。这些人堂而皇之,也许两三次侥幸成功,但由于缺乏科学根据,成功的状况难以持久,而且你一定会看见一个胆大的人多次创造穆罕默德式的奇迹——穆罕默德让人们相信他能把一座山召唤到身旁,然后他在会山顶上为他的信徒祈祷。人们聚集起来了,穆罕默德一次又一次地叫山过来,可山却岿然不动,他却觍颜说道:"如果山不肯到穆罕默德这儿来,穆罕默德就到山那儿去。"同样,那些人已经夸下了海口,却又惨遭失败(要是他们胆大包天的话),于是将夸下的海口一笔轻轻带过,然后扭头就走,置之脑后。

毫无疑问,对于有真知灼见的人而言,胆大妄为之徒不过是供人嘲笑的小丑。就是对于凡夫俗子来说,胆大也未免有点滑稽可笑,因为荒唐如果是一种笑料,你就不用怀疑,但胆大是难得没有荒唐之处的。尤其一个胆大妄为之徒当众出丑时那才有好戏看呢,因为他的脸必然会缩成一团,呆若木鸡。因为一般人陷入窘境时的思想还有回旋的余地。但是大胆的人遇到这种情况,他们就愣在那里,活像一盘陷入了僵局的棋,虽然没有将死,但无子可动了。然而最后这一点更适合写一篇讽刺文章,而不适合写一篇有严肃评论的文章。

还要认真考虑的一点是,胆大总是盲目的,因为它看不见危险和后果。所以胆大的人拙于计议,善于实干。因此要把胆大的人使用得当,就决不能让他当主帅,只能让他当副手,听从别人的指挥。因为议计时必须看到危险,实干时却大可不必,除非危险很大。

十四 谈迷信

对于神,将其置于否定胜于说三道四,因为前者是不信,后者是糟践。毫无疑问,迷信就是对神的亵渎。关于这一点,普卢塔克①一语中的:"我宁愿众人说压根就没有普卢塔克这个人,也不肯让他们说,倒是有一

---

① 普卢塔克(约46年—119年),罗马帝国时期传记作家,伦理学家。

个普卢塔克,他的孩子一生下来,他就要把他们吃掉。"就像诗人说萨图恩[①]那样:"对神的亵渎越大,人的危险就越大。"

  无神论让人依赖感知,依赖哲学,依赖天伦亲情,依赖法律,依赖名声,凡此种种,尽管没有宗教,也可以教会人拥有一种外在的美德。然而迷信却没有这样的能力,它在人的心里树立起一种绝对的君主专制。因此无神论从来不曾扰乱国家,因为它让人小心自重,不可鹰视狼顾。所以我们看到倾向于无神论的时代(如奥古斯都·恺撒时代)都是太平盛世。然而迷信却在许多国家兴风作浪,带来了一种新的"初始动力",造成了政府的天体的离乱。

  迷信的主导是民众。在一切迷信中,智者是追随愚人的,理论反而服从实践。在具有经院派理论优势的特伦托公会议上,一些高级教士意味深长地说:"经院派哲学就像天文学家,为了自圆其说,天文学家杜撰了偏心轮、本轮和诸如此类的星球运行方式,而他们明明知道这纯属子虚乌有。"同样,经院派哲学家编造了许多复杂的原理和定理来解释教会的做法。

  引起迷信的原因如下:注重悦耳娱目的仪式;只专注于表面和华而不实的神圣;过度尊崇传统而加重了教会负担;高级僧侣为个人的野心和钱财而耍阴谋、施诡计;过于器重良好动机,结果为想入非非、标新立异开了方便之门;以人事来去标准神事,只能滋生非分之想;最后一点是野蛮时期频频出现的,尤其是多灾多难的野蛮时期。

  迷信一旦揭去面纱便是一个丑八怪。猿猴太像人反而叫人觉得古怪,同样,迷信类似宗教,但却显得不伦不类;鲜肉腐烂了就会生蛆,同样,良好的礼仪规章也会堕落,变成一些繁文缛节。如果人们认为离原来的迷信越远越好,这反而出现了一种躲避迷信的迷信。因此切不可良莠不分,统统除掉(像猛药险方造成的情况那样),让民众当了改革家,这样的事就层出不穷。

[①] 萨图恩,据说是巫师的保护神。实际上,他最初是矿工的保护神,也就顺理成章成为支配地狱的神。

十五　谈善与性善

我认为"善"的意思就是造福于人。希腊人称之为 Philanthropia（慈善），时下通用的"人道"（humanity）一词表达"善"的意思略嫌不足。"善"，我称之为习性，而行善则是一种倾向。在一切精神中这是最伟大的，因为它是神的品格。没有它，人就会成为一种为非作歹的坏东西，并不比害虫强。善符合神学上的"仁爱"精神，它决不会走过头，但可能进入误区。过度的权力导致了天使的堕落，过度的欲望造成了人类的堕落，然而仁爱却无过度之虞，无论天使还是人类都不会因它而涉险。

行善的倾向印在人性的深处，它就算不向人类实施，也要施与其他生物。这可以在土耳其人身上看得出来。土耳其本是一个狠毒的民族，但是他们对禽兽却很仁慈，总是向狗和马进行施舍，按照巴斯贝克的记述，君士坦丁堡的一个小孩由于堵住一只长嘴鸟的嘴玩儿，险些叫人用石头砸死。

的确，在善和仁爱这种美德中，可能会犯错误。意大利有一句俗话，"善人不善办善事"，意大利的一位大师尼古拉·马基雅维利悍然地用近乎直白的语句写道："基督教把善良人当鱼肉奉献给暴虐无道之人，任其割宰。"他之所以说这种话，是因为从来没有一种法律、教派或学说像基督教那样推崇行善。

因而，为了避免上述诋毁与危险，最好了解一下这样一种良好的习惯错在何处。努力向别人行善，但不可照别人的脸色行事，因为那样做只是柔顺随和而已，而这种表现恰恰捆住了老实人的手脚。你不要把宝石给伊索的公鸡，因为给它一颗麦粒它反而更高兴。上帝做的榜样给我们真切的教训："上帝让日头照好人，也照歹人；降雨给义人，也给不义的人。"然而，他不能像下雨一样给人人平等的财富，也不能像日照一样，给人人同样的荣耀和德行。一般的好处人人有份，但特殊的好处却有所选择。而且千万当心，不要只图画像却把原物砸了。因为神把爱造成了原物，爱人只不过是肖像。"变卖你所有的，分给穷人，并且跟我走。"然而，除非你跟我走，否则千万不要变卖你所有的。也就是说，除非你有本事能用小钱跟大钱一样行善，否则你就在竭源时去济流。

不仅有一种受真理指引的行善的习惯，而且有些人在天性中就有一种行善的倾向。如同另一方面，有一种作恶的天性一样，在他们的天性中有不喜欢与人为善的倾向。轻微的恶性只不过表现为爱作梗、死心眼、好顶牛、难对付之类。不过严重一些的就表现为嫉贤妒能和诽谤中伤。那种人好像总是幸灾乐祸，又常常对人落井下石，像那些总在烂东西上嗡嗡叫的苍蝇。恨世者的惯技就是叫人上吊，但却从来没有像泰门①那样在花园里种一棵树供人上吊用。虽然这种性情是违背人性的，但却是造就大政客的最合适的材料，就像弯曲的木头，适合于做备受颠簸的船只，却不宜造稳固挺拔的房屋。

善的方式多种各样。如果一个人对异乡人彬彬有礼，那就表明他是个世界公民，他的心不是与别的陆地隔离的孤岛，而是一个能与它们连成一片的大陆。如果他对别人的苦难怀有恻隐之心，那就表明他的心是一棵没药树，为了提供香膏，必须伤害自己。如果他轻易地宽恕罪过，那就说明他的心灵凌驾于伤害之上，所以是伤害不了的。如果他对涓滴恩惠都感激涕零，那就表明他重视人们的心意，而不是他们的财物。然而，至为重要的是，如果他有圣保罗的至善（圣保罗为了拯救自己的兄弟，而受基督的诅咒），那就表明他具不少神性，与基督本人有一种契合。

十六　谈贵族

我们先把贵族作为一个国家的阶层来谈，然后再当做某些人的一种身份来讲。一个根本没有贵族的君主国家就是一种纯粹的专制，土耳其人的君主国家就是如此。因为贵族能节制君权，把百姓的视线从皇室稍稍引

---

① 莎士比亚作品《雅典的泰门》主人公。

开。但是民主国家不需要贵族。这些国家比有贵族的国家更加太平,更少叛乱,因为人们的眼睛观察的是事,而不是人。即便盯的是人,也是为了事,因为他们是因为最适合办那种事,而不是因为徽号和血统。我们看到瑞士人的国家长治久安,尽管他们的宗教五花八门,行政区也很不一致。但是维系他们的纽带是共同的利益,而不是对某个人的尊崇。低地国家的联省政府极其出色,因为哪里有平等,哪里的政府的决议也就更加公正,百姓也比较乐意缴税纳贡。一个强大的贵族阶层能增加君主的威严,却能削减他的权力,给百姓注入了活力,却又压制了他们的运气。两全其美的办法则是,贵族不要大到威胁君权、侵犯国法,而要维持在一定高度上。这样,平民的嚣张气焰,尚未触犯君王的尊严,一碰贵族就遭到减杀。贵族人数太多,则造成国家的贫困与麻烦,因为开销太大。何况时移物易,许多贵族必然家道中落,产生一种有名无实的局面。

　　至于某贵族身份的人,看见一座尚未破败的古堡或古屋,或者看见一株郁郁葱葱的古木,那是一个让人肃然起敬的景象,而看见一个古老的贵族之家饱经风雨沧桑仍旧岿然长存,则更是令人慕而仰止!因为新贵族只不过是权力所赋予的,而老贵族则是时光造就。最初晋升为贵族的人较之于他们的后代往往更有能力,率真不足,因为不用善恶兼施的手腕是很难爬上高位的。然而留给他们后代的则是对先人优点的记忆,他们的缺陷则自生自灭,这倒在情理之中。一出生就是贵族的人一般好逸恶劳,而好逸恶劳之徒则嫉妒吃苦耐劳之人。何况,天生的贵族再也不能升多高了,一个止步不前的人看见别人蒸蒸日上难免产生嫉妒之心。另一方面,贵族也会有别人对他们的嫉妒,因为他们享有荣耀。当然,拥有贵族能人的君王定会在使用这些人才中找到清闲自在,行使权力也更会一帆风顺,因为百姓会自然而然地服从他们,认为他们天生就有权发号施令。

欧洲近代三大家哲理散文 · 精华本

十七 谈旅游

　　旅游，对于年轻人是一种教育，对于年长者是一种经验。不懂一国的语言就到该国去，那是去上学，不是去旅游。我倒赞成年轻人在家庭教师或严肃仆人的带领下去旅游，只要随从者懂该国的语言，并且到过那个国家就行。这样，他就可以告诉年轻人他们所到的国家什么东西值得一看，什么人士应当结识，什么活动或训练当地可以提供。如果没有这样的话，年轻人就如同鹰戴眼罩，所见甚少。

　　在海上旅行，只见海天一色，别无可看，这时人们应当写写日记。然而在陆上旅游，值得观察的景物应接不暇，人们大都疏于记录，仿佛闯入眼帘的比悉心观察的更值得一记似的，这岂不是怪事。因此，日记应当常记不懈。

　　应当参观的事物有君王上朝，尤其是接见使臣，有法庭审案、宗教法庭、教堂和寺院，及其遗存的历史文物；有城墙和城堡；有海港和商埠、古物与遗迹、图书馆、学院、答辩会、演讲会（如果有的话）；有航运与舰队；有大城市附近的雄伟建筑与游乐园；有军械库、兵工厂、火药库、市场、交易所、货栈、马术训练、剑术，等等；有上流人士喜欢光顾的剧院；有珍藏的珠宝衣物；有精品陈列与稀世珍藏；总而言之，这些是所到之处的值得纪念的事物。凡此种种，家庭教师和家仆都应多加打听。至于盛典、假面剧、宴会、婚礼、葬仪、处决人犯之类的场面，人们不必心驰神往，但也不要忽略不顾。

　　如果要让一个年轻人做一次小范围的旅行，时间短还要见识广，你就必须这样去做：首先，在他动身之前，必须学一点该国的语言；其次，他得有一个了解该国情况的仆人或家庭教师，他还得带一些描述他要去旅游的国家的地图和书籍，这对他了解该国情况帮助甚大；最后，他还应当记日记。不要让他在一个城市长时间逗留，时间长短按该地的存留价值而定，但不可太长。不仅如此，他在一个城市里逗留之际，让他经常变化居

住地点，在该城的各个地区都住一住，这样对结交一些好友大有好处。让他不要总跟本国人厮混在一起，而应到正在访问的国家的上层人士聚会的地方进餐。变换旅游地点时，应当求人引荐去结识他要去的地方的名人，以便让他在想参观了解的事情上得到帮助。这样他既可以缩短旅游时间，又可以增长不少见识。至于在游旅期间结识什么人，当然最好是各国大使的秘书和随员。这样他在一国旅游，则可以得到多国的经历。他也需要拜访名扬海外的各界名流，以便了解是否实至名归。至于争斗，必须小心避免，争斗一般都是迷恋情人、宴会祝酒、争夺座次、挑剔言辞而引发的。一个人应该当心，不与脾气暴躁、动辄争吵的人交往，因为这种人是会把你卷进他们的争吵中去的。

旅游回国以后，不可把旅游过的国家和交往过的人完全置之脑后，而应当与最有价值的朋友保持书信往来。让他的旅游表现在你的言谈中，而不是衣着举止上。在言谈中，也只能小心谨慎地回答人家的问题，而不是贸然宣讲自己的经历。而且要表现出你不是用外邦的习俗改变本国的习俗，而是要把从国外学得的精华植入本国的习俗中去。

十八　谈拖延

幸运就像市场，如果你能多迟一会儿，物价往往就会下跌。然而，它有时候却像西比尔卖书①，起初是整套卖，随后烧了一部分，又烧一部分，但剩余的仍然要卖原价。这样的例子就在很大程度上说明，尽快抓住时机才会让你收获更多，否则错过了，就不会再有。

再没有比善于抓住事物的苗头更明智的了。总是把危险看得不大，那危险就不会小了。骗人的危险多，逼人的危险少。不仅如此，与其眼睁睁地瞅着危险临近，还不如趁危险还远时就把它扼杀在半路上。因为如果一

---

① 古罗马人中间流传着这样一个故事：女先知西比尔来见罗马国王，要把九卷书卖给国王，国王不要。她便离开，烧三卷，又来见国王，要原价卖掉剩下的六卷，又遭到国王的拒绝。她又离去，烧了三卷，又拿着剩下的三卷卖原来九卷的价钱。国王感到奇怪，就买下了。西比尔的书被罗马人视为圣物，由专人管理，只有在国家情势紧急的情况下才查阅。

个人瞅得太久,他就有睡着的可能。另一方面,如果因为影子拖得过长而上当受骗(如月亮低悬,只照见敌人的背部,就有人上过当)。提前射击,或者过早防御,反而导致危险,则是另一个极端。

如上所言,时机是否成熟必须仔细斟酌。总的来说,最好把重大行动的领头人交给百眼巨人阿耳戈斯①关照,而把尾交给百手巨人布里阿柔斯②处置。先仔细看,后加紧干。因为能使政治家隐身的普路托③的头盔就是商议中的机密,执行时的快捷。事情一旦到了执行阶段,保密就只有靠快捷了,就像空中飞行的子弹,快得眼睛都无法看见。

十九　谈快捷

贪快求捷是做事时可能出现危险的方式之一。就像医生所谓的"预先消化"或"快速消化",这样肯定使体内填满了没有消化的食物,埋下了隐秘的病根。因此是否快捷不能以占用的时间来衡量,而应当以事情的进展来计算。比如赛跑,速度并不依赖步幅多大,抬脚多高。同样的道理,办事快,靠的是抓得紧,而不是揽得宽。有些人一心想短期完工,或者把没办完的事草率了结,以求得办事快捷的美名。然而以简练求快是一回事,以省略求快又是一回事。如果事情总是在商量中,处理的事务总是停滞不前,摇摆不定。我认识一个聪明人,他看见人们求成心切,常用一句口头禅相劝:"等会儿,这样我们会把事情了结得快点。"

话又说回来,真正的快捷是难能可贵的。因为时间是衡量办事效果的标准,就像金钱是衡量商品的尺度一样。不讲快捷的地方,办事的费用就高。西班牙人和斯巴达人不讲快捷是出了名的。但愿我的死神来自西班牙,那它就肯定会姗姗来迟的。

---

① 古希腊神话中佛里克索斯和卡尔喀俄珀的儿子。
② 布里阿柔斯是古希腊神话中的百臂巨人,为埃伽伊俄斯(海中巨仙)的儿子。凡人称呼他为"埃伽昂",意为埃伽伊俄斯之子,他有五十个头,一百只手,一百只眼睛。
③ 普路托,古罗马神话中的冥王,阴间的主宰。古希腊神话中冥王哈得斯的别名普路同为此名的来源。

有人向你汇报事务的第一手情报时,应当仔细听取,宁可一开头就作出指示,也不要在人家正讲时把话打断。因为讲话的顺序一旦打乱,人就要跋前疐后,这就比顺着自己的路子讲下去更加啰唆。不过,有时候人们发现拷问的比答辩的更令人生厌。

重复一般很浪费时间,但是重复问题的实质最能节省时间,因为这样就可以排除一些闲言碎语。冗长而玄妙的讲话不利于快捷,就像长袍拖裙不利于赛跑一样。引言、承转辩白和其他有关个人的言谈对时间都是极大的浪费。这些话虽然好像体现谦虚,实际上是一种浮华。然而,当人们对一些事情抱有成见的时候,切不可单刀直入,因为心存偏见,就需要一段引子,就像热敷能使药膏渗入一样。

至关重要的一点是,各个部分的顺序、安排、选择是快捷的生命,只要安排不过于错综复杂就好。因为不善理顺的人永远不能深入事情的核心,分理过细,又永远不能爽快地脱手。选择时机就是节省时间,而不合时宜的行动就等于吹影镂尘,费日损工。办事分三步:准备、讨论或考查,完成。如果你想要快捷,中间一步可由多人参与,前后两步只能少数人参与。事先拟好一个议事日程多半有助于快捷,因为即便把它全盘推翻,那种否定也比漫无头绪的情况方向明确,就像灰比土更有肥效一样。

二十　谈假聪明

自古以来就有这么一种看法:法国人内在比外表聪明,西班牙人外表比内在聪明。不管两个民族之间的情况如何,个人之间的情况确实如此。因为这就像使徒所说的虔敬,"有虔敬的外貌,却违背了虔敬的实意"。所以世间有这么一些人,如果把他们所做的事情加以考察,结果发现他们都是虚张声势、不办实事的人,都是"出大力办小事"。

明察之士看见这些玩形式的高手所变的戏法,看见他们用什么样的立体镜使平面有了立体的假象,有了"深度和体积",真是荒唐透顶,完全可以写一篇讽刺诗文。有些人言行诡秘,好像不到暗处他的本色就不肯亮出，总好像有什么藏着掖着。他们心里明白当人们说的正是自己不甚明了的事情时，他们便含糊其辞，给别人造成心中有数，但不便乱说的假象。有的人借助表情姿态，依赖手势来显示聪明，就像西塞罗形容庇索的那样，他回答问题时一道眉毛抬到额头上，一道眉毛弯到下巴上，便形容道："你一道眉毛抬到额头上，一道眉毛弯到下巴上，你还说你不赞成残忍。"有人认为口出狂言、头头是道可以压服人，便气势汹汹地一直往下说，把不能自圆其说的东西说成理所当然。有的人遇到自己搞不懂的东西，就会装出不屑一顾的样子，或者认为它不是与自己毫不相干就是雕虫小技，所以不当回事。这样使他们的无知俨然成了见识。有些人总爱别出心裁，往往巧言令色，哗众取宠，借此躲开正题。盖利乌斯①说这种人是"用花言巧语来作践重大问题的蠢材"。柏拉图也在《普罗泰戈拉篇》里引入普罗迪科斯作为这类人的例子并加以嘲笑。让这类人讲了一席话，从头到尾都是奇谈怪论。一般来说，这种人在辩论中总觉得否定别人比较容易，所以就用反对和刁难别人来哗众取宠。因为提议一经否定，就等于一了百了，如果予以采纳，就需要着手新的工作。所以假聪明是误事的祸根。总而言之，日渐败落的商人和金玉其外的"乞丐"，都千方百计要摆出一副富有的门面，但在这些草包们为维护其才干和信誉而玩弄的诸多花招面前，却相形见绌。

假聪明可以让人想方设法达到沽名钓誉的目的，但大家千万不可任用这类人，你宁可要一个榆木疙瘩也不要一个绣花枕头。

二十一　谈狡猾

我认为狡猾是歪门邪道上的聪明。毫无疑问，狡猾的人和聪明的人是有天壤之别的，不仅表现在诚实上，也表现在能力上。有些人会揭牌，但不善打牌；有些人是拉帮结派的高手，别的方面却稀松平常。何况，知人

---

① 盖利乌斯，古罗马作家。

欧洲近代三大家哲理散文 • 精华本

是一回事,懂事又是一回事。有的人能摸透人的脾性,但真正办一件事却没有多大能耐。琢磨人多但钻研书少的人莫不如此。那种只适合摆弄常务而不宜出谋划策的人只能在熟悉的环境下生存,如果换了新人,干脆就没辙了。所以要知贤愚,还要依照老规矩:"把两个人赤条条地送到生人中间去,你就会见分晓",这种办法对他们倒不大适用。因为这些狡猾的人就像小商小贩,要想了解他们,不妨亮亮他们铺子里的家底。

要滑的一种方式就是跟人说话时察言观色,耶稣会会士在训令中就是这么教的,因为很多聪明人都把心里的秘密不经意地显露在脸上。然而察言观色时有时还要装出一副低眉敛颜的样子,这也正是耶稣会会士的做法。

另一种手段是,你有紧要的事相求时,用一些闲言趣语把对方哄得心里乐滋滋的,使他糊里糊涂,自然而然的不能表示反对。我认识一个枢密院官员兼国务大臣,他谒见英国的伊丽莎白女王签署文件时,没有一次不是先引她议论一些国事的,这样一来她对文件就不太留意了。

还可以趁对方情绪激动、无法停下来仔细考虑问题时,你来个突然袭击,把问题提出来。

如果一个人想阻挠一件他担心别人会提出的事情时,那就让他装出一副希望它一帆风顺的样子,用足以挫败它的方式,然后自己提出来。

欲言又止,仿佛硬把话憋在心里,会大大刺激你与之商谈的人的兴趣,因为他总想知道底细。

任何事一旦从你嘴里被问出来,效果似乎就比你主动讲出来得好,因此你不妨装出一副与平常不同的脸色,从而设下诱饵,让人发问。其目的是给人提供机会,问你怎么会变脸,就像尼希米所做的那样"我在王面前素来没有愁容"。

遇到难言之隐、不快之事,最好让一个人先用皮相之谈打开僵局,然后让说话者掷地有声地接上话茬,好像偶然插话的样子,这样别人就会问他对前面的谈话的看法。纳西索斯向克劳狄讲梅萨丽纳和西利亚斯的婚事时就是这么做的①。

有些事情，如果一个人不想抛头露面，假借世人的名义倒是一个耍滑的手段，譬如说用"人家都说"，或者"外面有传言"来引入自己的看法。

我认识一个人，他写信的时候，往往把最重要的事写在信尾的附言里，仿佛那是一件一笔带过的小事似的。

我还认识一个人，该他讲话的时候，往往把最想说的先放下不谈，东拉西扯一通后又回来再谈正事，仿佛那是一件差点被忘掉的事情。

有些人专门在等到他们想套住的人突然撞见自己的时候装作惊慌失措的样子，故意叫人家看见他们手里拿着一封信，或者在做什么反常的事，目的就是让人家问及他们急于想说的事情。

自己说出一些话，存心让别人鹦鹉学舌、人云亦云，借此从中捞得好处，这也是一种耍滑的手段。我认识伊丽莎白女王时代的两个人，他们都争着当国务大臣，但两个人关系很好，有事常在一起磋商。其中一个说，在王权衰落之际出任大臣可是一件棘手的事情，所以他是不想干的。另一个则原原本本地借用了这句话，并且给几个朋友讲，在王权衰落之际，他没有想当大臣的想法。第一个人抓住了这句话，设法把它参奏给女王。女王听到王权衰落的说法大为不满，便决计不听第二个人的请求了。

有一种狡猾，我们英国人称之为"锅里翻饼"。那就是，本来是他对别人说的，他反而赖成是别人对他说的。说实话，两个人之间对话，要弄清楚究竟谁开的头，还真不容易。

有些人有一种办法，就是以否认的方式进行自我辩解，从而影射他人，好像说："这种事我才不干呢。"就像提吉利努斯对布鲁斯所说的："我别无目的，只是一心注意着皇上的安全。"

有的人一开口就故事连连，凡是他们要含沙射影讲述的事情，无一不包在故事里。这种故事既容易保护他们自己，也容易使别人更乐于接受。

用自己的语言和论点表露想要的回答是一种耍滑的妙方，因为这样做会使对方较少为难。

---

① 梅萨丽纳是罗马皇帝克劳狄一世的第三个皇后，她钟情于凯亚斯·西利亚斯，并强迫他与自己举行秘密婚礼。克劳狄的亲信纳西索斯非常谨慎地把此事报告给皇帝，皇帝处死了西利亚斯。

说来奇怪,有些人在讲心里要讲的事之前,先要打很久的埋伏,兜很大的圈子,东拉西扯一大堆不相干的事情。这样做需要很大的耐心,可是这样的埋伏用处也不少。

提出一个突然、大胆、出人意料的问题往往使人猝不及防,顿时就敞开心扉,确实有些不妥。这就像一个改名换姓的人在圣保罗大教堂里散步,有人突然走到他身后喊他的真名,他就立即回头看一样。

然而耍滑的小手腕是层出不穷的,列举出来倒不失为一件好事,因为在一个国家里,为害之大莫过于狡猾的人冒充聪明的人了。

不过,有些人无疑是知道事情的求安避危之道的,但就是不交代出其中的真谛。就像一幢楼房虽有方便的楼梯和门户,却没有一间好房子。因此,你一定会发现他们在结论中连放好箭,但永远不能明察或辨证问题。但是他们通常善于利用自己的无能,往往被人看做是引路的才子。有些人立身处世之道是欺骗人,按我们现在的说法就是耍弄别人,而不是自己脚踏实地埋头苦干。然而所罗门有言:"智者留心自己的脚步,愚者转脸去诈骗他人。"

二十二 谈利己之道

蚂蚁是一种聪明的、自爱的动物,但在一片菜园里就是一种害虫了。同样,过于自爱的人在某些方面必定有害于公众。仔细掌握爱己与为公的中间尺度,既要忠于自己,又不欺骗别人,尤其不能欺骗君王和国家。一个人把自己看做行为的中心是很不对的,那正好和地球一样,因为地球只是固守着自己的中心,而与诸天体中有亲和力的万物都是围绕另一个天体的中心运行的,并且从中获益。凡事都归结于自我,这对一个君王倒情有可原,因为君王不仅仅代表自己,而且他们的善恶与民众的利害息息相关。然而,君王的臣仆或国家的公民有这种表现则是极大的恶行,因为凡事一过这种人的手,他就会加以扭曲以适应自己的目的,往往与君王与国家的目的南辕北辙。因此,君王、国家决不能选用有这种习性的人做臣仆，除非有意让公事办成送给臣仆的顺水人情。危害更大的是，这样做会使轻重缓急统统失调，置臣仆的利益于君王之上完全是本末倒置，而为了臣仆的小利，办事时违抗君王的大利则更是伤天害理。而贪官污吏、劣使恶将和其他奸臣赃官的情况正是这样，这完全是歪门邪道，以个人的蝇头小利去毁损君王的宏图大业。在大多数的情况下，那种臣仆得到的好处只不过是他一己的幸福，而他为那种好处所造成的祸害却等于毁了他君王的幸福。放火烧房只图烤熟自己的几个鸡蛋，正是那些极端自爱者的本性。但是这些人往往能得到君王的信任，因为他们孜孜钻研的就是如何讨得君王的欢心，谋求自己的私利。不管是哪一种居心，他都置君王事务的利益于不顾。

利己之道尽管名目繁多，但却都是歪门邪道。那是老鼠的门道，因为老鼠只知道在房子倒塌时逃之夭夭；那是狐狸的门道，因为狐狸只会把为它挖洞造窝的獾撵走；那是鳄鱼的门道，因为鳄鱼在吞噬别人时还要掉几滴眼泪。然而，特别值得注意的是（正如西塞罗说庞培的那样）那些"非己不爱的人"往往下场不好，他们总是牺牲别人成全自己，最终却成了无常的命运的牺牲品，他们本以为已经用利己之道绑住了命运的翅膀，而结果却不是这样。

二十三 谈革新

初生的幼崽总是其貌不扬，革新也莫不如此，因为新事物都是时间的幼儿。尽管如此，第一个光耀门楣的人一般比大多数后继者更可敬。同样，首创（如果是好的）总让模仿所难及，因为对于不正的人性来说，恶具有一种自然动力，继续的时候最强；而善却作为一种强制动力，开始的时候最大。药物无疑都是不断革新的。不用新药的就必然等着害新病。时间是最伟大的革新家，如果时间在它的自然进程中使事物变坏，智慧和言论又不能将其变好，那将如何了结？的确，约定俗成的东西即便不好，至少还是可行的。那些长期共存的东西，好像形成了一种磨合，而新生事物

就有方枘圆凿的特点。它们虽靠用途发挥作用，却又因违拗而会制造出麻烦，何况它们就像陌生人，令人惊奇的多，被人喜爱的少。

如果时光静止不动，这种情况都不会错。然而时日迁流，墨守成规跟革新创异一样令人讨厌，那些过于崇古的人就会在新时代被传为笑谈。

因此，人们在革新时最好要以时间本身为榜样。时间使得日新月异，但不声不响，潜移默化于不知不觉之中，让新生事物都成了始料不及的东西。革新有利也有弊，获益者认为是喜从天降，便感谢时运，受害者认为是飞来横祸，便归罪于革新者。除非势在必行，好处明显，否则国家最好不要搞实验。而且千万当心，应当是改革引起变化，而不应当是思变之心假借改革之名。最后，标新立异的做法虽不会被一概拒绝，但总叫人起疑。正如《圣经》所言："我们应当站在路上察看，访问古道，找到是善道，便行在其间"。

二十四　谈友谊

"喜欢孤独的人不是野兽，便是神灵。"说这句话的人很难把更多的真理和谬误糅合到这样的只言片语之中。因为一个人若对社会天生就有一种隐秘的仇恨和反感，他多少会有一点野兽的性质，这是千真万确的。然而如果说这种仇恨和反感具有什么神性，则是荒谬透顶的，除非他不是在孤独中寻找乐趣，而是想把自己与世隔绝，追求一种更高的境界。人们发现有些异教徒身上就有这种虚构出来的表现，如克里特人伊壁门尼德斯①、罗马人努马②、西西里人恩培多克勒③、蒂亚纳的阿波罗纽斯，还有基督教会的若干古代隐士和长老确实也有这种表现。然而什么是孤独，它的范围又如何，人们却不甚了解。因为在没有爱的地方成群并不等于结伴，一张

---

① 伊壁门尼德斯，约公元前6世纪古希腊克里特岛的哲学家，是古代最杰出的人物之一。传说他一睡就是五十多年，性格淳朴无私，对后世影响很大。
② 努马，古罗马王政时代的第二代国王（在位期前715年—前673年），相传他曾经在一个洞中受到仙女埃吉丽亚的教诲而创立宗教历法和各种宗教仪式。
③ 恩培多克勒，古希腊著名哲学家。

张面孔只不过是一条画廊,交谈也无非是一种铿锵。那句拉丁谚语真有点一针见血的味道:"一座大城市就是一片大荒原。"因为在一座大城市里,朋友们也四分五散,因此大体上说,甚至没有街坊邻里才有的那种情谊。然而我们不妨更进一步断言:缺乏真正的朋友是一种彻底、可悲的孤独,因为没有真正朋友的世界只不过是一片荒原。即便从孤独的这种意义上也可以说,性情上与友谊格格不入的人,他拥有的是野兽的性情,而不是人类的性情。

友谊的一个主要作用就是宣泄各种情绪引起的心中的憋闷。我们知道憋闷对身体最为凶险,对精神也不例外。你可以服菝葜养肝,服铁剂健脾,服硫华舒肺,服海狸香活脑,可是除了真正的朋友,没有一个处方可以为你带来开心。对于挚友,你可以在一种对世俗的告解中,倾诉你的痛苦、欢乐、恐惧、希望、猜疑、规劝以及压在心头的一切。

看看伟大的君王对我们所说的友谊的评价有多高吧,真令人感到奇怪,他们居然把友谊看得那么重要,以至多次置自己的安全和身份于不顾来换取友谊。因为君王的地位与臣民天差地别,他们是不能采集这种友谊的果实的,除非(为了使自己有这种能力)他们把有些人提拔到类似于同伴的地位上,几乎能跟自己平起平坐,但这样做往往会造成麻烦。现代语把这种人称为"宠信"或"私交",仿佛它只不过是用来表现恩宠或交谊的产物,然而罗马人称之为"分忧之人",这种叫法却反映了它的真正用途,因为结成君臣友谊的原因恰恰就是这个。我们看到做这种事的不仅仅是懦弱多情的君王,还有古往今来具有雄才大略的统治者,他们往往跟臣仆结交,管臣仆叫朋友,也允许臣仆管他们叫朋友,使用私交之间交谈的语言进行谈话。

苏拉统治罗马时,把庞培(后来冠之以"伟人"称号)提升到连苏拉也难以匹敌的地位。有一次庞培举荐他的一个朋友争当执行官,与苏拉所举荐的相抗衡,苏拉对此有所不满,开始理论起来,庞培便反唇相讥,叫他免开尊口,因为仰慕朝阳者众,欣赏落日者寡。

在裘力斯·恺撒那里,德西马斯·布鲁图达到了炙手可热的地步时,恺撒在遗嘱中把他排在自己的甥孙之后立为第二号继承人。而此人却是有力量置恺撒于死地的人。由于一些不祥之兆,尤其是恺撒妻子卡尔普妮亚

的一个不祥的梦，恺撒要让元老院休会，此人却搀着恺撒的胳膊，把他从椅子上扶起来，并且告诉恺撒："我希望等到你的妻子做了好梦再散会。"恺撒对他真可谓言听计从，以致安东尼在一封信里——此信在西塞罗的一次抨击安东尼的演说中曾一字不差地引用过一称，称他为"巫师"，仿佛是他使恺撒着了魔似的。

奥古斯都·阿格里帕（虽然出身微贱）被提到万人之上，他就女儿裘利娅的婚事征求米西纳斯①的意见。米西纳斯不惧冒昧地告诉他，他要么把女儿嫁给阿格里帕，要么就要了他的命，没有第三条路可走，因为他已经使阿格里帕成了举足轻重的人物。

塞扬努斯②在提拔手下扶摇直上，最后他们俩被人看做一对密友。提比略在给塞扬努斯的信里说道："因为我们的友谊，这些事我没有向你隐瞒。"全元老院还给友谊专门修了一座圣坛，好像献给一尊女神似的，以表彰他们二人之间传达亲密的友谊的美德。

塞普提缪斯·塞维鲁③和普劳蒂亚努斯的友谊与之类似，或者更胜一筹。因为塞维鲁强迫他的长子与普劳蒂亚努斯的女儿成婚，在普劳蒂亚努斯侮慢皇子时却袒护其不被治罪，而且在写给元老院的信中这样写道："朕深爱此人，愿他比朕长寿。"

那么，如果这些君王都像图拉真④或马可·奥勒利乌斯⑤一样，人们会认为这种做法出自博大善良的天性。但是上述君王个个都精明能干，魄力甚大，作风严厉，又极端自爱，这就清楚地表明他们发现自己的幸福（尽管已到凡人的极致）如果没有朋友成全，就会显得美中不足。更为重要的是，这些君王尽管有后妃、王子、侄甥，但天伦之乐却无法提供友谊可以提供的慰藉。

---

① 米西纳斯（前70年—前8年），罗马贵族、奥古斯都的密友和顾问，著名的文学赞助人。
② 塞扬努斯（？—31年），罗马帝国近卫军司令、执政官，原为皇帝提比略的亲信，因篡位阴谋败露被处死。
③ 塞普蒂米乌斯·塞维鲁（145年—211年），在公元193年—公元211年出任罗马皇帝，在位至逝世。他是首位来自非洲的罗马皇帝。
④ 图拉真（53年—117年），古代罗马帝国皇帝，五贤帝中的第二位。
⑤ 马可·奥勒利乌斯，一译马可·奥勒留，罗马皇帝（161年—180年在位），其所著斯多葛哲学的《沉思录》尤为驰名。

千万不可忘记科明尼斯①讲到他的第一位主公勇敢者查理公爵的话。他说："公爵不肯把秘密，尤其是那些最使他为难的秘密透露给任何人。"他接着说，"到了晚年这种封闭的性格损害并且可以说毁掉了他的理智"。当然科明尼斯如果愿意，他也会对他的第二位君王路易十一下同样的断语，因为路易十一的封闭性格确实折磨了他的一生。毕达哥拉斯的格言虽然晦涩，但确实是至理名言——勿食心。的确，如果说句难听话，那些没有朋友可以推心置腹的人就是吞食自己的心的人。不过有一件事情令人惊奇不已（我将以此来结束关于友谊的第一个成效的论述），那就是，向朋友倾诉衷肠可以产生两种相反的效果：它可以使欢乐加倍，又可以使忧愁减半，因为把欢乐告诉朋友的人无不增加欢乐；把忧愁倾吐给朋友的人无不减轻忧愁。实际上，友谊对人的心灵产生的功效就像炼金士常说的，他们的炼金石对人体的作用一样，它可以产生完全相反的效果，但仍然对人有益。然而，即便不去求助炼金士，在平凡的自然现象中也有这种表现：身体上的结合可以增强、哺育任何自然作用；另一方面也可以减弱、缓和任何强烈的打压，心灵上的结合也具有这种功效。

如果说友谊的第一个功效是颐养感情，那么它的第二个功效就是助长理智。在感情上友谊可以化狂风暴雨的天气为风和日丽，在理智上它可以拨开思想的云雾展现出焕朗的天光。这不仅仅可以理解为一个人接受了朋友的忠告，而且还表现出一个人在获得忠告以前的心乱如麻。要是能与他人进行交流，他的才思就会豁然贯通。他玩弄起思想来就更是易如反掌，更是把它们调拨得秩序井然，他可以看见思想被转变为语言后是什么模样，最后他独立思考时变得更加聪明。可见一小时的交流比一整天的苦想更见成效。地米斯托克利②对波斯王说的话很有见地："语言就像展开的花毯，图案显露得清楚了然，而思想就像卷起的花毯。"友谊的第二成效——开发理智，这不仅仅局限于那些能对自己提忠告的朋友（这样的朋友的确最好），即便没有这样的朋友，一个人也可听见自己说话，暴露自

---

① 科明尼斯（1447年—1511年），法国历史学家。曾担任路易十一的宫廷顾问。所著《回忆录》具有极高的史料价值。

② 地米斯托克利（约前524年—约前460年），贵族出身，雅典政治家，统帅。

己的思想，磨砺自己的智慧，就像在石头上磨刀一样，尽管石头没有切割的能力，却能使刀变得锋利。总而言之，一个人就是对着一座雕像或一幅图画去诉说自己的想法，也比把自己的思想闷死在心里要好。

现在，为了把友谊的第二个成效讲完整，我们再追加一点更加显而易见的，连凡夫俗子也不会忽视的观点，那就是朋友的忠告。赫拉克利特①在一条谜似的隐语的话中说得很好："干光总是最好的。"毫无疑问，一个人从另一个人的忠告中得到的光，要比从自己的理解和判断中得到的更干，更纯，因为人自己的理解和判断总是只渗透了自己的感情和习惯。所以有时朋友的忠告和自己的规劝迥然不同，就像朋友的忠言和吹捧者的奉承效果悬殊一样。因为一个人最大的吹捧者就是他自己。而根治自我标榜的良方莫过于朋友的直言。忠告有两种：一种针对品格，一种是关于事业。谈到第一种，保持心灵健康的最好药方就是朋友的忠告。一个人严厉自责，不失为一种药物，但有时候过于猛烈，副作用就会太大。读道德修养方面的好书有点枯燥无味，对照别人检查自己的缺点有时候又与自己的情况不符，而最好的药方（我说的是最有效、最易服用的）就是朋友的规劝。许多人（尤其是一些伟人）正因为没有朋友进行规劝而铸成大错，干出了荒谬绝伦的事情，结果使自己名声扫地，运气受损，看到这种情况真使人感到惋惜。因为这些人就如同圣雅各所说："像一个人对着镜子看自己的面目，但是转眼就忘了他的相貌如何。"说到事业，人们可能会认为："两只眼看到的并不比一只眼多"，"局内人一定比旁观者看得清"，或者认为"暴跳如雷的人跟能想办法冷静下来的人一样明智"，或者认为"火枪端在手臂上和支在枪架上打得一样准"。还有一些愚蠢的奇思异想，认为自己就是一切的一切。然而万般无奈的时候，只有忠言的帮助才能把事业拨乱反正。还有人认为他愿意听取建议，但必须分头听取，在这件事上征求这个人的意见，在那件事上又征求那个人的意见，这也不错！（也就是说，也许比不征求强）但这样做有两个危险：一是他听不到忠言，因为除了莫逆之交，进言者大多是别有用心的；二是他得到的是有害而危险的

---

① 赫拉克利特（约前530年—前470年）是古希腊一位富传奇色彩的哲学家。他本来应该继承王位，但是他将王位让给了他的兄弟，自己跑到女神阿耳特弥斯庙附近隐居起来。

建议（尽管用意良好），有时是利弊参半。这就像你要请一名医生，你认为他会治愈你的疾病，但他对你的身体情况并不了解，因此，他虽然治好了你现在得的病，但是又损害了你的健康，结果是治好了病，要了人的命。然而对一个人的境况了如指掌的朋友则会在促进你当前的事业的同时，注意如何不要碰上别的麻烦。因此千万不要听信乱七八糟的建议，它们引起分心、误导的时候多，安心、顺导的情况少。

友谊除了这两种卓越的功效（平和感情，加强判断）之外，还有最后一种功效，这种功效就像石榴籽儿一样饱满。我指的是在一切活动和事务中的帮助与参与所产生的效果。如果要把友谊的多种用途生动地表现出来，最好的办法是估算一下，有多少事情是不能一个人独自的，这样看来，古人的说法"朋友就是又一个自己"，就好像是皮相之谈了。因为拥有一个朋友会远远超过自己的力量。人生有限，很多人尚未了却此生的心愿就一命呜呼了，如子女的婚姻、工作的完成之类的事情。如果有一位挚友，他就几乎可以安心瞑目了，因为身后之事有了依托，得以继续。这样一来，一个人在实现心愿方面，就好像又活了一辈子。一个人有一个身体，而这个身体又局限在一个地方，然而如果有了友谊，人生的一切事务好像就交给朋友或是他的代理人了，因为他可以依靠他的朋友去办理。有多少事情是一个人为了顾全脸面而不能亲口去说、不能亲手去做的！一个人要保持谦虚，就不好说出自己的优点，更不要说给它们高唱赞歌了。有时候他也不能做摇尾乞怜的事情，诸如此类的事还真不少。这些事是自己羞于说出口的，但让朋友说出来却理所当然。还有，一个人在说话时还不得不讲究身份。跟儿子说话，要有父亲的严厉；跟妻子说话，要有丈夫的派头；对敌人说话，要讲究地位对等。而朋友呢，情况需要怎么说就可以怎么说，就不必讲究身份了。这种事情是不胜枚举的。我已经提出了这么一条规则——一个人在演不好自己的角色的情况下，要是再没有朋友，那他就只好下台了。

二十五　谈猜疑

　　思想中的猜疑犹如飞鸟中的蝙蝠，它们总在暮色中飞翔。其实，猜疑是可以制止的，至少可以给予适当的限制，因为它蒙蔽心智，疏远朋友，干扰事务，使它不能持之以恒地顺利进行。猜疑使君王暴虐，使丈夫嫉妒，使智者优柔寡断、悒悒不欢。猜疑不是心病，而是脑疾，性格最勇健的人也在所难免。英王亨利七世就是例证，他的多疑，他的勇健都堪称天下之最。对于这种气质的人，猜疑的危害并不很大，因为他们先要进行一番考察，以便确定猜疑是否有充分的根据，否则是不大会给它一席之地的。然而遇到胆小怕事的人，猜疑却会长驱直入。

　　一个人孤陋寡闻就会疑神疑鬼，因此人们应当用博闻广见来根治猜疑，千万不可将它闷在心里。人们到底想要什么？难道他们认为他们雇佣、交往的人都是圣人？难道他们认为这些人个个不谋私利，人人舍己为人？因此要节制猜疑，别无妙方，只有心里把它信以为真，做最坏的准备，眼里将其视以为假，抱最好的希望。因为一个人对付猜疑，只有做好准备，即便他的猜疑确有其事，也不能给他造成危害。自己头脑里凭空产生的猜疑不过是蚊蝇的嗡嗡之声，然而听了别人的流言飞语，有意繁衍、硬行塞进脑袋里的猜疑却带有毒刺。毫无疑问，疑云密布之时，清道的最好办法莫过于跟怀疑的对象开诚相见。因为这样一来，你肯定会对实情有进一步的了解，也使对方更加谨慎小心，以免给人进一步生疑的依据。然而，这种办法对于卑鄙小人绝对不行，因为这种人一旦发现自己遭人猜疑，就永不会以诚待人。意大利人说："猜疑是信任的放行证。"仿佛猜疑真的给信任发了放行证似的，不过它应当燃起信任之火将自己焚毁才是。

二十六　谈殖民地

　　扩展殖民地是古老、原始、英雄的业绩之一。世界年轻的时候，生的孩子很多，可是它现在老了，生的孩子就少了。我把新开拓的殖民地看做原来的国家的孩子是有充分理由的。

　　我喜欢一片纯净的土地上的殖民地，也就是说，在那里不需要为了移殖外来的人而根除原有的人。否则的话，与其说那是一块殖民地，还不如说是块除民地了。

　　培植国家就像培植树木。你必须打算先折十年的本，最后才能获利。大多数殖民地之所以功亏一篑，主要是因为急功近利，想在最初几年里取得立竿见影的成效。诚然，只要对殖民地有益，急功近利也不可忽视，不过以此为限，不可多求。

　　把社会渣滓和罪犯歹徒当做你要移殖的对象是件可耻而又晦气的事情。因为，这种做法会给殖民地造成无穷的祸害。这种人永远要过无赖的生活，好吃懒做、惹是生非，并且很快就感到厌倦，向故国捎话带信，败坏殖民地的声誉。你的移殖对象应当是园丁、农民、工人、铁匠、木匠、细木匠、渔民、猎鸟人，以及少数药剂师、外科医生、厨师和面包师等。

　　在殖民地的国土上，首先要看看这块土地上出产什么可以采集的天然食物，如栗子、胡桃、菠萝、橄榄、枣子、李子、樱桃、野蜂蜜之类，并且加以利用。然后考虑考虑什么食物生长快，一年之内就有收成，如萝卜、胡萝卜、芜青、洋葱、小萝卜、洋姜、玉米之类。至于小麦、大麦、燕麦，它们太费工。不过你倒可以先种种豌豆、大豆，这两种东西费工较少，既可以当主食，也可以当副食。至于稻子，同样是一种产量很高的作物，而且也是一种副食。最重要的是，一开始就应当带大量的饼干、燕麦片、面粉、粗粉之类的东西，以便在制作出面包前的阶段食用。至于家畜家禽，主要先带那些抗病力最强、繁殖最快的。如猪、山羊、鸡、火鸡、鹅、家鸽等等。殖民地的食物消费数量应当和一座围城中的食物消费数量

培根随笔

相去无几,也就是说,定量供应。把用做园圃、农田的主要土地,作为一种公共财产,先把它储备起来,然后按比例分配。此外还有一些零星土地,可由私人自行耕种。

同样还要考虑殖民地所在的土地适合种植什么经济作物,好让这些作物以某种方式支付殖民地的开销,只要它不像已经说过的那样过早地损害主要事业就行,弗吉尼亚的烟草情况就是这样。一般来说森林多得叫人难受,这种情况下木材可算是一种经济作物。要是有铁矿石,还有河流,那么就可以在这里建一个碾磨厂。如果在这茂密的森林里可以找到铁,那是再好不过了。如果气候适宜,可以试着晒盐。要是有木棉,那是一种很有前途的产品。盛产松杉的地方,树脂、木焦油肯定不会少。同样,如有药材和香木,管保可以赚大钱。还可以想到值得利用的有制皂草木灰和其他东西。不过不要过多地在地下翻腾,因为矿产的前景是靠不住的,常常使殖民者懒于干其他事情。

至于管理,最好掌握在一个人手中,再由几个顾问协助,让他们掌握有限的实施军事管制的权力。最重要的是,让人们觉得身居荒野,被上帝看着,为上帝服务,这样就会便于管理。殖民地的管理不可利用过多的殖民国的人来担任顾问或承办人,这些人的数目要适中,而且要用贵族和绅士,不要商人,因为商人总看眼前的利益。在殖民地强大之前应免除关税,不仅要免除关税,而且让他们能自由地把商品拿到最有利可图的地方去卖,除非有需要谨慎从事的特殊理由。

切勿源源不断地往殖民地送人,以免人满为患。而且应当关注他们耗损的情况,适当进行补充。殖民地的人数应当以他们能够安居乐业为宜,不能因人口过多造成生活贫困。

有些殖民地建立在海滨河岸的沼泽地和于人有害的地方,这对居民的健康危害极大。虽然你在那种地方起步时可以避免运输和其他类似的不便,但从长远看,人们居住的地方最好建立在离河远一些的高地上,而不要沿河修建。同样为殖民地居民健康考虑,他们应当储备大量的食盐,以便必要时腌制食品。

如果你在野蛮人居住的地区殖民,不要用一些花里胡哨的玩艺儿去讨他们的欢心,而要公道亲切地利用他们,不过还要严加防范,不要用帮助他们而去攻击他们的敌人的办法来讨好他们，但当他们受到攻击时，帮他们守卫却是义不容辞的。还可以经常选送一些原住民到殖民国去，好让他们看到那里的情况比他们自己的好，回来后到处宣扬，以达到宣传的目的。

殖民地壮大以后，不仅要移殖男子，而且要移殖妇女，这样殖民地就可以代代繁衍，不需要从外地补充人丁了。

殖民地一旦起步，再去将它抛弃是一件伤天害理的事情，因为这样做不光丢脸，而且还欠下了许多可怜人的血债。

二十七　谈预言

我要谈的不是神的预告，不是异教徒的谶谕，也不是自然征兆，而仅仅是历史事实确凿、理由十分隐蔽的那种预言。女巫对扫罗说："明日你和你的众子必与我在一处了。"维吉尔引用了荷马的这样一些诗句：

在那里，埃涅阿斯这一族，他儿子的儿子，子子孙孙，将会把全世界统治。

这好像是一个关于罗马帝国的预言。
悲剧作家塞内加写过这样一些诗句：

在遥远的未来的年代，
海洋将松开对世界的束缚，
一片辽阔的大陆将会出现，
航海家将会发现新的世界，
图勒也不再是地球的极限。

这是一些关于预言的故事：波吕克拉特斯①的女儿梦见朱庇特给她父亲洗浴，阿波罗给他涂油，后来她父亲果然被钉在露天的十字架上，太阳晒得他浑身流汗，雨水又冲洗他的身体。马其顿王腓力梦见他把妻子的肚子封了起来，他自己的解释是这预示着他的妻子不会生育，但预言家阿里斯坦德告诉他，他妻子已经有孕在身，因为人们对空容器通常是不加封的。一个鬼影出现在布鲁图的帐篷里，对他说道："你在菲利皮会再次见到我的。"提比略对加尔巴说："加尔巴，你也会尝到统治帝国的滋味的。"在韦斯巴芗时代，东方流传着一种预言，说从犹迪亚来的人将会统治世界。这句话尽管可以说是针对我们的救世主的，但塔西佗解释说它指的是韦斯巴芗。图密善在遇刺的前一天夜里梦见他的项背上长出了一颗金脑袋，果然他的继承者创造了长久的黄金时代。英王亨利六世在亨利七世还是个小孩子的时候给他端水时说："这就是会戴上我们争夺的王冠的那个孩子。"我在法国的时候，听到一个名叫佩纳的医生说，王太后信仰奇术，她曾把夫王的生辰用了一个假名交给人去算命。算命先生算定他将死于决斗。一听此话，王后哈哈大笑，因为她认为没有人会向她的丈夫挑战、决斗。然而后来他就是在马上对枪比武时死的，因为蒙哥马利枪柄上的裂片钻进了他头盔的面罩。我小的时候，正是伊丽莎白女王风华正茂之日，我听到这样一个家喻户晓的预言：

等麻（hempe）纺成了线，
英格兰就完蛋。

一般认为一旦名字的首字母顺序组成 hempe 的君王（即 Henry, Edward, Mary, Philip 和 Elizabeth）的统治结束，英格兰就要大乱。谢天谢地，事实证明仅仅是改变了国号而已，王号现在不再是"英格兰王"而是"不列颠王"了。在1588年以前，还有一个预言，我至今仍不甚明了：

---

① 波吕克拉特斯，希腊萨摩斯岛的僭主，在他权势极强的时候，萨迪斯总督阴谋害死他，邀请他来访问，波吕克拉特斯一来就被擒，并钉死在十字架上。他女儿做过不祥的梦，恳求他不要出访，但他就是不听劝告。

> 有一天将会看见，
> 在巴礁和梅岛之间，
> 会有挪威的黑色舰队出现。
> 这事一经结束，
> 英国开始大兴土木，
> 因为此后战争不会再有。

一般认为它指的是 1588 年来犯的西班牙舰队，因为据说西班牙国王的姓就是挪威。君山先生的预言：

> 八八年，一个奇迹年，

被认为同样应验的是在那庞大的舰队的出击上，它尽管不是有史以来海上数量最大的，却是力量最强的。至于克里昂圆的梦和关于它的解释，我认为那是个玩笑。他梦见他被一条长龙吞噬了，被人解释为龙就是腊肠师傅，因为此人给他制造过极大的麻烦。类似的东西还有很多很多，要是你把梦和占星学的预卜包括进来，那就更是不胜枚举了，我只不过记下几个具有一定可信性的预言作为例子罢了。

我的看法是，这些东西都应不屑一顾，充其量也只是冬天炉边的闲谈的东西。我说不屑一顾，只是说不可相信。从另一方面讲，对它们的散布、刊印却绝对不可不屑一顾，因为它危害极大。我看到为了制止它们已经制定了许多严厉的法规。

这些东西之所以叫人津津乐道，信以为真，有三个原因：一、人们只注意到应验的，而从来没有注意到落空的，梦的情况一般都是这样。二、可能性较大的推测或者含糊不清的传说往往变成了预言，而人们本来有喜欢预测未来的天性，所以以为把他们推测的东西预先讲出来，并没有什么危险，塞内加的那首诗就是这样。因为当时很多情况已经表明，地球在大西洋那边还有一大片地方，很有可能不是一片汪洋，再加上柏拉图的《蒂迈欧篇》和他的《亚特兰蒂斯篇》中的传说，就助长了人们把它变为预言的想法。三、最后一个（这是最重要的），就是几乎所有的预言，由于不

计其数,因此都是骗人的鬼话,而且都是无聊的狡猾之徒在事后瞎编乱造出来的。

二十八 谈人的天性

天性往往隐而不露,有时可以将它压服,但很难把它消灭。压力使天性的反抗力更强。纪律和教育能使天性规矩一点,但只有习惯才能改变、抑制天性。

人要想战胜天性,给自己规定的任务不能过大,也不能过小。因为任务过大,他就会因屡遭失败而气馁。任务过小,虽然常常成功,但是进步甚微。起初练习时不妨有所借助,就像学游泳的人借助气囊或苇筏一样。过一个阶段,就应该在不利的条件下进行练习,就像学舞蹈的穿上厚底鞋练习一样。如果练习比运用还刻苦,那就会熟能生巧,达到完美的境界。

如果天性顽强,制胜艰难,那就得循序渐进:首先及时地扼制天性,就像有人生气时把24个字母背一遍那样。然后,开始减量就像一个人戒酒,从开杯对饮,到一餐一浅酌,最后,完全戒除。不过一个人要是有决心和毅力一举解放自己,那就最好不过了:

谁能挣断磨胸的锁链,顿时停止悲痛,
谁就是最好的心灵解放者。

矫枉必须过正,这句古训不错,就是说把天性像棍子弯向相反的一面,放开以后刚好矫直一样。不过必须明白,那相反的一面不是恶习才行。

一个人不应当硬要一鼓作气地让自己养成一种习惯,而应当有所间断。因为这种停顿一则可以造成东山再起、旗开得胜的局面;二则假如他的做法并非总是尽善尽美,在一鼓作气的过程中既锻炼了自己的能力,也锻炼了自己的错误,因此导致了一种将二者兼收并蓄的习惯。除了适时的间歇外，没有任何办法可以补救这种局面。

然而一个人也不可过于相信他已经战胜了天性这件事情，因为天性的潜伏期很长，一有机会，一有诱惑，就会死灰复燃。就像《伊索寓言》中猫变的姑娘娴静地坐在餐桌的一头，当耗子从面前跑过时就会现出原型。因此一个人要么就完全避开这种现象，要么和它经常接触，让自己习以为常，不为所动。

一个人的天性在这几种情况下最容易显露出来，一是在私下里，因为这种场合用不着装模作样；二是在感情冲动时，因为感情一冲动他就忘乎所以；三是遇到新情况或新考验时，习惯已经不起作用。

天性与职业相辅相成的人是幸运者。相反，有些人干着他们不喜欢的事情的时候，他们就说："我的灵魂长期以来一直是个生客。"在学习上，一个人要强迫自己学违背天性的东西，必须规定时间，而如果学符合自己天性的东西，他就不要管什么规定的时间了。因为他会心驰神往，只要别的事情和学习留下的空闲时间够用就行。

人的天性不是生香卉，便是长野草。所以适时地给前者浇水，将后者铲除。

二十九 谈幸运

不可否认，幸运大多是由外在的偶然事件促成的，如宠爱、机会、别人的死亡、巧合。然而，一个人的幸运主要还是靠自己的双手得来的。诗人说："人人都是自己幸运的设计师。"最常见的外在原因，是一个人的愚蠢造就了另一个人的幸运。因为没有一个人的暴发不是由别人的失误造成的，"蛇不吃蛇就不能变成龙"。

明显的优点招人赞扬，然而隐藏的优点却带来了幸运。有些表现自我的方式是没有名称的。西班牙人称之为"disemboltura"。当一个人的天性中没有障碍，没有倔犟，而思想的车轮与幸运的车轮合辙同行的时候，

disemboltura 就表达了那些方式的一部分含义。李维曾用这样的话描述老加图①:"此人体壮心强,所以无论他生在什么家庭,好像都会走运。"然后他又发现他有"多种才能"。因此一个人如果留心观察,他一定会看到幸运女神的,因为尽管她是盲目的,可却是能被人看见的。

幸运之路就像天空的银河,它是许许多多小星星的聚会或集结,这些小星星分开了是看不见的,但合在一起却会发光。同样,有一些很不显眼的小优点,或者才能和习惯,使人们走了运。其中有一些人很少想到,意大利人却注意到了。他们谈到一个做事万无一失的人时,会在此人的其他条件中加进一句,"他有一点傻"。无疑,再没有比有一点傻和老实过了头更幸运的品质了。但是极端爱国或极端爱主的人是永远不会幸运的,而且他也不可能幸运,因为一个人把自己置之度外,他就不会走自己的路了,又何谈幸运。

天上掉馅饼似的幸运造就冒失鬼、浪荡子(法国人叫"entreprenant"或"remuant",则好听一点),然而奋斗得到的幸运却造就人才。幸运之神应该受到尊敬,至少是为了她的女儿"自信"和"声誉"。因为这两个都是幸运所生,前者生于一个人自己的心中,后者生于羡慕他的别人的心中。

聪明人为了减少人们对他们长处的妒忌,往往把这些长处归于天意或幸运。因为这样一来,他们具有这些长处就可以心安理得了。况且一个人有神灵保佑才更见其伟大。所以恺撒在暴风雨中对水手说:"你载的是恺撒和他的幸运。"所以苏拉选用"幸运的"而不是"伟大的"为号。而且人们注意到,那些公然把成功的原因大多归于自己的聪明才智的人,都以不幸告终。据记载,雅典人提谟修斯向国家报告他的政绩时,屡屡插入这样的话,"此事与幸运无关。"从此以后,他再也没有任何建树。

当然有些人的幸运就像荷马的诗句,如行云流水,非其他诗人所能及。普卢塔克谈到提摩勒翁的幸运并把它跟阿格西劳斯和伊巴密浓达的幸运比较时说过这样的话:"之所以如此,主要还是取决于自己。"

---

① 加图(前234年—前149年),古罗马政治家,作家。

三十　谈残疾

　　残疾人一般跟造化打成了平手。造化待他们不仁，他们也就对造化不义。因为他们中间的大多数（正如《圣经》所言）是"无亲情"的，所以便向造化进行报复。肉体和精神之间无疑存在着一种契合，造化在一方有所失误，在另一方就要冒险行事。然而，由于人精神上有选择，肉体上有需求，所以天性的星宿有时也会被修养和才德的太阳遮暗。因此，最好不要把残疾看成一种更能骗人的标记，而要把它看成一种很难不产生结果的原因。

　　身上有一种去不掉的东西就会招人轻蔑，因此这种人就会永远激励自己从轻蔑中走出来，因而，所有的残疾人都极其勇敢。这起初是为了在遭受轻蔑时进行自卫，但天长日久，就成了一种常有的习惯。它也能激发人的勤奋，尤其会激发这种人去注意观察别人的弱点，从而有种彼此彼此的感觉。再说，身患残疾，可以消除优越者对他们的嫉妒，把他们看成不屑一顾的人，也可以使竞争对手高枕无忧，因为他们决不相信残疾人有出头之日，看到人家提升已定，他们才如梦初醒。所以总体来讲，聪明人身上的残疾反而成了飞黄腾达的有利条件。

　　古代的帝王（也有某些国家当今的帝王）经常很宠信宦官，因为嫉妒大家的人更会臣服于一人，然而帝王信任宦官只不过把他们当成可靠的密探，而不是称职的官员。残疾人的情况也很类似。事实上，如果残疾人有志气，他们就会设法摆脱别人的轻蔑，不是借助德行，就是依赖劣迹。因此如果有时候残疾人成为出类拔萃的人，绝不要大惊小怪。伊索，秘鲁总督加斯加都是残疾人，苏格拉底等人也可以归为其中。

三十一 谈放债

很多人对放债做过巧妙的抨击。他们说，可惜呀，魔鬼把上帝应得的一份，也就是十分之一，拿走了。还说放债人最不守安息日，因为他的犁头每个礼拜天都在耕作。又说放债人是维吉尔所说的雄蜂：

雄蜂，好吃懒做的种类，被逐出蜂房。

又说放债人破坏了为堕落后的人类制定的第一条法规，即"你必汗流满面才得糊口"，而不是靠"别人汗流满面"；又说放债人应戴橘黄色的帽子，因为他们确实犹太化了；又说钱生钱是伤天害理的。诸如此类，不一而足。我只是说，放债是"由于心硬而取得的特许权"。既然人们非要借贷不可，人的心又硬，不肯白白把钱借给人，那就必须准许放债了。

也有人对银行和私人财产呈报和别的手段提过可疑而巧妙的建议，可是很少有人对放债说过有利的话。

还是把放债的利与弊摆在我们面前为好，以便大家斟酌选择，小心对待，可以趋其利，避其弊。

放债的弊端有以下几点：第一，它使商人的数量减少，因为要是没有放债这种偷懒的生意，金钱就不会闲置不动，其中大部分就会被使用到商业上，而商业是一国财富的"门静脉"；第二，放债使商人素质下降，一个农民如果坐享高额地租，他就不会很好地耕种土地，同样，一个商人如果坐享放高利贷带来的利润，他就不会很勤快地跑买卖；第三点是前两点的必然结果，即会使君王或国家税收减少，因为税收的数量是随商业的涨落而涨落的；第四，它把一国的财富都集中到少数人手中，放债人稳操胜券，而其他人则毫无把握，游戏玩到头，大部分钱都进了放债人的钱箱，而一个国家只有在钱财分布比较平均时，才会繁荣富强；第五，它砍低了地价，因为金钱的主要用处不是经商就是买地，而放债把两路的钱源都堵截了；第六，它挫伤了很多的工业、改良和发明，在这几方面，要不是它的牵制，金钱就会在工业上发挥很大作用；最后一点，它损害、毁灭了很多人的产业，天长日久，就会造成大众的贫困。

话又说回来，放债也有以下几种好处：一、在某些方面，尽管放债妨碍了商业经营，但在有些方面，也有所促进，因为，绝大部分贸易活动是青年商人靠有息贷款驱动的，所以，不管放债人把钱收回来还是存起来，都会马上造成贸易停滞；二、要不是这种简便的有息贷款，人们的窘境可能使自己一下子倾家荡产，因为他们迫不得已，就只好低价变卖自己的生活资料（不管是土地还是货产），所以，如果说放债人是咬他们几口的话，不景气的市场会把他们一股脑儿吞进肚里，至于抵押、典当，基本上于事无补，因为人们不是因为无利可图而不接受典当物品，就是万一接受也巴不得把它没收了事，我记得国内有一个狠心的富翁常说："让放债生意见鬼去吧，它使我们无法没收抵押的财物和票据"；三、也就是最后一点，想要无息借贷那是痴心妄想，如果借贷受到钳制，带来的不便之处真是难以想象，因此说要废除放债只不过是一句空话，所有的国家都有形式不同、利率各异的放债。所以这种意见只好向乌托邦去提。

现在谈谈对放债的改革和管理，对于放债怎样才能最好地扬长避短。权衡一下放债的利弊，好像可以调和两件事情：一、要把放债的牙齿磨一磨，叫它不要咬得太凶；二、网开一面，诱导有钱人借给商人钱，以维持和促进贸易，除非你接受两种大小不同的放债业务，否则这一条你是行不通的，因为如果你压低放债利率，只会便利一般的借债人，商人反而借不到钱了，值得一提的是，经商是最有利可图的，所以能承受高利贷，别的行业则不行。

达到这两个目的，简单地说，办法是这样的：设定两种放债利率，一种是自由的，通用的，另一种是经过特许或某些人和某些商业地区专用的。因此，第一，将通用的放债利率降到五厘，而且公开宣布这种利率是自由通用的，国家保证不会对这种方法进行任何惩罚。这样做会保护借贷，不致让它全面停止和枯竭。这样做会方便国内不可胜数的借款人，这样做可以提高地价，因为以相当于十六年租金的价格购得的土地可以生六厘多一点的利，而这种利率仅仅是五厘。同样的道理，这样做也会鼓励、

刺激工业和有效地改良事业,因为许多人宁愿在这一类事业上投资冒险,也不愿只收五厘的利息,习惯收取高额利润的人尤其如此。第二,特许一些人以较高利率放债给一些知名商人,但要注意以下几点:一、务必使利率降低,对商人来说,应该要比他从前所付的利息略少一点,因为只有这样,所有的借债人(不管是商人还是别的什么人)都会从这项改革中得到好处;二、不允许银行或对公共资金放债,只是让个人支配自己的金钱。我并不是完全讨厌银行,而是它们引人生疑,很难让人信任。国家发特许证必须收一点费用,其余的利润就留给放债人,如果扣留数额很少,就不会挫伤放债人的积极性。譬如说,那些原先收取十厘或九厘利息的人,宁肯只收八厘,也不愿放弃放债生意,扔下保险的收入去追求危险的收入。不要限制特许放债的人数,但只限这些人在几个主要商业城镇经营。因为这样一来他们就很难把国内其他人的钱以自己的名义借出去。九厘利息的特许权不会把通行的五厘利息的钱吸走,因为谁也不愿意把自己的钱送到远方去,也不肯把自己的钱交到陌生人手里。

如果有人反对,就说以前只是在某些地方允许放债,这样一来就会把它合法化了,我的回答是:"以公开认可的方式节制放债,胜过以默许的办法任它肆虐。"

三十二 谈随从与朋友

代价很高的随从不会招人喜欢,就像一个人拖长了尾巴,却缩短了翅膀。我说的代价高,不单单指那些花钱多的人,也指那些讨人嫌、要求多的人。一般的随从提的条件不高,不外乎是寻求支持、推荐、和庇护,免受他人欺负而已。拉帮结派的随从最要不得,因为这种人追随你不是因为跟你思想、感情一致,而是对别人心怀不满。我们经常遇到的要人之间的误会一般是由此引起的。同样,那些好替主人大吹大擂的人,总是爱惹是生非,由于不能保密而经常坏事。他们拿走的是一个人的荣誉,还给他的却是别人的嫉妒。还有一种随从,同样十分危险,因为这种人实际上就是密探。他们刺探主人家的秘密,然后散布给别人,可是这种人往往受人宠信,因为他们十分殷勤,经常互通声气。

一位要人如果有一批跟他同行的随从(如征战过沙场的人有士兵当他们的随从等),从来都是件名正言顺的事情,即便在君主国家里,也是无可非议的,只是不要过于声势浩大就是了。不过众望所归、众心相随的必然是一种懂得使各种人扬德显才的人。然而,在没有出类拔萃的人选的情况下,与其用那些能干的,还不如用那些过得去的。何况说句实话,在这种世风日下的时代,善于活动的人比聪明能干的人更有用处。

诚然,在行政管理中选用某一个档次的人,最好对他们一视同仁,因为破格起用会造成这些人的张狂,引发其余人的不满,因为大家有权要求平等的待遇。相反,在罗致宠信上,区别使用、有所选择是可行的。他认为这样做可以使受器重的更加感激,使其余的更加勤奋,因为一切都取决于宠幸。

明智的办法是一开始不要太看重任何人,但是这种分寸很难把握长久。听任一个人的摆布(我们就是这么说的)很不安全,因为这样做就表现出个性软弱,而且容易叫人说长道短。那些不肯直接向主人提意见或说不是的人将会更加肆无忌惮地议论得宠的人,从而损害主人的声誉。但被许多人搞得手足无措就更加糟糕,因为这样就使人们屡屡变卦,脑子里只留下最后的印象。

能听取几个朋友的忠告总是值得称道的,因为往往旁观者清,当局者迷,没有低谷难显高山。人们常夸的友谊世界上本不多见,平级的人中间友谊更少。也就是说,友谊只存在于上下级之间,因为他们才是荣辱与共、相依为命的。

三十三 谈求情办事者

许多坏事都有人接手,私人求情会使公众利益遭殃。不少好事也有人承办,但办事人心怀鬼胎。我指的不仅是心术不正,而且是心计狡猾,存

心不想把事情办成的人。

　　有些人答应别人的请求，但从不打算一力成全。但如果看见经别人之手的事情成功在望，他们倒乐得博取一番谢意，或者蹭得两分谢礼，或者至少在办事的过程中利用一下求情者的欲望。有些人之所以接受请求，仅仅是为了跟另外一个人作梗，或者正好借此机会去通风报信，因为正愁找不到适当的借口上门，自己的目的达到了，才不管人家托办的事情结局如何。或者有的时候，只不过把办别人的事情当做办自己的事情的由头，更有甚者，接受请求完全是要把事情办砸，以讨好请托者的冤家、仇敌或竞争对手。

　　毫无疑问，每起求情，都有个公道，如果事关双方争执的求情，就有个权衡的公道，如果是简单的求情，就存在奖掖是否得当的事情。如果一个人想徇情偏袒理屈的一方，那就让他赏个脸和个稀泥算了，而不要把事情做绝。如果一个人感情用事想奖掖庸才，那就让他去做，而不要诋毁伤害真正有才德的人。托办的事情，如果不甚明了，不妨请教一个信得过、有见识的朋友，让他建议一下这样说情是否体面。不过这种裁判要选择得当，否则就会被人家牵着鼻子走。请托办事的人最讨厌拖延和欺骗，因此有些请求一开始就可以干脆地拒绝，有些也可以如实讲明成功的希望有多大，明白说出除了该给的答谢外，别无所求，这种做法不仅值得尊敬，而且令人感激。请求照顾时，哪个先提无关紧要，就此而言，要考虑请托人对你的信赖，如果他提供的是从别人那里得不到的信息，切不可利用这一信息坑害人家，而应当让他另找门路，这也算是对人家向你交底的回报。不懂请托的价值是头脑简单，而不明请托中的公正则是没有良心。

　　求情时对此保密是成功的一大诀窍，因为事情正在进展时大肆张扬成功在望，可能使某种求情人泄气，但可使另外一些求情人警觉，使得他加紧活动步伐。不过掌握求情的时机是成功的关键。所谓掌握时机，我仅考虑答应请求的人，而且指有可能从中作梗的人。物色办事的人选时，宁选最合适的，不选最显赫的；宁选专管具体事务的，不选统管全局的。如果一个人初次求情便遭到拒绝，他表现得既不沮丧也不愤懑，下次再求，因遭拒而得到的补偿有时会跟初次答应的一样。一个人备受恩宠的地方，"多要方能给足"是一条有用的规则，但在情况相反的地方，最好顺着竿一点一点往上爬。因为人们一开头也许会贸然拒绝求情者,但不会等到最后又得罪人,又白费了先前给予的好处。人们认为求大人物最方便的莫过于求他写封推荐信。然而,如果信写得理由不充分,那就对写信人的声誉有碍。再没有比有求必应、大包大揽的钻营谋划者更糟糕的了,因为他们对于公共事业无疑是一种毒剂和瘟疫。

三十四 谈协商

一般说来,口头协商要比书面协商好,第三者斡旋要比亲自商谈强。有时候一个人想得到一份书面回答,有时候一个人要出示自己的信件为自己辩护,有时候口头商谈有被打断的危险,并且听不完整,在这些情况下,书面协商可取。有时候,一个人出面会引起对方的敬畏,上级召见下级一般都是这样;有时候情况微妙,一个人一面跟对方说话,一面目不转睛地盯着对方的脸,才可以把握说话的分寸。而且在有些时候,一个人想留有否认或解释的余地,在这些情况下,当面协商为宜。

在选择协商代理人时,最好用平实一些的人,因为他们肯办受托的事务,又肯如实汇报办事的结果。而不要用那些狡猾之徒,因为他们总谋算将功劳据为己有,并且在汇报时巧言令色,好博得委托人的欢心。也可以用热心办理受托的事务的人,因为这样可以加快办事的进度,还要量才录用,如用大胆的人去规劝,嘴甜的人去说服,狡黠的人去探察,倔犟愚蠢的人去办那种师出无名的事情。在你托办过的事情上总是马到成功的人也要任用,因为这种情况使人信心十足,而且这种人也会尽量维持自己的业绩。

一开始,拐弯抹角探查对方的虚实比单刀直入好,除非你要用干脆利落的问题搞他个措手不及。跟一个胃口正旺的人打交道比跟已经如愿以偿的人好。如果你跟别人协商办一件事的条件,那么谁打头炮就是问题的关键,可是你又没有理由要求对方,除非事情的性质需要他率先起步,否则你就得说服对方按你说的干,办法是,要么你许诺事成后还要在别的事情

上延请他,要么抬举他说他的诚信名气更大。

一切手段都是为了发现或利用。人们在感情冲动、得到信任、猝不及防,以及有所需求,想做一件事,又找不到一个恰当的借口的时候,就会暴露真面目。如果你想利用什么人,你要么摸透他的性情和作风,以便诱导他;要么知道他的目的,以便说服他;要么了解他的弱点和缺陷,以便恐吓他;要么发现对他有影响的人,以便左右他。跟狡猾的人打交道的时候,一定要考虑他们的目的,以便挑明他们的想法,而且最好少说话,要说就说他们最难预料到的。在一切棘手的协商中,不可指望一下种就可收割,而应当对事情有充分准备,让它逐渐成熟。

三十五 谈学养

学养可助娱乐,可添文采,可长才干。助娱乐主要表现在闭门独处之际,添文采主要表现在交际议论之时,长才干则表现在判断事物之中。有一技之长者可以一一处理、判断具体专门的事物,而总体规划、全面运作则有赖于博学之士。

在学养上耗时过多是偷懒,利用学养添彩过多是矫饰,全凭学养的标准判断则是学究的怪癖。学养可以完善天赋,而经验又可以完善学养,因为天赋犹如天然草木,需要学养的修剪。而学养的指示,如不受经验规范,则会有过多的枝蔓。天性伶俐者鄙薄学养,土牛木马惊奇学养,唯有智者运用学养。因为学养并不会传授自己的用法,而运用则是在学养之外、学养之上靠留心观察所得的一种智慧。

读书时不可一味批驳,也不可轻易相信。不可寻章摘句,而要推敲研究。有些书可以浅尝辄止,有些书可以囫囵吞下,部分书则要咀嚼消化。也就是说,有些书只需读其中的一些段落,有些书只需大体涉猎一遍,而有一部分书则需要通读,勤读,细读。有些书可以请人代读,再去看人家做的摘要,但这只限于主体不太重要和品位低下的书籍,否则浓缩过的书就像普通的蒸馏水,淡而无味。阅读使人充实,讨论使人灵敏,做笔记使人精确。因此，人如果懒于提笔，就须善于记忆；如果不爱讨论，就需要十分机敏；如果不爱读书，就必须有随机应变的能力，方能变不知为有知。

历史使人明智；诗歌使人隽秀；数学使人缜密；科学使人深沉；伦理学使人庄重；逻辑修辞学使人善辩。因此"学养终成性格"。不仅如此，神智上的障碍皆可通过适当的学养来根治，如身体上的疾病，都有相应的运动来治愈：滚球有益睾肾，射箭有益胸肺，漫步有益肠胃，骑马有益头脑，如此等等。所以如果有人神思飘忽不定就让他去研究数学，因为在演算证明时稍一分心，他就必须从头再来；如果有人头脑缺乏辨析能力，那就让他去研究经院哲学，因为经院哲学家个个是"剖毫析芒之辈"；如果有人不善于博闻强记、触类旁通，不善于由此及彼进行论证，那就让他去研究律师的案例。所以，心智上的缺陷都可以对症下药。

三十六 谈愤怒

力争消灭愤怒，只不过是斯多葛派的豪言壮语。我们则有更高明的神示："生气归生气，但不要犯罪，不可含怒到日落。"愤怒必须在程度和时间两方面加以限制。我们首先谈谈发怒的性情和习惯怎样才可以得到慢慢的改变；其次谈谈怒火中烧时，怎样才能平息，或者至少不要因发怒而造成恶果；第三谈谈怎样使别人发怒或息怒。

关于第一点，除了仔细考虑发怒的后果，想想它会给生活造成怎样的麻烦之外，别无他法。这样做的最好时机就是在怒气全消以后，回想一下发怒的原因。塞内加说得好："怒气如倾圮的房屋，它在倒下的地方摔碎。"《圣经》规劝我们："你们常存忍耐，才能保全灵魂。"谁失去忍耐，谁就失去了灵魂。人切不可变成蜜蜂，——把他们的生命留在伤口上。

愤怒是一种低劣的表现，出现在它所主宰的臣民、妇孺老病者的弱点中。人必须当心的一点是，怒气攻心时要表示轻蔑而不是恐惧，这样他就不至于受到严重伤害。做到这一点并不难，只要他把握住自己就行。

关于第二点，发怒的原因与动机主要有三个。首先，对伤害过于敏感，一个感觉不到自己受到伤害的人是不会发怒的。因此脆弱敏感的人常常发怒，他们总是会有烦心事，而这些事情，性格坚强一点的人是不大能感觉到的。其次，觉察和认识到在这种情况下受到的伤害中充满了轻蔑，轻蔑等于在火上浇油，影响跟伤害相当，甚至更胜一筹。因此，人如果敏于发现轻蔑的因素，就常常会燃起怒火。最后，认为别人在揭自己人格之短时最容易怒火攻心。根治的方法是，按贡萨尔沃常说的那样，一个人应当有"一个厚实的荣誉防护层"。然而压制愤怒的方法多种多样，最好的还是拥有时间，使自己相信，报复的时机尚未成熟，君子报仇十年不晚，目前只能平心静气，等待秋后算账。

虽然怒火中烧，但为了不惹祸，必须特别注意两点，一是不可恶语伤人，尤其不可用尖酸刻薄、切中要害的言辞（谩骂倒不要紧）；二是发怒时切不可揭人的老底，因为这样会使他与社会格格不入。另外，切不可一气之下放下不管。所以，不管你怎么表示愤懑，千万不要干出无法挽回的事情来。

至于使别人发怒或息怒，主要还在于选择时机。趁别人最急躁或情绪最坏的时候，激怒他们。再就是搜集（如前所说）一切能找到的材料来增强轻蔑。息怒的两种办法与它刚好相反。首先是跟别人谈及一件惹人生气的事情之前，选择好时机，因为第一印象十分重要；另外就是尽量说明虽然造成了伤害，但决无轻蔑之意，把它归咎于误会、恐惧、冲动或随便什么可以令人原谅的原因。

蒙田随笔

一　论悲哀

我是最能免除悲哀的人。我既不爱它，也不重视它，虽然大家差不多都另眼看待它。把它加在智慧、道德和良心的身上是多古怪笨拙的装饰品！意大利人名曰"恶意"，这样形容实在准确得多，因为那永远是一种有害的愚笨的品质。斯多葛哲学把它当做卑下与怯懦，禁止它的哲人怀有这种情感。

可是传记记载埃及国王普萨梅尼图斯被波斯王康比泽大败和俘虏之后，看见他那被俘虏的女儿穿着婢女的服装汲水的时候，他的朋友无不痛苦悲号，他却默不作声，双眼注视着地下。继而又看见他儿子被拉上断头台，他依然保持着同样的态度，可是当瞥见他的奴仆在俘虏群中被驱逐时，他就马上乱敲自己的头，显出万分的哀痛来。

这故事可以和我们一个王子最近的遭遇并提：他从特朗特得到他长兄的死耗，继而又得到他二哥的死耗（长兄是全家的依靠和光荣，二哥又是全家的第二个希望），他都保持着十分镇静的态度。几天后一个仆人死去，他反而抑制不住，纵情痛哭呼号，以至见者无不以为只有这最后的摇撼才触着他的命根。事实是：他已经充满了悲哀了，最轻微的增添亦可冲破他容忍的樊篱。这同样的解释也可以应用于我们的第一个故事中，如果我们不知道它的后半段，康比泽问普萨梅尼图为什么他对于亲生儿女的命运兀不为动，却这般经不起他奴仆的灾难。他答道：只有这最后的忧伤能用眼泪发泄出来，起初的两个是超出表现的力量的。

关于这个话题,我偶然想起一个古代画家的作品,他画伊菲革涅亚①的牺牲,常理要按当时在座的人与这无罪的美女的关系深浅来表现各人的哀感。但当他画到死者的父亲时,已经用尽他的艺术的最后法宝了,只画他用双手掩盖着脸,仿佛没有什么形态能够表示这哀感的程度似的。同样的缘故,诗人们描写那相继丧失七男七女的母亲尼俄柏②,想象她化为顽石,

被悲痛所凝结。

——奥维德③

这样来形容那使我们失掉一切时感觉的黯淡和喑哑的昏迷,当我们经不起过量的打击的时候。

真的,痛楚的效力,到了极点,必定使我们的灵魂仓皇失措,行动不得自已。当我们骤然得到一个噩耗时,我们感到周身麻木、瘫软以及举动都被束缚似的,直至我们的灵魂融作眼泪与恸哭之后,才仿佛把自己从悲痛中排解及释放,觉得轻松与自在:

直至声音从悲哀中冲出一条路。

——维吉尔④

斐迪南⑤国王在布特与匈牙利国王的遗孀作战,德国的拉衣思厄将军看见从战场上抬回来一个骑士,大家都亲眼看见这骑士在阵上显出异常的勇武,将军跟着大众为他叹息,同大众一起要认出他是谁。等到脱掉他的盔甲时,却发现是他自己的儿子,在大家震天动地的哭声中,他独自不声

---

① 伊菲革涅亚,古希腊神话中的人物。其父因冒犯女神遭到报复,在特洛伊远征船队不能起航时,大预言家要他将女儿作为牺牲献给女神。在祭坛上,女神赦免了伊菲革涅亚。

② 尼俄柏,古希腊神话中人物,底比斯王的王后,因笑话阿波罗的母亲,遭到报复,阿波罗将其子女全部射死。尼俄柏因此每天哭泣,最后宙斯把她变成石像。

③ 奥维德(前43年—17年),古罗马诗人。

④ 维吉尔(前70年—前19年),古罗马诗人。

⑤ 斐迪南(1503年—1564年),先为波希米亚和匈牙利国王,后为德国皇帝。

不响地站立着，定睛凝视着那尸首，直到极度的悲哀冰冻他生命的血液，使他僵死在地上。

说得出热度的火，
必定是极柔弱的火。

——彼特拉克①

在恋爱中的人们这样来摹写一种不可忍受的热情：

梨司比呵，爱情
已勾夺了我的心魂：
我才瞥见你，
便惊慌，不能成声。
我舌儿麻木，
微火流通我全身；
我双耳失聪，
双眼亦被灭掉光明。

——卡图卢斯

而且，在过度的猛烈与焚烧着的热情里，亦不适于抒发我们的哀怨与喜悦，那时候的灵魂被深沉的思想所禁压，身体也被爱情弄得颓唐和憔悴。所以有时便产生那突然袭击情人们的无端的晕眩，与那由极端的热烈、在享乐最深的当儿，沁入人们的肌骨的冰冷。一切容人寻味及消化的情感都不过是平庸的情感，

小哀喋喋，大哀默默。

——塞内加

---

① 彼特拉克（1304年—1374年），意大利诗人。

意外欢欣的惊讶亦可以产生令人若失的效力：

从渐渐走近的特洛伊人群中，她瞥见我的温热脱离她的身，她便惊惶、木立、昏倒在地上，良久才吐出她原来的声音。

——维吉尔

罗马妇人因为看见她儿子从坎尼路上归来喜出望外而死；索福克勒斯[①]及暴君小狄奥尼西奥斯两个都因乐极而死；塔尔瓦在科西嘉岛读着罗马参议院赐给他的荣爵的喜报死去。除了这些例子之外，我们这世纪的教皇莱昂十世，得到他所日夜悬望的攻下米兰城的消息时，因狂喜而发烧丧命。如果要用一个比较尊贵的榜样来证明人类的愚蠢，那么，有古人记载下来的哲学家狄奥多罗斯，因为不能当众解答他对手出的难题，在他的学院里立即由羞耻以至发狂而死去。

我是很少受制于这种强烈的情感的。我的感觉生来就迟钝，理性更使它一天一天地凝固起来了。

二　论闲逸

正如我们看见一块旷地，如果是肥沃的，必定丛生着各色各样的无用的野草。要想好好利用这块地，得先把它清理及散播好的种子；又如我们看见的妇人，如果任她们自己，只能产出不成形的肉块，必须播以良种，自然才能得到好的后嗣；心灵亦然，倘若没有一定的主意占据着它，把它约束在一定范围内，它必定漫无目标地到处漂流，入于幻想的空泛境域里。

正如铜瓶里颤动着的水光，
反映太阳或月亮的晶明影像，

[①] 索福克勒斯（约前496年—约前406年），古希腊三大悲剧家之一。

随处飞升，随处飘荡，
飘荡到长空与天花板上。

——维吉尔

无论什么幻梦与痴想都可以在这种不安的情况里产生。

他们虚构无数的妖魔无异于病者的噩梦。

——贺拉斯①

灵魂如果没有确定的目标，它就会丧失自己，因为，俗语说得好，无所不在等于无处所在。

四处为家等于无处有家。

——马尔提阿利斯

我最近隐居家里，决意在可能的范围内，不理旁事，优游闲逸地度过这短促的余生。似乎这对我的心灵没有更大的恩惠，除了让它在闲暇里款待自己，逗留和安居在它自己身上。我希望它今后会毫无困难地这样做去，因为它已与日俱增地变得更坚定更成熟了。但我总觉得，

闲逸使心灵飘忽不定。

——卢卡努斯

而在另一方面呢，与无羁的马一样，它为自己跑比为别人跑快百倍。因而便产生了无数的妖魔与怪物，无次序，无目的，一个两个接踵而来。为了可以慢慢摸索它们的离奇经历，我已开始把它们一一写下来，希望日后用它们来羞它。

---

① 贺拉斯（前65年—前8年），古罗马诗人。

三　论辩才的急慢

　　一个人不能兼有多种美德。同样，关于辩才，我们常见有些人说话轻松而又敏捷，他们词锋又那么尖锐，无论何时何地他们都应付自如。别的人则比较迟钝，他们却说什么是要审思熟筹。正如我们叫女人根据她们身体的特殊美点去做各种游戏和体操一样，我要根据这两种辩才的特长给予同样的忠告。在我们这个世纪，擅长辩才的，似乎就是牧师与律师。我觉得迟钝一些的宜于做牧师，敏捷一些的宜于做律师。因为前者的职业允许他从容准备，他的旅程是在一条永恒的无间断的直线上走。至于律师的职业则需要他随机应变，他的对手意外的反驳往往把他抛出队伍，迫使他马上采取新的立场。

　　可是克雷芒教皇与弗兰西斯王在马赛会面时，却发生相反的状况：毕生吃法庭饭而且享有盛名的普瓦耶先生被任命去对教皇致辞。他事前许久便把演讲词预备妥当，并且听说还是在巴黎做好带来的。到了要宣读的那天，教皇恐怕别人对他说的话有冒犯在座的各国公使之处，就对王提议了一个切合时地的题目，刚巧与普瓦耶所预备的完全相反。以致他的演辞毫无用处，要马上另做一篇。他自己觉得不胜任，不得已让杜贝莱替代他。

　　律师比牧师难做。可是我觉得过去的律师比牧师多，至少，在法国是这样吧。

　　似乎智慧的要素是敏捷与机警，而判断的要素是迟缓与熟筹。但是那些没有时间预备便闪烁其词与那些有工夫预备亦不见得说得比较好的人是同样的不可思议。

　　据说塞维鲁·卡斯尤斯事前不先构思会说得更好，说他借机会的力比思索的力多，还说打断他的话柄对于他来说是求之不得呢，所以他的对手不敢激惹他，怕他的怒气会令他加倍雄辩。我凭经验了解到这种不耐苦思的天性，除非让它自由快活地奔驰，否则它就没有什么价值。我们常说某某作品有臭油灯的气味，即指作品中由于过于雕琢所致的生涩与粗糙。而且，那急于求精的操虑，那对于所从事的事物过于迫切、过于紧张的灵魂的焦躁，都会使天性受到捆缚、挫折和挡塞，正如过于满溢和猛急的水涌出开着的瓶口但是找不着出路一样。

在我现在所说及的这种天性当中，也有并不需要受强烈的情感刺激而迸发出灵感的，如卡斯尤斯的愤怒（因为这样的打击会太猛烈了）所摇撼和激动的，它所需要的不是簸荡而是祈求。它只要受临时、偶然及外界的景物所唤醒和曛暖。如果顺它自然，它就只有颓唐憔悴。兴奋是它的生命与美德。

我本人不能完全支配和掌握自己。机会比我自己对自己说的话更有权力。境遇、伴侣，甚至我的智慧所抽出来的我自己声音的颤动比我独自探测和使用它的时候所获得的还要多。

所以我的谈话比我的文章好，如果对于无价值的东西也可以选择的话。

这样的事于我亦常有：我找我自己的时候找不着；我认识自己更多的是由于偶然邂逅而不是有意识地搜寻。我有某个精微的意思（我想说的是：对别人鲁钝对于自己锋利，放下这些谦逊吧！这种话每人都有自己的说法），要写出来发表，我就会把它完全忘了，简直不知道我想说的是什么；某位生客有时比我更先发现其中的意义。如果我要用刀把这些地方统统刮去，那么全部的书恐怕都要被抹掉。也许将来机缘会偶然射出一道比正午更亮的光在这上面，使我惊讶于我现在的犹豫。

四　论恐惧

我悚然木立，我的发儿直竖，我的舌儿凝结。

——维吉尔

我不是个好的自然科学家（如他们所称的），不知道恐怖由什么机件在我们体内开动，不过那是一种奇异的感觉却是真的。医生们说再没有什么更容易使我们的理性失掉均衡了。

我的确见过许多人因恐怖而发狂，即使对于最清醒的头脑，当它的余

威还在的时候，亦不免发生种种可怕的昏迷。不用提那些俗人，对于他们，恐怖时而来自于他们的祖宗裹着殓衣从墓里出来，时而来自于狼人、妖魅和精怪。就是在兵士们当中，它应该占很少地位的了，不也常常会有把一群绵羊变为一队甲兵，把芦苇和茅草变为枪手与武士，把朋友变为敌人，把白十字架变为红十字架的情况吗？

德·波旁①先生攻取罗马的时候，一个旗手在圣皮埃尔镇站岗，警报一响，他便被那厉害的惊恐抓住，马上从荒墟的一个墙孔跳出城外，手执着旗，向敌人跑去（还以为是向城里跑呢），直到德·波旁先生的军队误以为城内出击，纷纷齐集来抵抗他，他才猛然醒过来，又翻身从刚才的墙孔跳进城里，这时他才知道刚才居然走到离城三百步的地方去了。朱伊尔将军的旗手可没有那么好的运气，当普尔斯侯爵和迪勒攻取圣波尔城时，因为出于恐怖，他的兵士连旗带人从一个枪眼跳出城外，被敌军抓住斩成碎片。就在同次战争中，同样令人不能忘怀的，是恐怖那么剧烈地抓住、束缚和冰冻了一位贵族的心，他竟僵死在阵地上，一点伤痕也没有。

恐怖有时能抓住整个人群。在日耳曼尼库斯②与德国人的许多场大小战斗中，有一次两大队士兵因恐怖而往相反的方面四散逃奔，这支队逃离的地方竟是那支队刚才待着的地方。

有时恐怖把翅膀插在我们的脚跟上，如上述的两个例子；有时却钉镣着我们的脚，如我们所知道的关于狄奥斐卢斯皇帝的故事：据说他被亚加雷纳人打败的时候，惊愕和瘫软到不知道逃走，恐惧得连逃命的办法也想不起来（昆图斯③）！直至他军中的一个统领马尼埃尔把他从酣睡中摇醒来，拖着他说："如果你不跟我来，我就杀了你，因为你丧失生命总比你被俘虏而丧失国土好。"

最见得出恐怖的力量的，就是当我们受它的影响而被迫去建立那连我们的天职和荣誉都到达不了的奇勋。罗马人在桑普罗尼奥斯④的统率下第

---

① 德·波旁先生（1490年—1527年），为第八位波旁公爵，1514年成为法国陆军元帅，后投靠罗马帝国皇帝查理五世，1527年围攻罗马时身亡。

② 日耳曼尼库斯：（前15年—19年），古罗马将军。

③ 昆图斯·恩纽斯（前239年—前169年），罗马共和国时代的作家，普遍被认为是罗马诗歌之父，甚至罗马文学之父。

④ 桑普罗尼奥斯，古罗马政治家。

一次败于汉尼拔①的一场大战,足足有一万步兵处于恐怖中又找不着他们怯懦的出路,逼得投身于敌人中,带着异常的英勇突进重围,杀迦太基人无数,用显赫的胜利洗刷了一场可耻的败北。

我最害怕的就是恐怖,它的锋锐超过了一切情操。

还有什么比庞培的朋友们在船上亲眼看见的一场屠戮所感到的怆痛更厉害更真实的呢?可是却被渐渐逼近的埃及船的恐怖把这情感窒塞了,据说他们只想催促他们的船夫赶快尽力摇橹以逃出危险,直至他们到了推罗②,解脱掉恐怖了,才有时间把他们的思想转向他们最大的损失,刚才被更强烈的情感所勒住的哀哭与酸泪顿时放纵开来。

恐怖把智慧从我的内心里赶走了。

——西塞罗

那些在阵上受了伤的,即使还鲜血淋漓,你明天还可以把他们带到战场上投入厮杀,可是畏怯敌人的人,你即使要他们面向敌人也做不到。多少人因为怕被放逐、奴役、或没收财产,长期生活在悲楚中,以致饮食睡眠的嗜欲尽失。然而,穷人、流浪者,以及奴隶却往往和常人一样快乐地生活着。多少人因为受不了恐惧的刺激而投河、自缢或跳下深渊,这更可以证实恐惧比死更令人烦扰、更难受。

希腊人认为还有另一种恐怖,他们说并非被我们理性迷惑,而是来自上天的意旨,虽然表面上并无使人恐怖的缘由。却往往使全城或全军骤然为恐怖攫住。那把迦太基城③再变成废墟的就是这种恐怖,空中只闻号啕和震惊的声音,居民像听见警报似的从屋里跑出来,互相踩躏、践踏、残杀,与城池被敌人所占据的情况毫无二致。到处是喧扰和杂乱,直至用祈

---

① 汉尼拔(前247年—前183年),迦太基统帅。
② 一译"提尔",古国名。古代腓尼基南部奴隶制城邦,即今黎巴嫩之苏尔。约建于公元前2000年初。位于地中海东岸,由大陆沿岸地带和一个小岛组成,位于今黎巴嫩西南部海岸附近的小岛,今名苏尔,意为悬崖。为腓尼基的良港和工商业中心。居民长期从事航海活动。
③ 迦太基遗址位于突尼斯首都突尼斯城东北17公里处,迦太基在腓尼基语中意为新的城市。据文字记载,迦太基古城建于公元前9世纪末期。城市兴建后,国力逐渐强盛,版图不断扩大,成为当时地中海地区政治、经济、商业和农业中心之一。

祷和祭祀平息了这场神明的暴怒。他们称这为"受惊"。

五　论友谊

当我看见我家里有一个画家工作时，我便立志要模仿他。他挑选每面墙的中心点和最美丽的地方，在那上面安置一幅精心结撰的油画，又在它四周的空白处填满了许多怪诞的，充满幻想的画，它们唯一的美处就是变幻和离奇。

其实，我这些随笔是什么呢？不过是一些离奇怪诞的、无定形、无秩序、无连贯、无分寸的躯体？

像一个女人梦一般的美，
却有一条讨厌的鱼尾。

——贺拉斯

在第二点上我诚然可以和我的画家并驾齐驱，但在那较好的另一点上，我却相形见绌了，因为我有限的才能不允许我画一幅丰富、完整、符合艺术标准的画。我很想借用一幅艾蒂安·德·拉博埃西①的画，它将使我作品的其余部分都辉耀起来。那是一篇他题为《自愿的奴役》的论文。但有些人不知道这层，后来曾经很确切地把它改称为《反独夫论》。他是把它当做习作去写它的，在他很年轻的时候，用来颂扬自由而反对暴君。这篇文章久已传诵于有真知灼见的人们当中，获得很大的应得的赞许，因为文笔极优雅，并且丰盈到极点。可是，说这个已经尽他所长却差得很远。如果在他比较成熟的年龄，就在我认识他的时候，他肯接受我的建议，把他的思想写下来，我们就会见到许多几乎可以和古代的杰作相媲美的难得的作品了，特别是天赋，我说不出还有谁可以和他相比。但是他什

---

① 拉博埃西（1530 年—1635 年）宣扬苦行，是个死亡的崇拜者。"哲学不是别的，只是准备死亡。"西塞罗这句话对拉博埃西影响至深。拉博埃西的勇气、他本人对死亡的思考，对面临死亡的人的英勇态度的描绘，可谓惊天动地。

么都没有留下来，除了这篇论文（而且连这也是偶然保存的，我也不相信他脱手以后还曾看过它），和几篇关于那因为我们的内战而出名的正月的谕令的备忘录，它们也许还在别处找着了它们应有的地位。这些就是我在他的遗物中所能保留的（他在死的爪牙下，还带着这么挚爱的委托，遗嘱把他的藏书和遗稿赠给我），除了我已经印好的他那一小本作品。我特别感激《自愿的奴役》，因为它是我们最初认识的媒介。在我未认识他以前，已经有人把它拿给我看，使我知道了他的名字，就这样铺好了那条通往友谊的路。这友谊，上帝允许多么久，我们便珍爱多么久，是这么的尽善和完美。我们在别的书上一定很少见过，而在当今的人们中简直连影也看不着。这需要多么大的机缘把它树立起来，三百年内成就一次已经算很幸运了。

大自然诱导我们去做的，似乎再没有什么更甚于建立社会了。亚里士多德曾说，好的法官把友谊看得比正义更重。现在，它美的最高点就是这个。因为，概括地说，那一切都是由娱乐或利益、由公共或私人的需要所结合和滋养的，他们愈把其他原因、目的和效果混在友谊之内，愈不见其那么美丽和高贵，也就愈不成其为友谊了。

自古友谊有四种：血缘的、世交的、慈善的和男女情爱的，无论是单独的还是加在一起的，都算不上理想的友谊。

儿童对父亲的其实只是尊敬。友谊以传达为养料，而传达却不能存在于他们之间，因为有太大的差异，也许会和天然的义务冲突。因为父亲不可能把所有秘密的思想告诉给儿子，以免产生不适当的亲昵，儿子也不能对父亲加以责备和规劝，二者却都是友谊的最重要的职务。曾经有许多国度，那里的风俗是子杀父，父杀子，为的是避免互相妨碍，一个倚靠另一个的毁灭而生存。我们知道古代有些哲学家就蔑视这种天然的亲情关系：亚里斯卜提被人苦劝应该爱他的孩子，因为是他把他们生出来的。他鄙夷地说，就是虱子或蠕虫，他也会把他们生下来的。而另一个人，普鲁塔克，有人劝他和他的兄弟和解时，说道："我并不是因为他和你一母所生，而要你把他看得更重。"

兄弟是一个美丽和充满了挚爱的字眼。并且就是为了这缘故有的人结拜为兄弟。但是财产的聚与分，以及一个人富有而另一个贫乏，这些对于

软化和溶解兄弟间的感情都有极大的效力。兄弟们既然要把他们的事业用同一的速率在同一的途径上推进，便不得不常常互相倾轧和冲撞。而且，那产生真正完美的友谊的契合和关系，往往不会出现在天生的兄弟之间。父和子的性格可以完全不同，兄弟亦然。是我儿子，是我父亲，然而他却可能是一个乖戾、凶恶或愚蠢的人。不仅这样，这些友谊越是有法律和义务的强加，我们自动的选择和自由也就越少。而自由所产生的东西，正是挚爱和友谊。这并非因为我在这方面不曾很深地经验过，我有一个最好的、最宽容的父亲，直至他垂暮之年都是如此，在父子情深，在兄弟要好这方面我的家庭都是有名的，堪称模范的家庭。

> 远近皆知，
> 我以父亲的爱，
> 来待我的兄弟。
>
> ——贺拉斯

至于用友谊来和我们对女人的爱情相比，虽然后者出自我们的选择，我们实在不能把它们放在一个位置上，并且也不能把它归入同一类感情。爱情的火焰，我承认，

> 对于那把苦甜的欢欣，
> 混在我们痛苦里的女神，
> 我并不是一个陌生人。
>
> ——贺拉斯

爱情之火更活跃、更凶猛、更热烈。但那只是一堆匆促和浮躁的火，飘忽而变幻，热病的火，容易过度和复发，而且只能抓住我们的一隅。

在友谊里却是普遍的温热，均匀而且有节度，一片安静永恒的温热，全是温柔和平滑，没有锐利的刺蜇。更可以说，在爱情里，那只是一个狂妄的欲望追随着那逃避我们的东西。

像猎人追逐那狂奔的野兔，

不论寒和暑，也不论山和谷；

一旦到手便看得如同敝屣，

因为只有奔逃才引起追逐。

——阿里奥斯托

  一进到友谊的领域，就是说，在意志的合同里，它便松弛和消灭了。享受把它毁坏的过程，因为它有着一个肉感的目的，受制于餍足，反之，友谊是按其被想念的程度来计算享受的，享受适足以产生和滋养、增长它，因为它是精神的，灵魂由于实用而愈优美。在这完美的友谊间，那些易逝的爱情曾一度在我这里找到一个位置，上面那几句诗已经很清楚很明白了。这样，我蕴藏着这两种热情，二者都互相渗透，但要比较，却永远不能！前者很坚定地在一个骄矜高傲的飞翔里升起来，带着轻蔑去眺望后者在老远老远的下面怎样蠕行。

  至于结婚，它是一种交易（既然它的延续是强迫的，倚靠我们意志以外的东西来维持），并且往往是一种含有别的动机的交易，其间有无数的纠纷需要解除，足以截断一个活生生的感情的绳结，扰乱它的进程。而友谊除了它自己，没有别的附带的经营或交易。不仅这样，老实说，普通女人都不能理解这些会晤和密契，二者都是这神圣的维系的乳娘，她们的灵魂也不够坚定来忍受一个这么持久和坚实的束缚。真的，如果不是这样，如果这样一个自由和自动的亲昵能够成立，在那里不仅灵魂可以有完全的享受，就是肉体也能分享这结合，在那里整个人都参加进去，那么，友谊一定会更丰盈更完美。但是女性一直到现在还不能达到这点，而且，根据古代各派学说的见解，她们完全被关在门外。

  还有另一种希腊的自由为我们的风俗所憎恶。根据他们的习惯，情人之间需要一个不同的年龄和职务的条件，这样也不见得比其他一种爱更能充分适应我们这里所要求的完全合体与和谐，这友谊的爱情究竟是什么？为什么我们不爱一个难看的少年或一个漂亮的老人（西塞罗）？因为我相信就是学院所描写的也不能否认我，当我这样说：由维纳斯的儿子给情人的心最初播下的狂热来看，当他看见一个正开着娇柔的花的少年时（对于

这朵花他们允许一切由一种无节制的火焰产生出来的无礼和热烈的举动），只是建立在外在的美和肉体的生殖的幻影上。因为它不能建立在精神上，既然精神的表现还未显露出来，而正在初生，在萌芽的年龄之际。如果这狂热想要抓住一颗卑鄙的心，它的手段便是金钱、馈赠、荣升等恩宠，以及其他类似的为人们所贬弃的商品，如果它降临在一颗比较高贵的心上，贿赂的称号也比较高贵，哲学的教授对宗教的崇敬，服从法律和为国捐躯的训条，勇敢、智慧和正义的榜样。情人的肉体美既已凋谢，要研究学问以使自己由灵魂的妩媚与娇美而得受欢迎，希望在这精神上可以建立一个更坚固更持久的友谊合同。

当这种追求在适当的时期达到它的效果时（因为他们虽然不要求情人把空闲和谨慎带给他，对被爱者却要求得很严格，既然他所要判断的是内在的美，难于认识，又因为隐微，难于发现），在被爱者里面便产生一种由精神美的媒介获得一种精神概念满足了的愿望。在这里，精神美是主要的，肉体美是偶然和次要的，而在情人方面却正相反，为了这他们偏爱那被爱者，并且证实了就是神也要爱。他们强烈地指责埃斯库罗斯①，为的是对于阿喀琉斯②和帕特洛克罗斯③两人的爱的描写，他把情人的那一部分加于那时候正在清纯年少而且无须的韶华之中的希腊最美的男子的阿喀琉斯身上。

最普通的交情成立之后，如果那主要和比较有价值的伴侣履行其朋友职务，而且占了优势，便可以产生许多有神于个人和公共幸福的果，以造成那接受这一风习的国家形成自由正义的重要藩篱。看看哈莫狄奥斯和阿里斯托吉顿④两人之间的有益的爱吧，他们称之为神圣。而且，在他们看

---

① 埃斯库罗斯，公元前525年出生于希腊阿提卡的埃琉西斯。他是古希腊最伟大的悲剧作家之一，有"悲剧之父"的美誉。代表作有《被缚的普罗米修斯》、《阿伽门农》、《善好者》（或称《复仇女神》）等。

② 阿喀琉斯，荷马史诗《伊利亚特》中的英雄，是海洋女神忒提斯和凡人英雄珀琉斯所生。他是参加特洛伊战争的一个半人半神的英雄。出生后被母亲握住脚踵倒浸在冥河水中，除未沾到冥河水的脚踵外，周身刀枪不入。在特洛伊战争中杀死特洛伊主将赫克托尔，使希腊军转败为胜。后被太阳神阿波罗的暗箭射中脚踵而死。

③ 帕特洛克罗斯，在古希腊神话中，他是墨诺提俄斯之子，阿喀琉斯最好的朋友。

④ 哈莫狄奥斯（前530年—前514年）和阿里斯托吉顿（前550年—前514年）是古希腊的两位"弑僭者"（即弑杀僭主的人），刺杀了当时的雅典僭主喜帕恰斯。

来，只有暴君的专横和人民的怯懦才仇恨它。总之，正如一句赞许的评语说的："这是一种以友谊为归宿的爱"，这定义和斯多葛学派的定义颇相同：爱是一种要获得那由美丽（的心灵）吸引着双方的友谊的企图（西塞罗）。

我回到我关于一种比较端正的友谊的叙述上。如西塞罗所说："只有年龄和性格相当的人之间的感情才配称为友谊。"大抵我们普通人称为朋友和友谊的只是由某种机会结合的认识和亲昵，我们的灵魂借以聚拢在一起。在我所说的友谊里，我们的灵魂融混得那么完美，简直无分彼此。如果我被逼着说出为什么我爱他，我觉得我只能这样回答以表白我自己："因为这是他，因为这是我。"

超过我能说出的理由，超过我所能加以解释的，还有一种我也不知是什么的不可知的命中的力量成了我和拉博埃西之间友谊的媒介。我们在未见面之前便互相寻找，因为我们常听别人谈起对方。我们是通过名字互相拥抱的。我们第一次会面，是在一个城市的重大节日上，我们感到我们被互相倾倒，那么相知，那么投合，以至从那一刻起，再没有比他和我更亲近的人了。他写了几首极优美的拉丁文诗（已经发表过的），在那里面他叙述我们相知之匆促，这么快便达到完美，开始得那么晚，以致保持的时日数不多（因为我们俩都已经成年，他比我还长几岁），我们的友谊再不能蹉跎时光，去遵照普通柔懦的友谊的模式，那是需要许多开启友谊之扉的长长的谈话的。这种友谊从来没样板，只能和自身比较。这并不是一个两个、三个四个，或者一千个特殊的考虑，而是这一切因素的精准地抓住了我的意志，引导我去投入我的意志里，带着同样的饥饿和猎取之心。我真可以说失去了自己，因为我们不保留自己的东西，已分不清他的还是我的。

当莱利乌斯①当着许多罗马执政官（这些执政官在提比略格拉库斯②被处死刑之后，迫害了所有曾经和他有密切来往的人），问他的朋友布洛修斯，如若任其选择，他会替格拉库斯干什么时，他答道："一切。""怎

---

① 莱利乌斯（约前2世纪），古罗马军人，政治家。公元前140年成为执政官。
② 提比略格拉库斯（前162年—前133年），古罗马护民官。

么一切?"莱利乌斯接着说,"如果他要你放火烧我们的庙宇呢?""他断不会要我做这个。""假如他要你这样做呢?""我就会照办。"布洛修斯答道。如果他像历史学家所说的那样是格拉库斯的一个完完全全的朋友,他本用不着用这种大胆的极端去冒犯那些执政官们,不应该放弃他对于格拉库斯的意旨的把握。但是,那些人控告他的言词含有煽动性,人们并不了解这神秘,也预料不到(这是事实)。他无论在力量上和认识上都好似怀有格拉库斯的愿望。他们首先是朋友,其次是国民同胞,他们互为朋友不论是国家之友与敌,或者说是在野心与谋反上的朋友。既然互为依托,他们便绝对互相操纵彼此的意向的缰,试设想这一对为道德所指导及为理性所牵引(没有这二者要把它匹配成对是不可能的)的人,布洛修斯评论得可谓恰如其分。如果他们的行为无此因素,他们既不是(依照我的标准)彼此的朋友,也不是他们自己的朋友。

但是,这答复并不比我下面的答复更真切。假如有人问我:"如果你的意志要杀你女儿,你会杀她吗?"我答应会的。因为这丝毫不能证明是我主观答应这样做的,因为我对于我的意志没有丝毫怀疑,对于我朋友的意志亦如此。全世界的辩论也不能推翻我对于我朋友的意向和判断力的信认。他的所作所为没有一个传到我耳朵里时,无论措辞是什么,我不是立即发见它的动机。我们的灵魂也这么一致地同行,它们带着这么热烈的挚爱相对而视,又带着同样的挚爱透进心坎,以至我不仅像认识我的心一样认识他的心,并且信赖他比信赖我自己更胜一筹。

我不许人家把其他普通的友谊和我们的友谊相提并论,我和别人一样理解友谊,并且在他们当中是理解得最好的,但不劝任何人用同样的尺来量度友谊。如果这样,他会大错特错。在精髓里,我们得要手执着马的缰绳小心翼翼地走着,那缰绳的结扣并没打得紧到足以叫我们不必担心什么。"爱他,"奇隆这样说,"像你终有一天恨他;恨他,像你终有一天会爱他一样。"这种训条用在至尊无上的友谊上是多么可憎,用在那寻常的友谊上却非常有益。对于后者我们必须引用亚里士多德常挂在嘴边的一句话:"啊,我的朋友们,世上并没有朋友。"

在这高贵的交往里,周旋和恩惠,还有其他友谊的养料,简直没有一提的价值,基于我们意志的完全的混合。因为,正如我对自己的友谊的珍惜并不因为我在需要时给我的救助而有所增加（无论斯多葛派的哲人怎样说），也不因为我对自己服役而感激自己。同样，这样的朋友的结合真是融洽无间，简直不存在那些义务感，并厌恶和排斥这些有分歧和区别的字眼：恩惠、义务、感激、祈求、感谢等等。实际上一切对于他们都是共同的，意志、思想、意见、财产、妻子、尊荣和生命，但是他们的契合又只是一个灵魂在两个身躯里，依照亚里士多德的恰当的定义，他们之间便不会互相索取什么。这就是为什么那些立法者，为了要用这神圣的结合来褒奖婚姻，而禁止夫妇间互相馈赠。想借此暗示一切都属于他们俩，没有什么可以分开或各自享受的东西。

如果在我所说的友谊里，其中一个能够对另一个有所赠与，那感受到感激的，就会是那接受赠品的人。因为，两个人考虑的首先都是怎样去使朋友获益，那提供这一获益机会的才是慷慨的施主，他赐给他朋友来实现他的最大的愿望。

当哲学家第欧根尼急需钱的时候，他不是向他的朋友要钱，而是讨钱。我将叙述一个奇怪的例子，来证明这件事：

科林斯人欧达米达斯有两个朋友：一个是卡里塞努斯，西锡安人，一个是阿雷特斯，科林斯人。他很穷，他两个朋友却十分富有，当他卧病床榻的时候，他的遗嘱这样写道："我给阿雷特斯的遗产是：他要扶养我母亲，抚慰她的暮年。给卡里塞努斯的是：他要把我女儿嫁出，并且照他的力量供给她一份丰富的嫁妆。若其中一个死去，我任命那剩下的一个替代他完成我的遗愿。"那些最先看见这遗嘱的人觉得好笑。但他的嘱托人得到通知之后，异常满足地接受了这个遗嘱。其中一个，卡里塞努斯，在五日后死去，阿雷特斯替代他的义务，他果然极为细心地扶养那位母亲，又在他所有的五个"达兰"①的财产中，用两个半"达兰"做他自己独女的嫁妆，两个半赐给欧达米达斯女儿，并且使两个女儿的婚礼同日举行。

这例子可以说极其完美，除了一点，就是朋友的数目比较少。因为我所说的完美的友谊是不可分的，每个人把自己完全地献给他的朋友，以致他再没有什么分给另一个人；反之，他会遗憾他不是两重、三重或四重

---

① 希腊货币名，有金银两种。金的约值五万六千金佛郎，银的约值五千六百金佛郎。

的,因为他不能有几个灵魂和几个意志来完全献给他的几个朋友。

普通的友谊,我们可以把它区别开,我们可以爱这个,为他的美貌;爱另一个,为他的风流;爱第三个,为他的慷慨;爱第四个,为他兄弟一般的情谊;爱第五个,为他那慈父一般的挚爱,以及其他种种。但是这任何一个都占据了整个灵魂并且以绝对的权力统治着它的全部情感,但是我无论如何也不能有两重性。如果两个朋友同时要你救助,你将奔向哪一个呢?如果他们要你所做的两件事性质正相反,你将怎样处置呢?如果一个把一件事交托给你并让你保密,而这事有必要让另一个知道,你又将怎样解决呢?

独一无二的至高的友谊压倒一切别的义务。我发誓不告诉别人秘密,我可以毫不违反我的誓言去把它传给一个并非"别人"的人,因为他就是另一个我自己。把自己一分为二已经是够奇特的了,那些说可以把自己一分为三的,简直不知道何其伟大。一切极端的东西都是没有匹配的。那个想象我能够同样爱两个人,而他们能够像我爱他们一样互相爱及爱我的人,把一件最唯一的和最一体的东西(而且这东西就是一件在这世上也极难找到的)变为无数的个体了。

这故事的结局和我所说的正符合,因为欧达米达斯把"用他的朋友来弥足他的需要",当做赐给他们的恩惠和仁慈。他让他们做他慷慨的继承人,这慷慨就是把那为他谋利益的方法放在他们手里。这样看来,友谊的力量在他的行为上比在阿雷特斯的行为上显得更为强大。

总之,没有尝过那些美妙的滋味的人是断不能想象出来的,所以我极推崇一个年轻的兵士回答居鲁士的话。居鲁士问他要多少价格才肯出让一匹刚才使他在赛马中获得头奖的马,并问他愿不愿拿它和一个王国相换。他答道:"决不,先生,但我很愿意放弃它去获得一个朋友,如果我找得到一个人值得这样结交的话。"

他说得不错,"如果我找得到",找一个泛泛之交的人是很容易的,但是在另一种友谊里,在那里面我们袒露我们心的深处,没有丝毫隐匿,的确,一切行为的出发点都完全袒露在人前。这样的友谊就会很难找到。

在那只有一个目标的结合里,我们只需设法弥补那特别关系这目标的短处。我的医生或律师信仰什么宗教与我并没多大关系,这考虑完全无涉于他们对我应尽的义务。这与那在我和那些服侍我的家庭之间的关系亦然。我并不一定要知道我的仆人是否贞洁，我只求他做事勤谨。我不会用一个好赌的驴夫而宁用一个傻瓜；我不会用一个出口伤人的厨子而宁用一个蠢一点的人，因为傻和蠢的人实在没有什么可怕。我并不要干预别人应该做什么（这样的人已经很多了），我只想我自己要做的。

我做我所喜欢的，
你也这样做吧。

——泰伦斯

要和餐桌上的人亲昵配合的是娱乐而非智慧；在床上，美丽先于良善；在学术的谈话里，首要是才能，即使缺乏真诚。对于其他亦是一样。但是真正认识这样一个朋友是多么不寻常，是多难得，我并不期望找到一个适当的裁判。因为甚至古代作家所留下来的关于这题目的论文和我自己的情感比较起来，我也觉得贫弱和无味。而在这一点上，现实简直不适用于哲学的任何训条。

对于理性清明的人，
什么都比不上一个知心朋友！

——贺拉斯

古代诗人米南德说，一个人只要能够碰见一个朋友的影子便堪称幸福了。他说得真对，尤其他是根据经验说的。因为，真的，在我生命中其余的日子里，虽然由上帝的恩惠在欢乐与逸豫中度过，而且，除了丧失一个这么亲爱的朋友，没有什么比这更深切的忧痛，充满心灵的宁静。并且，用不着找别的，我的天生的优点已经得到了充分的发挥，当我把这些日子和那天赐给我去享受这个人的温甜的陪伴和交情的四年比较起来，不过是烟，是黑暗无聊的长夜而已。自从我丢掉他的那天，

这一天，上天要它永远圣洁，对于我却永远是悲苦。

——维吉尔

我的生命苟延残喘，就是它所供献给我的快乐，不仅不能抚慰，反而因为丧失了他而使我加倍地忧伤。从前我们无论什么事都是情投意合的，我觉得我似乎在霸占他的份，

我不愿再尝试什么快乐，
直到他安然归来和我分享的时候。

——泰伦斯

我已经那么习惯随时随地做他的第二个自我，以致我觉得自己只是半个人。

唉！既然夭亡已把你带走，
你，我灵魂的一部分，
我为什么还在这里滞留，
带着一颗死灰的心，
像一座破碎的神龛的残片？
不，同一天看见我们共赴阴冥！

——贺拉斯

无论在行为还是梦中我都想念他，正如他会想念我一样。尽管他在一切别的才能和德性上都远远超过我，对于友谊来说义务是一样。

为什么我悲痛害羞？
为什么我不敢尽情哀哭？
一个这么亲的心腹朋友！
兄弟呵，丧失你，我是多么痛苦！
你的死捣碎了我一切欢娱。

你用友谊所孕育的幸福,
刹那间全和你一同消逝!
坟墓把我的灵魂和你的一切带去!
自从你去后,我早已
和一切艺术女神永远告辞:
思想的快乐,研究的暇豫,
以及一切生命的乐趣,
于我皆索然无味!
你的声音难道已永远消逝?
兄弟呵,我的生命!我的灵魂!
难道我将永远不能再见到你?
呀!难道我只能在我心里,
像往日一般爱你?

——卡图卢斯

让我们来听一听这十六岁少年的心声吧。

我发现那篇文章后来被那些想扰乱和改变我们政府的现状(却不考虑能否改善)的人发表,而且带着恶意,把它混同在他们的文章中一起汇编成书,我便取消了要把它穿插在这里的意图。为了使那些没有机会认识拉博埃西的人对他不抱任何成见,我要告诉他们他写这篇文章时年纪还很轻,这只是一篇练习,一个已经被别的作家写烂了的题目。我并不怀疑他所写的,因为他太诚恳了,即使在开玩笑的时候也不会说谎的。而且我还知道,如果他有权选择,就宁可生在威尼斯而不会生在萨尔拉,并且有很充分的理由。但他有一个原则至高无上地印在他灵魂上,那就是虔诚地服从和遵守他本国的法律。再没有一个比他更好的国民,或更关心他那国家的治安,或更仇恨他那时代的骚乱和革新的人了。他宁可用他的才能把它们制止,也不愿供给一些增加混乱的机会。他的心灵是依照别的时代的模型铸就的。

现在,我要用他的另一部作品来替代这严肃的作品。那部作品与这个产生在同一时期,但比较轻松快活。

六　论交往

"量力而行"是苏格拉底最喜欢的，也是他经常重复的一句内涵丰富的话。应当将自己的愿望引向那些最容易得到，并且与自己的能力最接近的东西。确实，假如我们不去和千百个与我们的命运息息相关；并且是我们不能缺少的人融洽相处。却一心要高攀我们的交往能力达不到的一两个人，或者异想天开地追求那些我们无法得到的东西，这不是一种愚蠢吗？

一个人应善于获得世间少有的甘霖般的友谊，并能将它一直保持下去。如饥似渴地去寻求志趣相投的朋友，并十分积极地投入这种交往中，这样便能给与你交往的人留下深刻印象。但对一般的泛泛之交，你应有点疏远冷漠，因为你的言谈举止如果不能像涨满的风帆充分展开就会不自然。

你应该和多层面性格的人交往。因为，这种人既能张也能弛，既能上也能下。不管命运把他摆在哪里，他都能随遇而安。他能同邻里聊他的房子，他的行猎情况，乃至他和别人的纠纷；也能兴致勃勃地和一个木匠或花匠谈天；他们能让最末等的仆役感到可亲、可近，还能以适合下人的方式与他们谈话。

你不应该像别人那样琢磨如何使自己的思想显得空灵和高深，而应努力使自己的思想接近浅显，拔高和夸大是有害的。

斯巴达勇士在战争中用柔和悠扬的笛声来缓解和节制士兵们的鲁莽和狂暴，而其他民族惯用尖厉响亮的呐喊过分鼓动和激发士兵的勇气。同样，在运用我们思想时，我们更需要的是踏实和沉稳，而不是奔放和昂扬；更需要的是冷静和安详，而不是热情和激动。在不懂的人中间充内行，说话像煞有其事，便是十足的愚蠢。应当把自己降到周围人的水准，有时不妨装不懂，收起你的雄辩和精深，在一般的交际中，保留自己思想的条理性就够了。另外还要使自己平易通俗，假如你周围的人喜欢这样的话。

与人交谈时聊什么无关紧要，重要的是谈话要轻松。不故作深奥而总是兴趣盎然、优雅得体，使谈话充满了成熟而坚实的判断，糅合着善意、坦率、轻松、友情。我们的思想并非只在讨论替代继承或王朝事务等重大话题时才能表现出它的力和美，在私人交谈中同样能表现出来。

伊波马居斯就曾说，他仅仅根据一个人在街上行走的步态，便能看出此人是否是名好角斗士。如果一时兴起，谈话涉及学说，那也没什么不可。不过此时的学说也一反通常的威严，由不容置辩和令人厌烦的面貌，而变得温和谦恭了。谈论学术于我们只不过是一种消磨时间的方式，因为，学说不管多么有用，多么受欢迎，在必要时仍可抛开它，可以没有学说而办我们的事。禀赋良好，并在与人的交际中得到磨炼的，那种灵动自然而然会使人愉快。艺术不是别的，正是这类心灵表现的归纳和汇集。

与美丽而正派的女子交往也是一件令人愉悦的事。"因为，我们也有一双行家的慧眼。"虽说和女人交往时精神上的享受不及在第一种交往中那样强烈，但是在感官的享受中，唯有这种交往中感官参与得更多，使它几乎和第一种一样令人愉悦，尽管二者无法等同。不过和女人交往时我们必须存有戒备的心理，尤其那些受身体冲动影响的人更应如此。据诗人们说，这种冲动会发生在那些放任自流、不善约束、不善判断的人身上。

将全部的思想倾注于男欢女爱之上，将无所顾忌的激情投身于其中，这实在是一种荒唐之举。但另一方面，如果没有爱情和意愿，只是逢场作戏，迫于年龄和习俗的要求，扮演一次大家都演过的角色，除了空口白话，不投入自己的感情，这样做虽然安全保险，却是一种懦夫行径。犹如一个人因害怕危险而放弃自己的荣誉、利益或欢乐一样，可以肯定，奉行此种做法的人，绝不能希望从中得到可以使一个高尚的心灵感动和满足的结果。你想实实在在享受的东西，应该是你真心实意渴望的东西。命运可能不公正地恩宠一些女人的外表，这是常有的事。没有一个女人是长得很丑但不想讨人喜欢的；没有一个女人不显示她的长处，或是她的年轻，或是她的笑靥，或是她的身姿。因为无一长处的丑女正如无一缺点的美女一样，是不存在的。

动物的爱并不像人们想象的那么粗俗、低下。我们可以看到，想象和欲望如何使动物兴奋，如何在肉体之上刺激它们。我们看到，不管是雄性还是雌性的动物，都会在群体中挑选自己喜欢的对象，而且它们之间能保

持长期的恩爱。那些因年老而体力不支的动物，还能因爱情而浑身颤动或发出嘶鸣。我们知道动物在交配前充满希望和热情，当肉体完成其职能后，甜蜜的回味仍使它们无比欢愉。我们还见过有些动物交配后仍骄傲地昂首阔步，或发出快乐和得意的鸣叫，仿佛在说它们疲乏了，也心满意足了。若只是为了释放肉体的本能，又何须如此费尽心机去烦劳他人。所以爱情不是为饥不择食的饿汉们准备的食品。

如果心灵的美与肉体的美二者必须舍其一，那么在爱情中最好舍弃前者。心灵可以在更重大的事情上派上用场，而在爱情这件与视觉和触觉都特别有关的事上，没有美好的心灵还可以有所为，没有美好的肉体却绝对不行。所以娇好的容貌确实是女子的优势，她们的美是那么独特，以至我们男人的美要求另一些特征，且只有与她们的美有了共同之处才算美到极致。

第三种交往是与书本的交往，与书本交往，要可靠得多，并更多地取决于我们自己。这种交往也许没有前面两种交往的诸多优点，但稳定和方便却是它独有的长处。与书本的交往伴随着我们的一生，并处处给我们以帮助，它在我们孤独时给我们以安慰；它解除我们的闲愁和烦闷，并随时帮我们摆脱令人生厌的伙伴；它能磨钝疼痛的芒刺，如果这疼痛不是达到极点和压倒一切的话。为了排遣一个挥之不去的念头，唯一的办法是求助于书籍，书会很快将我们吸引过去，帮我们躲开了那个念头。然而书籍却毫不因为我们只在得不到其他更实在、更鲜活、更自然的享受时才去找它们而气恼，它们总是始终如一地以可亲的面容接待我们。

事实上，我们使用书本得到的东西几乎并不比那些不知书为何物的人更多。我们享受书，犹如守财奴享受他的财宝，因为我们知道我们什么时候乐意，随时可以享受，这种拥有权使我们的心感到惬意和满足。总之，它是我们人生旅途中最好的食粮。

倘若有人说，把文学艺术仅仅当做一种玩物和消遣，是对缪斯的亵渎，那是因为他不知道这娱乐、游戏和消遣是多么有意思！

读书有诸多好处，只要选择了正确的书籍，但是不花力气就没有收获。读书的乐趣亦如其他乐趣一样，并不是绝对的、纯粹的有益，也会带来麻烦，而且很严重。读书时头脑在工作，身体却静止不动，从而使人衰弱、委顿。因此从身体的健康来考虑，对老年人来说，过分沉湎于书本是最有害健康，最需要避免的事。

以上便是三种个人交往，至于因职责的需要而进行的社会交往，这里就不谈了。

七　论良心

良心的力量很奇妙！良心使我们背叛，使我们控诉，使我们战斗。在没有外界干扰的情况下，良心会追逐我们，反对我们。

尤维纳利斯①说：良心就像用一根无形的鞭子，随时随地抽打我们，充当我们的刽子手。

柏拉图认为，惩罚紧紧跟在罪恶的后面。希西厄德②说惩罚是与罪恶同时开始的。谁在等待惩罚，就在受惩罚；谁该受惩罚，就在等待惩罚。恶意会给心怀恶意的人带来痛苦。

做坏事的人最受坏事的苦！犹如蜂刺伤了人，自己却受害更深，因为它从此失去了自己的刺和力量。

维吉尔对此的描述是：它们在伤人的同时失去了生命。

根据自然界的矛盾对立规律，斑蝥身上分泌一种自身毒液的解毒素。人同样如此，即使人在作恶时感到乐趣，良心上却会得到相反的感觉，产生一种憎恶感，引起许多痛苦和联想，不论睡时醒时都在折磨自己。

阿波罗多罗斯③在梦中见到自己的皮被斯基泰人剥掉了，放在一口锅里煮，他的良心喃喃地对他说："你的所有痛苦都是我引起的。"伊壁鸠鲁说："坏人无处藏身，因为他们躲在哪儿都不安宁，良心会惩罚他们。"

良心可使我们恐惧，也可使我们坚定和自信。一个人能在自己的人生道路上经过许多险阻而步伐始终不乱，就是因为对自己的意图深有了解，因为自己的计划光明正大。

---

① 尤维纳利斯（约60年—约140年），古罗马讽刺诗人。
② 希西厄德，古希腊诗人。
③ 阿波罗多罗斯，亦名西阿格拉弗斯，古希腊画家。他是最早一批使用透视和色彩层次增强人物厚度感的画家之一。

奥维德说：人的内心充满恐惧还是希望，全凭良心的判断。

这类例子成千上万，只需举出同一个人物的三个例子即可说明。

西庇阿①有一次在罗马人民面前被指控犯了一桩大罪，他不但没有请求宽恕或向法官讨情，反而对他们说："好哇，你们还不是靠了我才有权力审判每个人，如今竟要起我的脑袋来了。"

又有一次，人民法庭对他起诉，他绝不声辩，只是侃侃而谈："来吧，我的公民们，去向神祇拜谢，也是在今天这样的日子，我战胜了迦太基人。"说罢，他大踏步向神庙走去，只见全体人跟在他后面，其中还有他的起诉人。

又是人民法庭应加图②的要求，传讯西庇阿，要他对安蒂奥克省的一切开支作出汇报。西庇阿为此事来到元老院，从袍子下抽出账册，说这本账册原原本本地记下了一切收支，但是他没有同意把它转交给法院档案室保存，说他不愿意自取其辱，在元老院当着众人的面亲手把账册撕成碎片。

苦刑是一项危险的发明，这像是在检验人的耐性而不是检验人的真情。能够忍受苦刑的人会隐瞒真情，不能够忍受苦刑的人也会隐瞒真情。痛苦能够使人供认事实，为什么就不能使人供认不是事实呢的事情？另一方面，如果那个受到无理指责的人有耐性忍受这些折磨，罪有应得的人难道就因为没有耐性忍受这些折磨，去获得美好的生命报偿么？

相信这项发明的理论是建立在良心力量的想法上。因为对有罪的人，似乎利用苦刑可以使他软弱，说出他的错误，然而无罪的人则会更加坚强，不畏苦刑。说实在的，这个方法充满不确定性和危险性。

为了躲过难忍的痛苦，人们什么话不会说，什么事不会做呢？

审判者折磨罪人是为了不让他清白地死去，而结果是他让那个人受尽

---

① 西庇阿又译斯奇皮欧。古罗马名门贵族，在共和国时期以军功显赫著称的有大西庇阿和小西庇阿。普布里乌斯·科涅利乌斯，史书上一般称"大西庇阿"，或"非洲的征服者西庇阿"，以便跟他的父亲老西庇阿，他的弟弟小西庇阿，和他的继孙西庇阿相区分。这个家族是古罗马历史上煊赫的世家，代出名将。老西庇阿是罗马执政官，在第二次迦太基战争中指挥西班牙战场，在战争中阵亡。

② 马尔库斯·波尔基乌斯·加图（前234年—前149年），通称为老加图或监察官加图以与其曾孙小加图区别，罗马共和国时期的政治家、国务活动家、演说家，公元前195年的执政官。他也是古罗马历史上第一个重要的拉丁语散文作家。

折磨后清白地死去。成千上万的受刑者脑袋里装满了假忏悔。

有许多被希腊和罗马人称为野蛮的国家,在这方面却不及希腊和罗马野蛮,这些国家认为折磨和杀害一个对其错误还只是心存怀疑的人,是可怕的残酷行为。你不想无缘无故地杀他,对他做的事比杀他还糟,你没有不公正吗?事情就是如此:多少次他宁愿无缘无故地死去,也不愿接受审讯,这种审讯往往比死刑还痛苦,这等于在执行死刑以前已把人处决了。

八 论交谈艺术

雅典人、还有罗马人,以在他们的柏拉图学园里保留语言练习课为荣。在当代,意大利人还保留了这方面的某些痕迹,以我们的智力同他们的智力相比较,就可以看出他们的做法对他们十分有利。研究书本,那是一种毫无生气的、有气无力的运动,绝不会使人兴奋,而交谈却能使人一下子便学到很多东西,得到锻炼。

当你的言论受到反对意见的驳斥时,无须恼怒,因为它对你毫无损害;相反,你能从反对意见中得到启发,得到锻炼。我们爱躲避别人对我们的矫正,其实应当主动迎上去并参与矫正,尤其在这种矫正以交谈的形式而不以教师上课的形式出现的时候。反对意见一来,有人不看意见本身正确与否,只看对方提反对意见提得有理没理,而且一味考虑如何摆脱那些意见。我们对反对意见不伸开臂膀,却张开爪子,这是不正确的。

友谊如无争吵而只彬彬有礼,客客气气,友谊如惧怕冲撞而且缩手缩脚,这种友谊便不够紧密,也无法丰满。

西塞罗说:"没有矛盾就没有争论。"

谁都可以说真话,然而要说得条理分明并富于智慧,说得巧妙,则只有少数人能做到。所以对那些由于无知而说出的假话没有必要感到恼火,因为那只是愚蠢而已。人,应当在活人中生活。为什么我们遇见某个身体畸形或身材不佳的人毫不生气,而见到一个思想混乱的人却不能容忍、怒气冲冲?这种有害的激烈态度应归咎于审视的人而不怪有缺陷的人。让我们随时念叨柏拉图的这句话:"我认为什么东西不正确,岂非是因我自己

不正确?"

人的眼睛看不到身后的东西。人们成百次谈论邻居其实是在自己嘲弄自己,我们憎恨别人身上的缺点,而那些缺点在我们身上更为明显。出于一种不可思议的恬不知耻和疏忽,我们竟对那些缺点不感到惊讶。

我们一定要留意,该说话时说话,选择合适的时刻说话,这很重要。打断别人的话,或以权威的专横的口气改变话题,或在见你就崇敬得哆嗦的人面前以摇头、微笑或沉默的态度去否定别人的反对之词,这并不会给你带来好处。

一个春风得意的走运之人在聚会上随随便便地谈天说地并发表意见,他一定会以这样的话语开始:"与我这意见相左的人只可能是骗子或白痴,云云"。这样的言论尽显刻薄之意。

下面这个提醒对我们大有用处:在争论和商谈中,并非每一句我们认为正确的话都能立即被人接受。大多数人都不乏偶尔来的机敏,某个人有时可能说出一句精彩的俏皮话,一句恰当的答辩,一句有益的格言,尽管他在说话时并没有认识到这句话的分量。借来的东西不一定都能掌握,还得靠我们自己进行核实。那些话无论多么实在,多么精彩,都没有必要老是一听便诺诺连声。必须自觉与之斗争,或往后退,借口未听见而独自从各个方面揣摩此话如何到了讲话者口里。我们有时可能作茧自缚,助对方的攻击一臂之力,使之超过攻击的限度。但我们不能因为这样而畏缩不前。对谈话可能引起的后果,千万别事先假定什么。如他们以一般的话作出判断:"这个好,那个不好",如果他们意见略同,便看此种意见一致的场面是否由偶然性促成。

愿你们对他们出口成章的警句多做些思考:为什么如此?根据什么如此?每天我们都能听到一些蠢人说不蠢的话,他们谈的是美好的东西,那就让我们去了解他们是在哪里知道的,去看看他们是通过什么途径得到的。我们可以帮助他们应用他们尚未掌握的那些美丽的字词和精彩的道理,因为他们还只是那些美好东西的保管者,他们也许有一天会摸索着进行创造,我们则让他们了解美好东西的价值并去信任它们。

你真想去这样做吗?这是何苦?因为他们对你不会有丝毫感激之情,他们还会因此变得更蠢。别去协助他们,让他们走自己的路。他们将来再涉猎此方面是因为他们害怕上当受骗，他们绝不会对此类问题作任何改变，也不会把涉猎深入下去。你将此类问题稍稍偏离，他们就抓不住了，他们就会放弃这个领域，尽管此领域强劲有力、美不胜收。如果你偶尔对他们的话作进一步阐明和确认，他们会马上抓住你，使你讲话的优越之处脱离你自己的说法："这正是我原来要说的，那恰巧是我的想法，如果说我讲得不如你，那只是我语言上出了毛病。"吹吧！对这种傲气十足的蠢行就得狡猾些。正如赫热西亚的信条：既不必仇恨，也不必控诉，只需教育。

感觉错乱和愚蠢的行为并不是通过一次简单的提醒便能纠正的，对这种纠正的过程我们只能遵照居鲁士[①]说过的一番话。有人在战役即将打响的时刻催促居鲁士去激励他的军队，居鲁士回答说："在战场上，士兵不会因一次精彩的讲话立即变得英勇善战，正如人不会听一支美妙的歌就会立即变成音乐家。"学艺活动必须事先进行，必须通过长期坚持不懈的教育方能完成。

如此尽心尽力的关怀我们只应给自己人，去对过路人说教，对初遇的无知之辈进行教育，这可是一个不好的习惯。即使在同别人闲聊时，也不要这样做。高明的智者宁肯放弃一切也不愿参与这种专横的教育。总之，愚蠢而又沾沾自喜，自喜到超过任何正常头脑合理自喜的程度，这种愚蠢比任何愚蠢更让人气恼。

自以为是的人傲视别人，就像才从战场归来时的风风光光、兴高采烈。语言的自负和面容的快活往往使人们在面对听众时处下风，因为听众通常判断力较弱，不能正确判断和分清真正的优势。固执己见是最愚蠢的明证。有什么东西像驴那样自信、坚决、蔑视一切，那样一脸沉思、庄重、严肃？

我们难道就不能将朋友之间在互相开心、互相嘲弄时打打闹闹、亲密无间、快快活活的争吵和互相打断话语的闲聊掺进交谈和交往中去？如果

[①] 居鲁士（前590年—前529年），古代波斯帝国的缔造者，是波斯皇帝。他以伊朗西南部的一个小首领起家，经过一系列的胜利，打败了3个帝国，即米底、吕底亚和巴比伦，统一了大部分的古中东，建立了从印度到地中海的大帝国。

说这样的活动不如前边谈到的活动紧张、严肃,它却同样富于洞察力,同样妙趣横生,也同样有益,吕库古斯①就认为如此。在这样的交谈会友中,自由不拘好于机智幽默,快乐好于创造。在快快乐乐时,我们往往可以弹拨到我们缺点中那几根秘密的弦。而在一本正经时,我们一触这些弦就会互相碰撞,而且也不可能互相有效地提醒各自的毛病。

九 论功利和诚实

摇摆不定是一种懦弱和缺乏主见的表现。以游说斡旋为业者往往掩盖自己的见解,表现或表现得极其折中,似乎他们的看法与别人的十分相近。而诚实、忠诚的人则拿出旗帜鲜明的观点和其独有的行事方式,此类人在谈判时宁可有负于谈判,也绝不允许愧对自己的良心。

诚实、忠诚的人用一种坦率的待人接物方式,使其很容易深入人心,取得信任。淳朴与真诚在任何时代总是合时宜的。而且,辛勤工作而毫不为私利者的心直口快不易遭人疑心和讨厌,他们用得上伊佩里德回答雅典人在怪他说话粗暴尖锐时说的那句话:"先生们,不要计较我的直言不讳,而应该考虑我这样做是否为一己私利,是否能把事情办得更好。"

诚实、忠诚的人的爽直的言谈以其气势使别人从不怀疑他隐瞒了什么。该说的话,不管多么难以接受,多么尖锐辛辣,此类人都会说,当事人不在场,他不会说得更难听。他的坦率有一种单纯而漫不经意的感觉。他做事时只想到做,并不考虑长远的后果及计划,每个行动都有其独立的作用,能有所成他便会很有成就感。

此类人对达官贵人也不会表现出过分的爱或恨,他们的意志同样不受个人恩怨的束缚,他们仅会以百姓的正当感情看待君王,这种感情不被个人利益激发和转移。对公众的正义事业,他们也只抱温和的态度,绝不头脑发热,他们生性所主导不会轻易作过深的、内心的介入和许诺。愤怒和仇恨超出了正当责任的范围时,便是一种狂热,只对那些并非从理性上忠

---

① 吕库古斯,古希腊神话中的色雷斯王,反对酒神而引杀身之祸。

于其职责者有用。一切正当而合理的意图自然而然是公平的、温和的，否则就嬗变为图谋不轨、离经叛道。这就是为什么他们能抬着头，心地坦然地走遍天下。

对付敌人的方法，也会有不符合道德和法律的地方。公共利益不应要求所有的人为它牺牲所有的个人利益，即使在社会的动乱中，仍应记得有个人的权利，任何权势都不能被允许侵犯友情的权益。对一个正派人而言，即便为了效忠君王、大众事业和法律，也并非可以无所不为。在尽对国家的义务时并不排斥其他义务，而且公民们对父母恪尽孝道亦符合国家利益，这是一条适合时代的训言。无须让刀剑把我们的心肠磨砺得铁石般硬，我们有强壮坚实的肩膀就足够了。我们的笔蘸着墨水就够了，不要去蘸血。虽然为了公共利益和忠于职守而置友情、亲情、义务和诺言于不顾也是一种大无畏的气概和难能可贵的美德，但是，虽然我们可以谅解，但这种气魄绝不能与伊巴密浓达①的气魄相提并论。

人们无法根据一个行为的功利来证明它是否是光明磊落的、高尚的。亦很难这样定义：只要一个行为是有用的，它便是每个人都可以接受的，每个人都必须去做。

我们不应将由个人利益和欲望所滋生的尖酸刻毒称作责任感，也不应把背信弃义、阴险狡猾的行为称作勇敢。有些人把自己邪恶和凶暴的天性美其名曰热心，其实他们"热心"的不是事业，而是他们自己的利益。

我们即便置身于敌对的人们之中，也并不妨碍我们光明正大地、恰如其分地行事。但是，在这种特殊情况下，你处理问题绝不能一视同仁、不懂变通。你做事至少要有节制、讲分寸，这样你就不会过分依赖一方以致对他有求必应，同时你应该满足于对方对你的适度恩宠，做到是在混水中游走，却又不是浑水摸鱼。

竭尽全力效忠一方和讨好另一方这样的行为既不能算是有良心，也不能冠以谨慎的头衔。你为甲方而背弃乙方，而你在乙方受到和在甲方同等的礼遇，你这样的行为，定会引起甲方对你的不信任，于是他在心里把你看成小人，而同时在表面又捧着你，利用你，利用你的不光明正大来成就

---

① 伊巴密浓达（前418年—前362年），希腊城邦底比斯的将军与政治家。

他的事。因为两面派的用处在于他们能带来点什么,但人们得提防着尽量不让他们带走什么。

一个人要做到对一个人讲的话同时也能对另一个人讲,最多只是语气有点变化,且在传说一件事情时只转述无关紧要的,或众所周知的,要不就是对双方都有用的事。不为任何功利欺骗他人,因为别人相信你会保密而向你吐露的事,你应虔诚地藏在心底。不过你设法尽量少藏这样的秘密,因为保守帝王将相们的秘密是件麻烦事。

坦率的言谈能让对方轻松起来,使其不自觉地打开话匣子,就像酒和爱情能把话引出来一样。里齐马克国王问菲力彼代斯①:"我的财产里,你要我给你什么?"菲力彼代斯明智地回答:"随便你给什么,只要不是你的秘密。"不可否认,假如人家用我们做事而又不告诉我们事情的底细,或向我们隐瞒事情的内在意义,我们每个人都会愤愤不平。

然而,没有哪一个君王愿意接受半心半意的人,他们十分痛恨有限度、有条件的效力,这是始终无法改变的。但是,一个理性而又有胆识的人应开诚布公地向他们申明你效力的限度,因为,即使做奴隶,也只应该做个理性的奴隶。而他们则不该要求一个自由人像他们生养的子女或买来的奴仆那样,或是像那种出于特别的原因把你的命运与他们的命运明确地联系在一起的人那样,你完全隶属于他们,为他们尽义务。社会法律为我们消除了很大麻烦,它为我们选择了服务对象,为我们指定了主人,任何其他权威和义务必都须以它为依据,并退居其次。所以,社会法律规定我们做的事我们一定要立刻动手去做,即便我们的感情另有所向。感情和意愿只向自己发命令,而行动则必须接受社会的命令。

以上所说的这套行事方式与现在的规矩有点不大一致,所以它可能不会产生很大的作用,也可能顶不住社会风气。再纯洁无瑕的人也无法做到在谈判中毫无矫饰,在讨价还价中毫无谎言,所以,志趣高雅者绝不喜欢公开事务。职业要求于你的,你尽力而为,并且尽量以自己的独特方式去做。

对这些声明,有些人不以为然。他们指责所谓的率直、真诚和单纯其

---

① 菲力彼代斯,亚历山大帝国时代的喜剧演员。

实就是一种策略、一种手段，这样的说法非但没有达到诋毁的目的，相反自暴其言论的错误。

真理的道路是唯一的、单纯的，而追求个人利益和在承担的事务上投机取巧的道路却是双重的、不平坦、布满不测的。经常有人装作潇洒随便的样子，然而往往徒劳无益，很像伊索寓言里的那头驴子，这驴子为了和狗争宠，竟然欢蹦着把两只前蹄搭在主人的肩上。结果，狗的讨好得到主人的抚爱，可怜的驴却挨了加倍的棍棒。"最自然的举止于我们最合适。"不可否认，骗术在这个世界上占有很高的地位，骗术不止一次给人们帮过大忙，而且至今仍维持和支撑着人们大部分的职业。世上有些恶行是正当合法的，但是有些善良的或可以理解的行为却是不合法的。

有人试图为我们举例以此来说明个人的功利应高于信义，但这例子并未因他们添枝加叶而显得具备足够的说服力。

有人说，一个正人君子不用付钱也算了结了自己对强盗的诺言，因为他已经逃脱了强盗的手掌。这种看法不对，你因恐惧而许诺的东西，在恐惧不存在时，仍必须把它视为你的许诺。即便你在恐惧的逼迫下只作了口头上的许诺，自己并不情愿，你也应当严格兑现自己说的话。否则，就会逐渐推倒别人要求我们兑现诺言和誓言的正当权利。"守信用者何须别人强按头。"只有当我们许诺的事情本身是丑恶的和极不公正的，我们的个人利益才可以原谅我们的食言，因为道德的权利压倒责任的权利。

十　论相貌

苏格拉底所有的高贵品质都很完美，但令人扫兴的是，他的容貌和体态却让人不敢恭维。正如人们所说，他的容貌体态同他的心灵美相比真可谓相差千里，而他对美又如此情有独钟，大自然对他太不公平。

"灵魂放置于什么样的身体对灵魂至关重要，身体的多种作用可使心灵敏锐，其余不好的作用则使心灵迟钝。"西塞罗谈的是反常的丑陋和四肢的畸形，然而我们却把主要表现在脸上让人一看就不讨人喜欢的东西叫做丑陋，而且不讨人喜欢的原因往往又微不足道，诸如：脸色、斑点、粗

鲁举止以及某种难以解释清楚的原因。

拉波埃提人丑但心灵极美，他的丑陋就属于这种性质。此种表面的丑陋虽十分严重，但对人的精神状态损害却比较小，而且对评价人起不了多少的作用。另一种丑陋，其更确切的名称叫畸形，则是更实质性的丑陋，这种丑陋通常对人的打击更为深重。显示脚形的并非一切光亮的皮鞋，而是所有鞋形好的鞋。

苏格拉底在笑谈自己的丑陋时说，倘若没有人为地纠正他的丑陋，他的丑陋定会在他的心灵上准确无误显示出来。这显然是一种玩笑话，一个人的美好心灵从不是天生的。

坎特，库尔斯把美称作短期的专横，柏拉图则称其为自然的特权。世上没有任何东西的声望能超过美，美在人们的交往中占据首要位置。美先声夺人，美以极大的权威和它给人的绝妙印象引诱我们并影响我们的判断力。弗里内①如果不曾解开她的裙袍以她光艳照人的美丽腐蚀法官，她的诉讼就会在一位优秀律师手里败诉。居鲁士、亚历山大和恺撒这三位世界的主宰在营造他们的伟大事业时也并没有忘记美，大西庇阿亦复如此。同一个希腊字包含着美和善，圣灵往往把他认为美的人叫做好人。一支由古代某位诗人谱写的柏拉图认为家喻户晓的歌对财产排列的顺序是：健康、美丽、财富。

亚里士多德说，指挥的权利属于俊美之人，当有些人接近诸神雕像的俊美时，这些人同样可以享受人们的崇敬。有人问他，为什么人们同俊美之人交往更频繁而且时间更长时，他说："这个问题只应由盲人提出。"大多数哲人以及最伟大的哲人都借助他们的俊美用来交学费获得智慧。

依据一个人脸部的轮廓、表情和线条有助于推断其内在气质或未来的命运，它们似乎并不直接也不单纯属于美和丑的话题。正如香味及清新空气不一定都能保证人的健康，瘟疫流行时空气里的臭味也不一定都传染疾病一样。指控女士们的品性与她们的美貌背道而驰的理论并不一定都有道理，因为线条并不十分端正的面庞可以有正直忠诚的神气。相反，有着美

---

① 弗里内，公元前4世纪希腊的一位名妓，她因渎神被控死罪，面对最高法院的终审，雄辩家希培里德斯当众扯下她的长袍作为辩护，她秀美的身体使法官和民众折服，于是一致将她判为无罪。

丽容颜的某些人，其眉目间有时也透露出令人害怕的狡诈和危险的本性。有使人产生好感的相貌存在，在众多打败你的敌人当中，你可能立即选出这一位而不是那一位陌生人以交付自己的性命，而你作出这样的选择并不只考虑了对方的美和丑。

外貌的美丑并不能表明一个人是好是坏，但是，外貌对一个人仍有某种重要作用。倘若让你去鞭挞恶人，其中鞭挞得最猛烈的应该是违背了诺言的人。

有些人相貌显出福相，另一些相貌却显出他的福薄。应该有某种技巧可以使人区别温厚相貌和蠢相，区别严厉相貌和粗野相貌，区别狡诈和善意的狡黠、倨傲和悒郁以及诸如此类的近似的品质。有些美人不仅显得傲气，而且乖戾，另一些美人则温柔而又非淡而无味之美所可比拟。

相貌对人未来的影响，这将是以后要探讨的问题。对待相貌，最理性的措施便是"顺应自己"。

十一　论想象的力量

学者们这样描述想象的力量：强劲的想象可以产生事实。想象力每个人都有，且有很大部分人被它弄得神魂颠倒。

加吕·维比多年来潜心研究精神病的病源和规律，到头来搞得自己也疯疯癫癫，到了不可治愈的地步。当然，他也许会吹嘘那是因为自己太聪明才变疯的，但这样的说法有几个人会相信？有些人因恐怖而幻见到刽子手的手。还有一个犯人，当人家把他松绑，对他宣读赦词的时候，他竟被自己的想象所打击，已僵死在断头台上了。我们受想象摇撼而脸红、流汗、战栗、变色，倒在羽绒的床上，因为感觉我们的身体受它震动有时竟至断气。幻想是可以让处于旺盛青春时期的我们兴奋难熬，熟睡时也会在梦中满足情欲。对此鲁克烈斯[①]说："像煞有介事似的，他们往往尽情流淌，那滔滔不竭的白浪，玷污了他们的衣裳。"

---

① 鲁克烈斯，古罗马诗人。

尽管在夜里梦见自己的额头长出角来已不是什么新鲜事,因为在梦境中什么都有可能发生,但是发生在意大利国王居普斯身上的事却值得一提。一天,他兴致勃勃地观看完一场斗牛比赛,当晚,整夜都梦见自己的头上长角,他以为这是真事,号啕大哭,突然,他竟恢复了曾被大自然剥夺的嗓音。

有人把达戈尔国王①的瘢痕和圣弗朗西斯身上的烙印归因于想象力。还有人说,想象力有时候能让人腾空而起。塞尔苏斯②叙述说,有位神父对宗教心醉神迷,竟然到了长时间不呼吸,身体也无感觉的地步。圣奥古斯丁③也提到过一位神父,他只要一听见凄惨的呼号便会昏过去,而且灵与肉分离得非常厉害,任你怎样在他耳边大声疾呼,摇他、刺他、烙他也毫无用处,直到他自己醒过来才止。那时,他便说他刚才听见了些声音,不过仿佛自远处传来,现在也能感刺烙的创痛了。这并不是一种矫揉造作,只要看他那时全无脉搏和呼吸便可知不是假的。

说那些幻觉、魔法以及大自然的一切奇迹主要都是我们的想象力所致,这是很有可能的。而其中意志薄弱者是最容易受想象力左右的,他们对什么都信以为真,没有看见的东西以为看见了。

对于人们广为谈论,困扰着我们这个年龄的"绳结"问题,有人说那仅仅是由害怕和担忧所致。有一个很健康的人,毫无患阳痿或中邪术的嫌疑,只听过他一位朋友说及有一种痿疲症在最不需要的时候降临。等到他也处于同样的地位时,这可怕的想象力竟骚扰他那么厉害,他竟陷入同样的境遇。从那天起,那种对于这灾患的可恶回忆(想象)屡次侵扰他、挟制他、使他重犯此病。后来,他在另一种幻想上找着了治疗这幻想症的药方:那就是事前宣布和承认他患有一种疾病,他紧张的精神便得以放松,因为他知道了生理上的"弱点"是意中事,他的歉疚心情便轻减而不那么沉重地坠着他的心了。到了他可以任意选择交欢的时候了,他的精神便自由和解放了,他的肉体也修整如常了,他于是开始尝试、琢磨,趁着女方

---

① 即达戈贝尔特一世(605年—639年在位),法兰克王国墨洛温王朝最后一代国王。
② 塞尔苏斯,罗马百科全书编纂者。约生于公元前10年,卒年不详。
③ 圣奥古斯丁(354年—430年),古罗马帝国时期基督教思想家,欧洲中世纪基督教神学、教父哲学的重要代表人物。

不留神的当儿强行交欢，他这疾病遂告痊愈。

对一个女人来说，过去既然她说愿意交欢，她便不会再拒绝交欢的要求，除非她正处于疲劳的状态。

如果犯这种不幸之疾，那就是当交欢时精神过于受欲望或猜疑的刺激，尤其当机会是属于意外及迫切的性质时，要镇静这种慌乱简直没有办法。

埃及国王赫摩斯二世娶了一位漂亮的希腊少女拉奥迪斯为妻。一向很出色的他发现，在自己的妻子面前，自己变得无能为力。他狂怒不已，怀疑拉奥迪斯是个女巫，且威胁说要杀了她。因为她知道这全属于幻想，她劝他求助于爱神维纳斯，并献祭品供奉她，正如想象当中的一样，赫摩斯在当晚就神奇地恢复了正常。

女人不应该用高傲、躲闪和蹙眉的态度和行为耍弄那些被她们挑起情欲的男人，因为这样只会熄灭他们的激情。毕达哥拉斯就说，一个女人同男人睡的时候应该把羞耻和她的裤子一齐卸下，等到穿裙时再把它穿上。进攻者的心，受了惊骇，就很容易迷失。如果他的想象一度使他感受这羞辱（他只在第一次接触时感受到它，接触越剧烈越凶猛，他感受得也越厉害，而且，也因为在这初次的亲密中人们特别怕失败），开端既不利，他将因此而恼怒，以致日后这不幸会继续发生。

新婚夫妇有的是时间，所以如果没有准备好，切莫勉强急于行事。与其第一次遭到拒绝因而激恼而陷入长期的困扰，还不如等候那亲切的和情会意的时机。未得手之前，只应该在不同的时候用突击的方法悄悄地尝试着叩开情扉，可千万不要愤怒，或固执一己的肉欲。那些知道人类的肢体是会顺应情欲的人，让他们去驰骋他们的幻想吧。

男性这一器官是无拘无束和桀骜的。它是那么不合时宜地亢奋，当我们不需要它的时候，它跃跃欲试，难以控制，而最需要它的时候，它又那么不合时宜地临阵退缩，那么迫切地违抗我们意志的权威，又那么傲岸而且刚愎地拒绝我们的心和手的祈求。

事实上，我们身上的器官并非只有它违背我们的意愿，只要你静心想一想，便能想到，我们身上的每一个器官都违背过我们的意愿自行其是。人身上的每个器官都有它自己的欲望，它们的苏醒和沉睡根本不受我们的

蒙田随笔

控制。多少次我们的脸色不知不觉间泄漏我们要守秘密的想法,把我们出卖给那些在我们周围的人,将我们藏在心底的隐私曝于天下。这样的欲望同样还会激活我们的肺、脉搏以及心脏。我们的眼睛一接触着可爱的东西,便自然而然地在我们身体里散布热情的火焰。难道只有这肌肉和血脉才会无视我们的意愿和想法,自行其是地鼓起和收缩吗?害怕或激动的时候,我们并没有指使我们的头发悚立,或指使我们的皮肤为了欲望而恐惧或战栗。手常伸向我们不曾使它伸过的地方去,舌头僵硬和声音凝结都各有它自己的时辰。当我们没有什么东西可煎熬,很愿制止它的时候,食欲并不停止去扰乱那些在它管治下的部分,比起这另一种欲念来,不多亦不少,而且它喜欢不理我们。用来卸除我们肠肚的器官自有它的伸张或收缩,不以我们的意旨为转移,卸除我们的肾与膀胱亦是一样。为了证明意志是全能的,圣奥古斯丁称他亲眼看见一个能够控制放屁的人,想放多少就放多少,虽然他的注释者又用当时另一个例子强调这话的意思,说有人可以照别人当着他诵读的诗句用屁组成旋律,我们也不能因此断定这器官真能如此随意调度。

　　但是,我们的意志,为了它的主权我们提出这种谴责:可以控告它谋反与叛逆的证据更多了。它是那么不循规则与不随人意!它难道永远要求我们想它所要求的么?它能听我们理性来指挥么?

　　或许是在想象力的作用之下,有个人在法国幸运地治愈了淋巴结核,而他的朋友却没有治好,把病又带回了西班牙。因此,你也许会明白,为什么病人需要对自己的治疗抱有良好的心态。为何医生要在给病人治疗之前反复向他们保证可以痊愈,而病人随之而建立起的信念,在想象力的帮助下,有时真的会协助功效不大的汤药而奏效呢?因为医生非常清楚这一点,正如有位神医曾写到的:"有些人只要一见到药,病自然就好了。"

　　有位妇人以为自己在吃面包时不小心吞下一枚别针,非常着急,到后来是又哭又闹,总感觉喉咙疼痛难忍,仿佛真的有东西卡在那里一样。后来她求助于一位医术高明的大夫,大夫替她仔细检查了一遍。从外表看,那位妇人的喉咙既无肿胀又无其他异常,于是他断定这仅仅是她的幻觉,而她的不适大概是由面包戳到了喉咙引起的。于是他想办法让她呕吐,然后在她的呕吐物中偷偷地扔一枚别针,妇人以为别针真的被吐出来了,顿无什么疼痛感了。

以上这些例子都是说明思想和身体是相互影响的，但想象力不仅仅作用于自身，有时还会影响到他人，这就是另一回事了。就像疾病通常会传染到左邻右舍或是与之接触的人，我们可以看到瘟疫、天花等总是蔓延整个城市。同样，想象力一旦被激发，也会影响到别人。

十二　论言过其实

先前有一位雄辩家，他逢人便自夸地说，"我可以把小的东西说得让人以为是大的东西"，其实质是想告诉他人他遣词用句有独到的本领。这是一个给小脚做大鞋的鞋匠，倘若是在斯巴达，这种人定会因为危言耸听而受到鞭答。

女人用厚厚的胭脂来掩饰其皱纹和缺陷，这样的行为倒无可厚非，因为看不看她们的本来面貌，无关紧要。而有意弄虚作假、颠倒黑白、歪曲事物的本质，那绝不能视而不见，因为它不仅仅是在蒙蔽我们的眼睛，而且会影响我们的判断能力。

在国泰民安、治理有方的国家，如斯巴达和克里特，雄辩家是不受欢迎的。阿里斯托给雄辩术美其名曰"说服人的技巧"，苏格拉底和柏拉图却将它称为"使巧弄诈术"。有些人在平时的谈话中总是否定它，而上台演讲的时候却常常在应用它。

伊斯兰教严禁孩子们涉足于雄辩术，认为它百无一用。雅典人深受雄辩术之害，索性规定发言人把开场白和结束语统统删除。雄辩术是一架煽动暴民制造动乱的机器，无异于给一个多病的国家添了一剂泻药。在持续动荡不安的国家，如雅典、罗德以及罗马，无论是粗鲁下流者还是不学无术者都可滥竽充数、呼风唤雨。这些混乱的地方，正是雄辩家们的用武之地。的确，在这些国家里，很少有人不靠雄辩而登上显赫高位的。

庞培①、恺撒、克拉苏②、卢库卢斯③、兰图卢斯、梅特鲁斯，他们之所以能够登上权力的巅峰，完全是因为雄辩，有时雄辩的作用比军队的作用更加重要。而时局稳定的时候，情况就不一样了。如：沃卢姆斯乌斯支持克·法比乌斯和帕·德乌斯担族人入选执政官，"这些人，"他强调指出："来自战场，身经百战，久经考验，功勋卓著，有非凡的组织能力和管理能力。而城邦需要判断敏锐，说理充分，学识渊博的人，这样的民选官才能明辨是非、主持正义。"

在罗马，雄辩术盛行之时，是在公众事务一塌糊涂、尤其是内乱令人十分不安的时候。那时，雄辩术的盛行如同在一块荒凉的土地上疯长野草。而君主政体则少有雄辩家的市场，因为普通百姓天性淳朴，乐意听一家之言，不喜标新立异。事实上，不轻信花言巧语，并非人人都能做到。只有受过良好教育的人，才有能力抵御迷魂汤的毒害。在马其顿或者在波斯，就看不到以雄辩术见长的知名人士。

一位红衣主教的伙房管事说起他的差事时，表情庄重肃穆，仿佛是在阐述深奥的神学原理——就食欲而论，可分为几种类型：有餐前食欲，餐后食欲，餐后第二顿之食欲，还有餐后第三顿之食欲等等。餐前之食欲容易满足，但要诱发餐后第二顿乃至第三顿之食欲，那就大有学问了。拿调味品来说，有原汁原味的，有加了作料的，风味各有不同。吃色拉要看天气，冷天有冷天的吃法，热天有热天的吃法。饮品要色香味俱全，不但吃起来要有滋有味，而且看上去也要赏心悦目。再说上菜的程序也很有讲究，哪道菜先上，哪道菜后上，对食欲都有举足轻重的影响。倘若一切果真如此，一顿饭吃下来，是需要颇费一番心血的。

这样的场合哪是在谈论吃饭，倒像是在讨论军国大事，特伦斯先生对此有一行戏说性的文字：

"这个咸了点，

---

① 庞培（前106年—前48年），古罗马统帅、政治家。贵族出身。
② 克拉苏（前115年—前53年），古罗马军事家、政治家。
③ 卢库卢斯（约前117年—前56年），罗马将军和执政官。

那个烧过了头，
好像不够淡；
这样就对了：
下次记住照此做。
碗盘碟子，洗得要像镜子。
指导厨子，
件件事情都须耳提面命。"

卢基乌斯·埃米利乌斯·保卢斯①从马其顿归来，希腊人为他举行了盛大的宴会庆典，宴席相当考究。引用这两个故事，并不是说不要讲烹饪技术，不要饮食效果，目的是想说明，形容煮饭做菜不至于用上那许多华丽的辞藻。

建筑师用他们的行话术语大吹大擂所谓的半露方柱、柱顶过梁、飞檐下帽等等，而且是什么科林斯风格，什么是多利斯地方样式，听起来玄妙得很，俨然是在建筑阿波罗宫殿。其实他们所讲的那些东西，跟我们厨房的普通构件一样。那是因为每个人对自己从事的工作最为熟悉。

有些人张口说话便是转喻、隐喻、讽喻，还有诸多语法修辞，文绉绉的，仿佛是在谈论珍奇异事。神神秘秘、装腔作势，其实不过就是在使唤一个丫环而已。

我们的官职建制并不同于罗马，但用罗马人的头衔来称呼我们的官员，就有点虚张声势。如此自欺欺人玩弄自己，迟早会被后人耻笑。见着古代圣贤享的誉经久不衰，我们也紧随其后，把圣贤的美誉封给不伦不类之人。柏拉图得了天才的称号，那是他的成果是有目共睹的，名副其实。至于那些意大利人，装腔作势地说他们是最有理性的民族：才思敏捷，措辞严谨，堪称当今天下第一，未免有点厚颜无耻。不久前，这个头衔赠予阿雷蒂诺②，他的作品在堆砌夸张的辞藻、发挥离奇的想象、强词夺理方面的确高人一等，除此之外，没有哪点比得上他那时代的其余作家，比之

---

① 卢基乌斯·埃米利乌斯·保卢斯（前229年—前160年），古罗马国务活动家和统帅。
② 阿雷蒂诺（1492年—1556年），意大利诗人、散文家和剧作家。

古代天才就差得更远了。我们无缘无故地把伟大一词加在君王头上，但是，左看右看，看不出他们比一般人伟大在哪里。

十三　论学究气

凡夫俗子与圣贤之士在观念与学识上的天赋是存在很大差异的，他们的行为方式也可能截然相反。然而历史上，遭大多数人谴责的对象并非那些凡夫俗子而是那些颇有学问之人。

普鲁塔克①曾经说过，罗马词语中"希腊"和"学者"都是表示指责和蔑视的意思。

这种看法是非常有道理的，最伟大的学者不是最聪明的人。可让人困惑的是，为什么一个知识渊博的人却缺乏敏捷活跃的思想，而一个没有文化的粗人不加修饰，天生就具有最杰出的人物才有的真知灼见？

植物会因太多的水而溺死，灯会因过多的油而熄灭，难道人的思想会因学富五车，以致理不出头绪，压得弯腰驼背，以致枯萎干瘪？可很多的事实表明并非如此，我们的思想越充实，就越开阔。在古代可以找到这样的例子，有些伟大的统治者、杰出的将领和谋士，同时也是非常博学的人。

亚里士多德说，有人把泰勒斯②、阿那克萨戈拉③及其同类称作哲士，但不是聪明人，因为他们不大关心有用的东西。哲士和聪明人到底有何不同？用这样两个区别模糊的词就能为哲学家们辩解吗？不行！看到他们安于卑贱而贫困的生活，我们真可以把这两个词都用上，即他们既非哲士，亦非聪明人。

他们学会了如何与别人交谈，却不会与自己对话，而人的价值不是体

---

① 普鲁塔克（约46年—120年），罗马帝国时代的希腊作家，以《比较列传》（又称《希腊罗马名人传》或《希腊罗马英豪列传》）一书闻名后世。他的作品在文艺复兴时期大受欢迎，蒙田对他推崇备至，莎士比亚不少剧作都取材于他的记载。

② 泰勒斯，古希腊时期的思想家、科学家、哲学家，希腊最早的哲学学派——米利都学派（也称爱奥尼亚学派）的创始人。希腊七贤之一，西方思想史上第一个有名字留下来的思想家。

③ 阿那克萨戈拉，古希腊哲学家、原子唯物论的思想先驱。

现在耍嘴皮子的功夫上,而在于其管理能力。

关于这一点,让我们来看一则加斯科尼的谚语:"芦笛不难吹,只要你学会摆弄手指。"这不也很奇特吗?

很难想象我们会借助于他人的知识而变得思想丰富。

即使我们可以凭借别人的知识成为学者,但要成为哲人,却只能靠我们自己的智慧。

我们不仅仅要去追求智慧,还要会利用智慧。音乐家只会吹奏笛子,却不会改变自己的习惯;雄辩家只知道怎么样说得好听,但是却不知怎样做漂亮。

这些学者们,就像柏拉图对他们的同类——诡辩哲学家的评论一样,他们是在所有人中保证要最有益于人类的人。

谁要是将这些分布在世界各地的学究仔细加以分析,便会发现,尽管他们的脑袋里满是记忆的东西,但他们既不了解自己也不了解别人,没有判断力,除非他们的判断力天生与众不同。图纳布斯是世界上最有修养的人,无论哪个方面,他都具有敏锐的洞察力,他领悟得非常快,且能做出正确的判断,好像他从来就是一个治国和作战的能人一样。这样的人,可以说是很了不起的。知识不应依附于思想,而应同它合二为一;不应用来浇洒思想,而应用来给它染色。知识如果不能改变思想,使之变得完善,那就最好把它抛弃。拥有知识,却毫无本事,不知如何使用还不如什么都没有学,这样的知识是一把危险的剑,会给它的主人带来麻烦和伤害。

如果学问不能教会我们如何思想和行动,那真是莫大的遗憾。倘若一个人不学会善良这门学问,那么一切知识对于他来说都是害人的工具。

学习的目的,一般来说是为了谋生。有些人命好,不用赚钱生活,一心去搞学问,也有的很快放弃了。除此之外,还有那些境遇不好而从事学问的人,他们以此作为谋生的手段。这些人由于天性以及家庭的不良教育与不好的影响,使得他们的思想不能如实地反映学问的成果。学问的职责不是为瞎子提供视力,而是训练和矫正视力,但视力本身必须是健康的,是可以接受训练的。学问是良药,但任何良药都可能变质,保持时间的长短要看药瓶的质量。视力好不一定视力正,因此,有些人看得见好事却不去做,看得见学问却不去用。柏拉图在他的《理想国》里谈及的主要原

则，就是按每个公民的天性分配工作。天性无所不能，无所不为。腿痛了不宜进行剧烈运动，心灵"瘸"了则不宜进行思想运动，庸人不宜研究哲学。当我们看到一个人鞋穿得不好，就会说那不是鞋匠才怪呢。同样，根据我们的经验，医生似乎往往比常人更不好好吃药，神学家更少忏悔，学者更少智慧。

难怪希俄斯岛的阿里斯顿说：哲学家往往贻误听众，因为大多数人不善于从这样的说教中获得教益，而这种说教无益就是有害。

十四　论自我衡量

自高自大和自以为是是人与生俱来的一种病，世间万物中最为不幸、最为虚弱、最为自负的便是人。他看到自己落在蛮荒瘴病之地，四周是污泥杂草，生生死死在宇宙的最阴暗和死气沉沉的角落里，远离天穹，但是还心比天高，幻想自己翱翔在太空云海，把天空也踩在脚下。就是这种妄自尊大的想象力，使人自比为上帝，自以为具有神性，自认为是万物之灵，不同于其他创造物。动物本是人类的朋友和生活中的伙伴，可那自以为是的人类却对它任意支配，非但如此，人们还自以为是地认为是自己给了它们某种力量和某种特性。

人类的贪婪远远超出了为满足需要而获得的所有成就。

人老对自身想入非非，这样的行为毫无意味。不过说来也怪，动物中也唯有人有这种想象的自由，不着边际地对自己提出什么是、什么不是、什么要、什么不要，什么真真假假，这是人的一个长处，得来不易，但是不必为之兴高采烈，因为正由此产生了痛苦的源泉，罪恶、疾病、犹豫、骚乱、失望，使他困扰不安。

很多动物身上的东西我们几乎什么都爱，没有什么不合我们的心意的，甚至它们的排泄分泌物，我们都甘之如饴，还用作饰物和香料。

人类之所以尽一切可能贬低动物，不是理智驱使他们这样做，实是傲慢自大，和顽固不化。

西塞罗说："人总是用自己的幻想去解释他人的幻想，谁要了解我们对某个事物的想法，只会越打听越好奇。有一条哲学原则：对一切进行争辩，对什么都不作结论。这条由苏格拉底建立的，由阿凯西劳斯[①]重提的，由卡涅阿德斯[②]加强的原则，流传至今还保持生命力。我们属于这个学派，相信真与伪始终纠缠一起，两者如此相像，没有特定的标志可以判断和区分它们。"

卢克莱修说："天、地、海加在一起，也无法与总和相比。"

世人经常好用自己的尺度去丈量远远不能丈量的东西，到头来只会束手无策，弄得灰头土脸。

"人稍有成功，就趾高气扬，其虚情假意的程度令人见了吃惊。"

人是不可能想象出上帝是什么样子的，人自以为想象出了上帝。其实想象出的是自己，他们看到的只是自己，不是他，他们拿自己与之比较的也是自己，不是他。

柏拉图说："大自然只是一首充满神秘的诗。是隐藏在千万道斜光后面的一幅扑朔迷离的画，它的存在，是为锻炼我们的猜谜能力的。"

大自然万物都笼罩在乌黑的浓雾中，没有一个人的智慧可以穿透天与地。

隐藏在峥嵘的大自然的背后，对人的理智来说是深不可测的。圣奥古斯丁说："心灵与肉体配合一致，真是妙不可言，人是无法理解的，也因为这样才有了人。"

普马塔哥拉说："人仿佛能够衡量一切，却不能衡量自己。"

是的，人从来不知道衡量自己，却会衡量一切。如果人不能衡量自己，他的自尊心也不允许其他创造物有这份能力。

人本身充满矛盾，一个人有了想法后不断地会有人进行驳斥，这种兴高采烈的讨论仅是一场闹剧，不得不使我们得出这样的结论：衡量标准与衡量者都是虚无的。

有一位哲人说过这样一句话：任何人都可以信口雌黄，因此决不要相

[①] 阿凯西劳斯（约前315年—前240年），古希腊哲学家，被认为是中学园的创始人。

[②] 卡涅阿德斯，是古希腊的怀疑派哲学家，还是柏拉图学园的首脑之一，于公元前156年作为雅典派出的官方使者来到罗马。他对星占学理论提出了认真的怀疑。

信任何人。

近距离观看物体，物体便显得大；远距离观看物体，物体就小，这两种表述都是对的。

一名异教徒说："人若不超越人性，是多么卑贱下流的东西！"

这句话很有价值但同样很滑稽。因为拳头要大于巴掌，伸臂要超出臂长，希望迈步越过两腿的跨度，这不可能，是胡思乱想。人也不可能超越自己，超越人性，因为他只能用自己的眼睛观看，用自己的手抓取。只有上帝向他伸出特殊之手，他才会更上一层。只有他放弃自己的手段，借助纯属于神的手段提高和前进，他才会更上一层。试图完成这种神圣奇妙的变化，依靠的不是斯多葛的美德，而是我们基督教的信仰。

十五　论坐井观天

我们将容易受人诱导和轻易相信他人的人归因于头脑简单和无知是有道理的。有句格言说："相信好比是在心上刻一道印记，其心越是软弱就越少抗力，印记就越易于刻上去。"

一个心灵空虚的人内心往往缺少平衡力，故此极易偏听偏信，且往往只听一遍就会信以为真。所以，一般孩童、凡夫俗子和妇道人家以及体弱多病者，最易轻信人言。反过来，自以为是地对任何人的言论都不信任也是一种愚蠢的行为，这完全是因自高自大、自作聪明的人的行为。

每一个断然指定一件事不真实和不可能的人，其行为如同井底之蛙，傲慢无知、愚不可及。上帝的意志和我们大自然母亲的威力无穷无尽，我们不应故步自封，而应随知识和老人的引导，穿云破雾、透过黑暗，进一步认识真理。揭开事物神秘的面纱，是人之本能所至，并非仅仅为了积累知识。我们称之为怪事和奇迹的那些不为我们理解的事物，不是经常不断地出现在我们眼前吗？

人的固执有时让人苦不堪言。我们不曾明了的事情，即使重现在我们眼前，我们照样不会相信，甚至会更加怀疑，这是怎样的一种无知啊！

倘若我们认定某物最大，就再难相信世上还有比这更大的东西。

卢克莱修说:"没见过大河的人,以为小河是大江大流。一棵树,一个人,无论何物,只要以为最大,那就肯定最大。"

事物的外形可以一目了然,然而事物的内部却蕴藏着无穷的奥秘,正是这奥秘,引诱我们不断地去探索。当我们面对着浩瀚无垠的宇宙空间时,当我们面对着无限神奇的自然世界时,崇敬之情油然而生,不禁慨叹自己微不足道、知之甚少。多少看来不可能的事情,都被那些勇于探索的人所证实。如果我们不能确信,至少也该留有余地,不要断言它们绝不可能,自以为无所不知,其实是不懂装懂、妄加评论。不常见不等同于不可能,不符合习惯的看法亦不等同于违反自然规律,两者之间可能相同,也可能不同。奇隆①的"不偏不倚"之主张,在此值得借鉴。

伟大的圣奥古斯丁说他亲眼目睹一盲童在米兰的圣热尔韦和圣普罗泰的遗骨前恢复了视觉;迦太基一位身患癌症的妇女,被一名刚受过洗礼的女子画了十字,其病得以痊愈;圣奥古斯丁的亲信赫斯浪乌斯用圣墓上的一小块泥土驱走了在他家作祟的鬼怪,这块泥土后来被送进教堂,一个瘫痪病人因此而突然病愈;一位在瞻仰行列中行进的妇女,用花束触了触圣艾蒂安的遗骨盒,然后用这束鲜花擦了擦自己的眼睛,她那失明多年的双眼顿时复明。圣奥古斯丁说,他还亲眼见过许多奇迹,奥雷利乌斯和马克西米努两位主教大人便是这些奇迹的见证人。如果我们想指责他们,又去指责他们什么呢?指责他们无知、单纯、信口开河,还是指责他们装神弄鬼,别有用心?试问当今谁人敢说,无论是德行还是虔诚,无论是学识还是判断能力,或者其他任何方面的品质,自己比他们更加完美?

切记不要藐视我们所不理解的事情,因为这样的行为不仅鲁莽荒唐,而且有可能导致极大的危险和严重的后果。你总是把真理和谬误圈定在你固定的思维模式之中,但是,等到你不得不相信你曾否定的更为奇特的事情时,你的思想体系就会混乱无序,你就会感到惊惶失措、无所适从。

在与我们息息相关的宗教叛乱中,最令人痛心疾首的莫过于天主教徒舍弃了如此多的宗教信条。当他们屈服于敌方而放弃某些有争议的信条时,他们还自以为宽容大度,认为这是明智的选择。殊不知那些有利于敌

---

① 奇隆,古希腊七贤之一。

人的让步会使敌人得寸进尺、步步逼近。他们以为放弃的那些信条无关紧要，实际上至关重要、非同小可。我们要么无条件地服从教会的权威，要么就完全放弃，而不能由着我们服从哪些信条，不服从哪些信条。因为，这些教规由来已久、根深蒂固，自有其道理所在。只有浅薄无知的人才会自作聪明，厚此薄彼。我们是否想过，我们的判断经常自相矛盾，有多少昨天还是坚信不疑的东西，今天却成了无稽之谈。

虚荣心和好奇心是思想的两大祸害：后者鼓励我们多管闲事；前者禁止我们勤学好问。

十六　论怯懦是暴虐的根由

怯懦是暴虐的根由。这种邪恶的非人道的、乖戾而粗暴的勇敢，每每伴有女性的软弱。有些人性情暴戾，却动辄流泪，且是为鸡毛蒜皮的事。

费莱阿的暴君亚历山大容不得剧院里演悲剧，生怕他的臣民们看见他为赫卡柏和安德洛玛刻的不幸遭遇悲叹伤心，而他本人却冷酷无情，每天杀的人不计其数。

胜利后的大屠杀往往是民众和辎重军官们干的。在民众战争中，之所以会发生无数闻所未闻的残暴行为，那是因为民众想锻炼自己，他们觉得在别的方面逞不了英雄，就组织起来，大肆杀戮，要血染双肘，把脚下奄奄一息的身体撕得粉碎。

其行为就像一群胆小如鼠的恶狗，没有在野外攻击野兽的能力，只得在家里撕咬它们的皮肉。是什么使得我们现在的战争变得鲜血淋淋的呢？我们的祖先只进行一定程度的复仇，我们却从最极端的开始，一上来就大杀大砍，如果说这不是怯懦所致，又是什么呢？

打击敌人，使之退一步，远比杀死敌人更显英勇无畏，更显示对敌人的蔑视。此外，复仇的欲望更容易得到满足，因为复仇仅仅是为了让人感到我们在复仇。因此，我们不会向一头咬伤我们的野兽或一块击伤我们的石头发起进攻，因为它们感觉不到我们的复仇。同样，将一个人杀死，他也无从感到我们的复仇了。

布亚斯对一个恶人喊道："我知道你迟早要受惩罚，可我怕是看不见了。"他抱怨奥尔霍迈诺斯人惩罚利西斯库斯对他们的背叛的惩罚得不是时候，因为对此惩罚感兴趣的并且可能从中得到快乐的人已经一个不剩了。同样，如果复仇的对象已感觉不到复仇带来的痛苦，这样的复仇就变得毫无意义。因为，正如复仇者想从复仇中获得快乐一样，被复仇者也应该从中得到痛苦并感到后悔。

人们常说："你会后悔的"，可是，倘若你朝他心脏上开一枪，你还会认为他会后悔吗？恰恰相反，如果我们一枪打死他，他倒下时会心怀敌意地朝我们做鬼脸，他不仅不会后悔，还会对我们满意。让他迅速而毫无痛苦地死去，这是给予他人生最大的恩惠。我们要东躲西藏，避开法官的跟踪追击，他却安安静静，无人打搅。杀死他，有利于将来不再受他的进攻，却不利于对他复仇：这样做，惧怕多于无畏，谨慎多于勇敢，防御多于进攻。显而易见，这背离了复仇的真正目的，有损于我们的名声，这是怕他活在世上，还会向我们发起进攻的想法。

所以说，杀掉他不是为了对付他，而是为了保护你自己。

倘若我们想光明正大地永远控制敌人，可以对他们为所欲为，那么，假如他们摆脱了我们的控制，我们便会恼火万分。可我们却更想用稳当的方法来获胜，而不是决斗一场。我们在争吵时更重视结果，不重视荣誉。

因先前的人受了侮辱后只满足于反驳，受了驳斥便给予回击，他们英勇刚毅，对活着的和受他们攻击的敌人丝毫不怕，而我们看见敌人活蹦乱跳，就吓得浑身打战。现在，我们不是奉行一种漂亮的做法，对伤害过我们或受过我们伤害的人，我们是一律紧追不放、把他们置于死地吗？

在格斗中，我们还引进了一种做法：让第二者、第三者、第四者陪在我们身边，这也是一种卑怯的表现。这在从前是决斗，而现在称战斗和搏斗。发明这一做法的人害怕孤独，因为人人都不相信自己。当然，有人陪伴在旁，当你处境危险时，能带给你鼓舞和安慰。从前让第三者在场，是为了避免出现混乱和背信行为，为了给战斗的命运作证。可是，自从第三者们加入战斗以来，被邀者就不可能老老实实地当观众了，因为怕承担缺乏感情或胆量的罪名。

借用他人的力量和胆识来捍卫自己的荣誉，这样的做法不仅不体面，

且不公正。尤其对于一个勇敢而非常自信的人来说，将自己的命运同第二个人的命运联系起来，是有百害而无一利的。一个人冒的风险够多的了，怎能再为另一个人去冒险！各人靠自己的勇敢捍卫自己的生命已很艰难，怎能再来危及旁人的宝贵的生命！

先前的人习武是用靶子，在围墙内进行骑士比武，这是在学习为国家而战争。而习剑只为了个人目的，因而显得不够高尚，它教我们无视法律和司法而互相残杀，经常造成巨大的损失。习武就应该习一些有利于安国定邦的武艺而不是有损于国家、不利于人民安全和国家荣誉的武艺。这才是较为合适、值得称颂的习武。

罗马执政官普布利乌斯·卢提利乌斯是第一个教导士兵巧妙运用武器的人，他把技巧和勇敢结合起来，不是用于报私仇，而是为了罗马人民的战争。这是人民大众的舞刀练剑。在法萨卢斯战役①中，恺撒命令他的士兵主要砍击庞培士兵们的脸部。除恺撒外，其他许多将领也考虑过发明一种新武器，一种根据需要进行出击和防御的新型武器。菲洛皮门擅长格斗，却不赞成格斗，因为格斗的训练过程同军事训练是格格不入的。他认为军事训练是正直人唯一应该感兴趣的。

因此，在习武中，我们通常使用与打仗有关的武器。在与柏拉图的对话中，拉凯斯在谈论与我们相似的习武方式时说，他从没看到以这样的训练方法造就过一个伟大的将领，而只是一些战争指挥官。拉凯斯的看法颇值得重视。至于剑和匕首，我们的体会已很说明问题了。至少，这是完全没有关联的技能。柏拉图谈到他的理想国中的儿童教育问题时，指出要禁止教他们使用拳头（由阿密斯科和厄佩乌斯发明）和格斗（由安泰俄斯和刻耳喀翁传人发明的），这些技巧不是为了培养青年更适应打仗，因为它对战争毫无帮助。

暴君们不仅想杀人，而且还要让被杀者感受到他们的狂怒，于是竭尽才智寻找延长死亡的办法。他们要敌人慢慢死去，而不要死得太快，好让

---

① 法萨卢斯战役是公元前48年，以恺撒为首的平民派军队和以庞培为首的贵族共和派军队之间展开的罗马内战的决定性战役。恺撒在此役的获胜使其成为罗马共和国的实际最高统治者，罗马开始由共和国向帝国转变，而庞培则败逃埃及。这一战决定了双方的存亡胜败。

死者有时间细细品味被复仇的滋味。他们很难找到这样的办法，用刑猛烈，死得就快，相反，死得缓慢，刑罚就不会太痛苦。于是，他们在刑具中精挑细选，这样的例子在古代不胜枚举。

凡是超越普通死亡的东西，都是极端残酷的。有些人尽管怕死、怕砍头或上火刑架，却依然做错事。对于这些人，我们司法机关不可能用火刑、钳烙刑或车轮刑来阻止他们犯错误，只能用极端的办法。

克罗伊斯①下令逮捕一个贵族，是他兄弟潘塔莱翁的宠儿，他将那贵族带到一位制衣工的作坊，让人用梳毛板刷和梳子梳刮他，直到他被刮死。

乔治·塞谢尔，波兰的农民领袖，他以讨伐为名，干的坏事罄竹难书。在一次战役中，他被特兰西瓦尼亚省省长战败并当了俘虏，被赤身裸体绑在拷问架上三天三夜，遭受种种非人的折磨。在此期间，战胜者不给战俘送吃送喝，最后，趁他还活着还看得见的时候，刽子手们让他亲爱的兄弟喝他的血，他求刽子手放过他的兄弟，他独自承担所有罪责。接着，他们又让二十个他最宠爱的将领用牙齿撕咬他的肉体，一块块吞下肚。等他死后，再把他剩下的躯体和内脏煮熟，让他的其他部下吃掉。

十七　论命运的安排

命运的反复无常让人觉得很难捉摸。

瓦朗蒂努瓦公爵同他的父亲教皇亚历山大六世一起去梵蒂冈科尔内特的红衣主教阿德里安家吃晚饭。公爵早已决定毒杀红衣主教，因此他事先送去一瓶毒酒并叮嘱膳食总管好好加以保存，教皇比他儿子先到一步，到了就说要喝的，膳食总管以为，那瓶酒之所以交他保管，只是因为是瓶好酒，所以他就拿来给他喝了。公爵在上点心的时候赶到，他满以为人家不会动他的那瓶酒，所以也跟着喝了。结果亚历山大六世突然死去，瓦朗蒂努瓦公爵受到疾病的长期折磨，被命运折磨得更惨。

---

① 克罗伊斯（前595年—前546年）是里底亚最后一任国王，后来被波斯的国王居鲁士二世所击败，里底亚灭亡。

蒙田随笔

有时候，真让人怀疑命运是看准了时机来捉弄人的，因为它得来得总是那么恰当。

旺多姆殿下的军旗手德特雷爵爷和达斯科公爵的随从副官里克爵爷，虽分属不同的部队，但都在追求封凯泽尔先生的妹妹。里克爵爷最后占了上风。可是在结婚的那一天，而且就在进入洞房之前，新郎有心争斗一场以讨好新娘，就到圣奥梅尔附近跟人动了手，结果他败在德特雷爵爷的手下，当了他的俘虏。德特雷爵爷要炫耀自己的胜利，新娘子就不得不彬彬有礼地去向他恳求，要求他归还他的俘虏。德特雷爵爷这样做了，因为法国的贵族从不拒绝女士们的任何要求。

埃莱娜的儿子——君士坦丁，建立了君士坦丁帝国，多少个世纪之后，又是埃莱娜的儿子君主坦丁将帝国断送。这难道不像是人为安排的结局吗？

有时，命运的安排让人惊讶于是否为上帝的行为。我们记得克洛维斯国王在围困昂古莱姆时，多亏上天的保佑，城墙自己倒塌了。布歇①援引一位作家的话说，罗伯特国王②在围困一座城市的时候，离开围困前线去奥尔良庆祝圣坦尼昂节，由于他非常虔诚，在弥撒还在进行的时候，被围城市的城墙不攻自塌了。在米兰之战中，命运将一切都作了相反的安排。我们的统帅朗斯在包围埃罗纳城时，让人在一大段城墙下埋了炸药，炸药爆炸时城墙被突然从地里掀起，但又不带墙基整个儿直直地落了下来，结果被围困者依旧安然无恙。

亚逊·费雷斯胸口长了个脓疮，医生们认定他已没有希望。他渴望摆脱脓疮的折磨，想着干脆一死了之，于是，他投入了战斗，奋不顾身地冲进敌群。战斗中，他身上受了伤，恰好伤到了脓疮处，脓疮被扎破，居然得以痊愈。

画家普罗托盖奈斯画完一只疲惫不堪的狗，别处他都很满意，唯独狗

---

① 弗朗索瓦·布歇（1703年—1770年），法国画家、版画家和设计师，是一位将洛可可风格发挥到极致的画家。曾任法国美术院院长、皇家首席画师。出版过《千姿百态》画册。

② 罗伯特·布鲁斯（1274年—1329年），出身于苏格兰贵族世家，远祖来自挪威，是苏格兰历史中重要的国王。他是苏格兰真正意义上的民族英雄，曾经领导苏格兰人打败英格兰人，取得民族独立。

嘴上的涎沫画得不中意。他对画出的东西十分恼火，便抓起一个吸了各种颜料的海绵块朝画上扔去，想把一切都给抹掉。命运安排得恰到好处，这一扔扔到了狗嘴的位置上，在那里印下了技艺画不出的痕迹。

有时，命运的安排是在改变和纠正我们的计划。英国女王伊萨贝尔打算带着拥戴她儿子、反对她丈夫的军队离开泽兰回国去。她若是在原计划定下的港口登陆，那就完了，因为敌人正在那里守候。但命运的安排却不顾她的意愿将她抛到了别处，使她在那里安全登陆。

伊塞特招来两名士兵以刺杀在西西里的阿德拉纳逗留的蒂莫莱翁①，他们约好趁他献祭的时候动手。两人混在人群之中，正当他们互使眼色，表示此刻正适合行刺的时候，突然第三个人往其中一人的头上狠砍一剑，将他砍死在地后拔腿就逃。那同伙以为被人发现了完蛋了，就跑回祭台求饶并答应坦白一切。正当他交代阴谋的时候，那个第三人已抓住，被人当成凶手推推搡搡穿过人群向蒂莫莱翁及会上的显贵走去。到了那里他喊起了饶命，说他杀死的是杀他父亲的凶手。他运气不错，及时找着了证人，当场证实了他的父亲确实在列奥蒂尼城里被他杀的这个人所杀。他在为父亲的死讨回公道的同时，有幸救了所有西西里人的长者，因而获得了奖赏。这里，命运在讨回公道方面，胜过了人类智慧定出的法规。

在下面的这件事情上，可以清楚地看出，命运是在准确无误地贯彻它特别的恩惠、善意和慈悲。

罗马三巨头宣布伊格纳蒂乌斯父子在罗马不受法律保护。父子两人决定采取勇敢主动的行动：互相借助对方之手结束自己的生命，以使凶残的专制统治者不能如愿。他们手握宝剑互相奔去，命运引导着利剑之尖，使他们击出同样致命的两剑，但对如此美好的父子之情却给予尊重，以致他们刚好还有力气从伤口中抽回握着宝剑的血淋淋的手臂，就这样紧紧地拥抱在一起。他们的拥抱如此有力，刽子手们只好将他们的两颗头颅一起砍下，让身子一直抱着成为一个崇高的结。他们的创口紧贴在一起，互相深情地吮吸着鲜血和剩余的一点生命。

---

① 蒂莫莱翁（前410年—前336年），古希腊政治家，推崇法治。

十八　论读书

我一直都认为,自己时常谈论的一些话题,由专家来谈效果会更好、更实用。所以,这篇文章只是凭我的天性而不是学问写成的,即使有人觉得我信口雌黄,我也不会在乎。

虽然我读过很多书,但通常很快就忘记了。所以,不要期望从我的言谈中得到什么,而应从我言谈的方式中去发现什么。我喜欢有人知道如何从我身上汲取营养,我的意思是他会用明晰的判断力去发现文章蕴涵的力量和美。

我知道我能力有限,缺乏记忆力,无法弄清文章中引用的每句话的出处,而无法加以归类,所以,如果我词不达意,如果我的文章虚妄矫饰,我自己没能感到或者经人指出后仍没能感到的话,我对这些是负有责任的。因为有些错误往往逃过了我们的眼睛,但是在别人向我们指出错误后仍不能正视,这就是不可原谅的了。

我在文章中安排自己的论点时,是随心所欲没有章法的。这些论点在浮想联翩中堆砌而成,时而蜂拥而至,时而循序渐进,总之,当时的心情如何,我就如何去写。我一直喜欢走这种顺其自然的步伐,尽管有时显得凌乱。

和你们一样,在阅读时我也经常遇到阻碍和困难,但我从不掩卷搁笔,为之冥思苦想。只是经过一两次的斟酌和思考,如果再得不到答案,我就会将它翻过去。因为我是冲动型性格的人,初次思索得不到解答,再次思索反而更加糊涂,又会白白浪费我的精力和时间。当然,我也不是乐于浅尝辄止,只是一味地寻根究底、孜孜以求反而模糊了我的视觉和判断力,使我感到迷茫,使我不得不半途而废。我必须收回视线再度对准焦点,就像观察红布的颜色,必须先将目光放在红布上面,上下左右转动,眼睛眨上好几次才能看清楚一样。

在读书时,我也常常读着读着就感到厌烦了。这时,我就会毫不犹豫地将这本书丢在一边而换上另一本,只是在悠闲无聊的时候再拿来翻翻。

我更喜欢阅读古代人的作品，因为我觉得他们的作品比现代人的更丰富更深刻。不过，由于希腊文不是很好，我从不阅读希腊人的作品。

我有我自己的阅读兴趣。恕我冒昧地说，我这颗历经沧桑的心，不仅不会为博学的亚里士多德颤抖，也不会为善良的奥维德感动。虽然从前奥维德的流畅笔法和诡谲故事使我入迷，如今却难以使我留恋。能引起我足够兴趣的，是薄伽丘①的《十日谈》、拉伯雷②的作品，以及让·塞贡③的《亲吻》等。在那些消闲类书籍中，它们是最令我反复品味的作品。

同时，我也为柏拉图的《阿克西奥库斯篇》一书的苍白无力而感到遗憾，当然，我也不认为我的这种想法就是正确的。以前，绝大多数人都很推崇这部作品，我也不会蠢得去否定古代圣贤的评论。所以，我一边附和他们的看法，一边责怪、否定自己的看法，认为自己只是停留在表面，没有对这部作品做深入探索和研究，或是没有从正确的角度去看待。伊索的大部分寓言包含几层意义和几种理解，认为寓言包含一种隐喻的人，总是选择最符合寓言的一面来进行解释，但是在大多数情况下，这只是寓言的最肤浅的表面，还有其他更生动、更主要和更深刻的部分，他们不知道深入挖掘，而我做的正是这个工作。

言归正传，我一直觉得在诗歌方面，维吉尔、卢克莱修、卡图卢斯和贺拉斯远在众人之上。尤其维吉尔的《乔琪克》，我认为这是完美无缺的诗歌作品，将《乔琪克》与《埃涅阿斯纪》进行比较，就很容易看出。卢卡努的著作也让我爱不释手，这不在于他的文笔，而在于他本身的价值和评论的中肯。至于泰伦提乌斯，他的拉丁语写得妩媚典雅，我觉得最益于表现心灵活动和我们的风俗人情，看到我们日常的行为，时时叫我回想起他。他的作品令我久读不厌，每次阅读都能发现新的典雅和美。

我也常为那些写喜剧的人感到惊讶不已。他们抄袭泰伦提乌斯或普劳

---

① 乔万尼·薄伽丘（1313年—1375年），一译卜伽丘，意大利文艺复兴运动的杰出代表，人文主义者。代表作《十日谈》批判宗教守旧思想，主张"幸福在人间"，被视为文艺复兴的宣言。他与但丁、彼特拉克合称"文学三杰"。
② 弗朗索瓦·拉伯雷，文艺复兴时期人物，1494年出生在法国中部都兰省的希农城，父亲是个有钱的法官。他在父亲的庄园里度过了自由自在而快乐幸福的童年。十几岁后，他被迫接受死气沉沉、枯燥无味的宗教教育，之后在1520年又进修道院当了修士。
③ 让·塞贡（1511年—1536年），用拉丁语写作的佛兰德斯诗人，生于海牙。

图斯剧本的三四段话就自成一个本子,实在令人难以置信。他们把薄伽丘的五六个故事堆砌在一部剧本内,如此将多个情节组在一起,恰恰说明他们对自己剧本的价值没有信心。这些剧本必须依靠情节来支撑。即使他们搜肠刮肚,也找不出任何能使我们看得入迷的东西,至少要使我们看得有趣。这跟我说的作者泰伦提乌斯的方法大相径庭。他的写法完美无缺,使我们情不自禁地忽视了内容,而自始至终地被他优美动人的语言吸引。

我看到古代杰出诗人毫不矫揉造作,不但没有西班牙人和彼特拉克信徒的那种夸大其词,也没有以后几世纪诗歌中千篇一律的绵里藏针的刻薄话语。没有任何一个好的评论家在这方面对古人有任何指摘。

亚里士多德的逻辑学对我毫无用处,我觉得做人要明智,而不是博学雄辩。我希望作者一开始就先谈结论,我已经厌烦了死亡和肉欲,不需要他们条分缕析,津津乐道。我需要他们提供坚实有力的理由,指导在我事情发生时如何正视和应付。解决问题靠的不是微妙的语法,四平八稳的修辞文采,而是他们的文章能开门见山,而西塞罗的文章却总是拐弯抹角,令人生厌。毫不客气地说,这类是只适宜教学、诉讼和说教的文章,弄丢了我阅读的胃口。

在我看来,柏拉图的话也显得过于冗长和拖沓。柏拉图这样一个人,会有许多更有益的话可以说,却花时间去写那些无谓的、不着边际的长篇大论,让我感到十分遗憾。也许我确实不该如此大胆地亵渎他的作品,但我真的无法欣赏他的美文,或许是因为我的学识不够。

我比较喜欢普林尼和类似的著作,也常读西塞罗的《给阿提库斯的信札》。这部书不但包含了他那个时代丰富的史实,还更多地描述了作者的个性。我向来对作家的灵魂和思想十分好奇,通过他们传世的著作,我就可以了解他们在人生舞台上的表现,可以了解他们的作为。

历史学类的著作也能引起我的关注。这些作品内容风趣,意味深刻。研究这类历史时,应该不加区别地翻阅各种作品,古代的、现代的、文字朴实的、语言纯正的,都要读,以从中获得作者从各种角度观察的史实。

一直以来,我对淳朴而杰出的历史学家都怀着深深的敬意。因为他们决不会在文章中掺入自己的观点,只会细心把搜集的资料罗列汇总,既不选择,也不剔除,实心实意地一切照收,全凭我们自己对事物的真相作全面的判断。而杰出的历史学家,则有能力选择值得知道的事,从两份史料中辨别哪一份更为真实。他们完全有理由要我们接受他们的看法,但是这只是极少历史学家才享有的权威。

但现实却是可笑的。最近这几个世纪,编写历史的常常是一些只会舞文弄墨的平庸之辈,好像我们从历史书中学到的是如何写文章。这点发现也逐渐让我认识到,好的历史书都是那些亲身指挥,或者亲身参加指挥,或者亲身参加过类似事件的人编写的。这样的历史书几乎都出自希腊人和罗马人之手。因为许多目击者编写同一个题材,即使有失实之处,也不会太严重。

虽然我们一直在读书,并以此不断了解我们所不了解的东西,但说实在的,我们对自己的事也有了解不透彻的时候。曾经不止一次,我拿起一本书,满以为这是我还未曾阅读的新版书,其实在几年前我早已仔细读过,还写满了注释和心得。因此,为了弥补记错和健忘的过错,最近我又恢复了老习惯,在读过的书后面写上阅读完毕的日期和我的一点评论,至少能让我回忆起阅读时对作者的大致想法和印象。

如在菲利普·德·科明的书中,我是这样写的:"语言清丽流畅,自然稚拙,叙述朴实,作者的赤诚之心油然可见。"对杜·贝莱①两兄弟撰写的《回忆录》,我又写过这样的话:"阅读亲身经历者撰写的所见所闻,总是一件快事。"但是不容否认的是,在这两位贵族身上,缺乏古人如让·德·儒安维尔等在撰写同类书籍时表现的坦诚和自由。这不像是一部历史书,更像是一篇弗朗索瓦一世②反对查理五世皇帝的辩护词。

十九 谈适度

我们触摸东西的手似乎中了邪,本来美好的事物一经我们摆弄就变

---

① 杜·贝莱(1522年—1560年),七星诗社重要成员。主要诗集有《罗马怀古》和《悔恨集》。
② 弗朗索瓦一世(1494年—1547年),又译作法兰西斯一世,即位前通常称昂古莱姆的弗朗索瓦,即位后人称骑士国王,在意大利战争中最后败给了如日中天的神圣罗马帝国皇帝查理五世。还一度被俘,后来他背叛诺言,还和异教徒结盟,最终勉强保住了本土。在法国国内,他被视为开明的君主、多情的男子和文艺的庇护者,是法国历史上最著名也最受爱戴的国王之一。

蒙田随笔

质。如果我们以过分苛求的强烈欲望来维护道德，所坚持的德行就可能变成恶行。有人说，德行是绝不会过分的，因为如果过分了，就不成其为德行了。他们嘲弄下面的说法：

德行操守如果超越限度、失去分寸，
智者该唤做疯子，君子则称为小人。

——贺拉斯

这是微妙的哲理思考。爱护道德有可能过头，做正义之事也可能失度。这里正用得上圣徒的名言："不可过分聪明，而只可适度聪明。"

我见过一位大人物，为了显示自己比同辈更虔诚，而损害了本人所信奉的宗教的名声。

我喜爱平和执中的性情。不知节制地求善，即便不致令我反感，也令我十分惶惑，我对此真是无以名之。在我看来，波萨尼亚斯①的母亲也罢，独裁官波斯图缪斯也罢，与其说他们是维护正义，倒不如说是莫名其妙。那做母亲的第一个发号施令，带头扔石，要置儿子于死地；而独裁官则处死自己的亲子，就因为儿子少年气盛，稍稍先于自己的部队，成功地扑向了敌人。这种如此野蛮代价又如此高昂的道德，我是既不乐意提倡，也不愿意效仿的。

超越目标的射手与不到射程的射手一样，都不算命中。骤然迎上强光与一下子步入暗处，同样令我的视线模糊。在柏拉图的《对话集》里，加里克莱说过：过分地推究哲理，带来害处。他劝人不可深陷于此，而致超越功用的界限。适度的探求，显得有趣而又有益，但过了头就会把人弄得蛮横、乖戾，藐视宗教，蔑视常规，不爱社会交往，厌恶人间欢娱，无法管理任何公务，不能助人，也不能自助，只配接受几记狠狠的耳光。他说的是实话，因为过度的探求，限制了我们的自由天性，以令人生厌的玄奥，引导我们偏离造化所划定的美好坦途。

---

① 波萨尼亚斯，公元前479年任斯巴达将领，死于公元前470年。

二十　谈酗酒

对罪恶的轻重程度不加区分，那是危险的。如果这样，杀人凶手、叛徒、暴君就太占便宜了。他们因为别人懒惰、好色或不够虔诚，良心上觉得好受，那是没有道理的。人人都强调旁人的罪过，而对自己的罪过则轻轻带过。我觉得，就是教育者，也常常混淆罪恶的类别。

苏格拉底说，智慧的主要功能是辨别善恶。我们这些人，就是最好的行为也包含罪过的成分。我们对于学问，同样应该这样说：研究学问在于区别不同的恶习。倘没有精确的学识作基础，好人和坏人就混淆不清，无从识别。

说到酗酒，我认为是一种鄙陋、粗野的恶习。酗酒者的神志不能自治。有些恶习，如果可以这样说的话，就是包含着某些高贵的成分。有的罪过就掺杂着学识、勤奋、勇敢、审慎、灵巧和精妙。而酗酒完全是肉体的、俗气的。因此，今天的诸国中，最崇尚酒的国家就是最粗鲁的国家。其他恶习损害智力，而酗酒则摧垮智力，糟蹋身体。

> 酒力渗透我们全身的时候，
> 四肢沉沉，两腿蹒跚发抖，
> 神志模糊，双目游移无定，
> 随后就喊叫，打嗝，争斗。
>
> ——卢克莱修

最糟糕的情况是当人失却理智，无法自我控制之时。

有人这样说：葡萄液发酵的时候会使全部桶底之物往上漂浮，酒也一样，它使多饮的人吐尽隐秘。

二十一 谈死亡

死亡无疑是人生中最值得关注的事情。我们在评论他人面临死亡的镇定态度时，必须注意一件事：人们不易相信自己已到了最后的期限。临死的人很少有坚信这是自己的最后时刻的。令我们受希望幻觉左右的莫过于在这一阶段。幻象在我们耳边絮絮叨叨："其他人病得更重，却并未死去。事情并非如人们所想的那样毫无希望。在最坏的情况下，上帝也创造过其他奇迹。"

出现这种情况是由于我们过分看重自己。似乎我们的消亡，万物或多或少都会因此而受到影响，似乎万物都在同情我们的境遇。由于我们的看法不正确，呈现出来的是扭曲了的事物，我们以为是事物有缺陷，其实是我们的目光不正。犹如在海上航行的人那样，高山、田野、城镇、天空、陆地都跟他们一起同时移动。

我们驶出港口，大地和城市远远离去。

——维吉尔

谁曾见过有老人，不称颂往昔的时光，不指责当前的境况，不把自己的贫困和忧伤归罪于当今世界和人们的时尚？

老农人摇头叹息，
拿现在和过去相比，
他常赞父亲的运气，
诉说着前辈的仁慈。

——卢克莱修

我们把一切都和自己联系起来。

正因为这样，我们认为，自己的死是件重大的事情。未对星象作庄严观测，得到肯定之前，我们不会轻易死去。"许多神祇只围着一个人而忙碌。"我们越是看重自己，就越会有这样的想法。怎么啦？许多学识将不复存在，带来如此重大的损失，却得不到命运之神的特别关注？一个如此罕见的堪作楷模的灵魂怎么能和平庸无用的灵魂一样消逝？这个保护着许多人生命的生命，其他生命有赖其维持的生命，使许多人为其效力，占据着许多位置，难道它就和依赖它而存活的生命一样，轻易地被夺去？

我们谁都自以为是了不起的人物。

正因为如此，恺撒对其驾驶员说出了如下的一番话，这话比威胁着他生命的大海还要狂妄。

> 如果你畏惧苍天不愿开往意大利，
> 那你就依靠我的庇佑往前吧。
> 你惊恐的唯一缘由是还不认识我，
> 请相信，我便是那庇护你的神明，
> 你且迎击狂风暴雨，破浪向前吧。
>
> ——卢卡努斯

当灵魂缺乏真正对象时如何把情感寄托在假定对象上

我们邻近有一位患风湿的先生。每逢医生劝他戒吃咸肉时，他必定诙谐地说，他痛楚到极点的时候，要有可以透过的东西。因此，每次他叫嚷咒骂香肠、火腿或酱牛舌之后，便觉得舒服多了。

真的，每逢我们举手击物，击不中而又落空的时候，往往觉得疼痛。而想我们视觉得以舒畅，我们必要在相当的距离有对象支持着它，以免它散失在空虚的大风中。

> 正如狂风没有森林阻挡，
> 必定会在空中消失它的威力。
>
> ——卢卡努斯

同样，摇动的灵魂如果失掉把握，必定渐渐在它自身消失。我们要常

蒙田随笔

常供给它可以瞄准和用力的对象。普卢塔克谈及那些酷爱猴子或小狗的人，说这是因为我们天性中爱的一部分。为了没有正当的对象，宁可自己伪造一个低贱的，也不愿无所寄托。我们常见在热情里的灵魂不愿无所事事，宁可想象一个虚幻的对象以自欺，虽然它自己也明知不可靠。同样，兽类在狂怒的当儿会攻击那曾经打伤它们的石头或利器，用它们的利牙替它们所受的痛苦在自己身上泄愤。

> 正如帕诺尼的熊，受伤后更凶猛，
> 当里比尔人的飞镖射在它身上，
> 不断地转向它的伤口，气愤地
> 追逐那跟着它旋转的伤口上的利矢。
> ——卢卡努斯

我们在苦难中什么理由没有想到？什么东西没有埋怨到？无论对与不对，致使什么都成了我们的借口。并不是被你怒扯的金色头发，也不是遭你狂打的雪白胸脯令你亲爱的哥哥饮弹丧命的呀，找别的地方发泄你的愤怒吧。

李维告诉我们，当罗马军队在西班牙丧失他们两个队长也是两兄弟的时候，"他们马上一齐痛苦，乱打他们的头颅"。这是很普遍的习惯。而哲学家彼翁也笑那在烦忧中乱扯他的头发的国王说："这厮是否以为秃头可以减除他的悲哀？"谁不曾见过一个人把纸牌嚼碎，或把一盒骰子吞下肚里以泄他输钱之恨呢？薛西斯①一世鞭挞赫勒斯滂海峡，把铁链加上去，用种种侮辱咒诅它，又给阿托斯山写一封挑战书，居鲁士把全军逗留逾月以报复他渡日努斯河所受的惊恐；而卡利古拉把整间邸宅毁坏，因为他母亲曾被扣留在那里。

我年轻的时候，人们常说我们邻近有一个国王，因为受了上帝的杖责，赌咒复仇，下令要他的百姓十年内不得向上帝祷告，和他说话，而且，在他自己的权威所及之处，不得信仰他。这故事与其说是描写这国度

---

① 薛西斯（约前519年—前465年），是波斯帝国的国王，公元前485年—公元前465年在位。

的愚蠢，不如说是描写那种天生的骄傲。这两种毛病常混在一起，可是这样的行为出自傲岸的确比出自愚蠢多。

奥古斯都·恺撒在海上受大风浪颠簸，决意向海神尼普挑战，在庆祝丝尔纯斯的游艺会中，他下令把尼普顿的石像移去，以表示报仇。这举动比前事更无可宽恕，就是比后来他身历的另一事也没有那么可宽恕：当他在瓦鲁斯的保佑下战败于德国时，他从狂怒与绝望中奔窜，一面以头碰壁，一面喊道："瓦鲁斯呵，还我的军队来！"因为他们实在甚于愚蠢，他们迁怒于上帝或命运，仿佛他们有耳朵接受我们的轰击似的，有如那些色雷斯人，每逢闪电行雷，便带着巨大的仇恨向天乱射，以为他们的箭可以使上帝屈从。正如普卢塔克所引证的一个古诗人说的话：

切勿对事物生气，
我们的愤怒它们一点也不理。
可是对于我们精神上的错乱，我们骂得远远不够。

二十二　谈感官

在感官问题上，我第一个想法是：我怀疑人是不是具备大自然赋予的所有感官。我看见好些动物，有的没有视觉，有的缺乏听觉，照样活得完整、充实。谁晓得我们自己是不是也缺少一种、二种、三种乃至好几种感官呢？因为，即使缺了一种，靠思索推理也是无法发现的。感官的特长，是达到我们的感知功能的最高限度。超越于此，就没有任何东西能令我们发现感觉。甚至没有任何一种感觉有助于我们去发现另一种感觉。

听觉能纠正视觉吗？
触觉可以矫正听觉？
味觉发现触觉错误？
嗅觉可混同于视觉？

——卢克莱修

它们一起构成我们认知功能的最终界限。

每一感官都有独特力量，
都具备自身的特殊功能。

——卢克莱修

一个天生的盲人，要他很好地理解自己的失明，那是不可能的，要他渴望获得视觉，并为这一缺陷而深感遗憾，那也不可能。

因此，我们不应该满有把握地认为：我们的心灵对现有的感官深感满意，因为，即使存在什么病态或缺陷，它也无法感觉出来。对于盲人，无法用推理、论证和比喻的方法向他说明他脑海里的某件事物的光线、颜色和形象。没有任何办法能促其感官获得视力。我们遇到天生的盲人希望他能够看见东西，那不是因为他们理解自己要求什么，而是他们从我们那里知道缺了点什么，希望获得存在于我们身上的东西。这一东西，他们说得出来，其效应和结果都说得很好，但究竟为何物，他们却不晓得，无论远近，他们都不理解。

我见过一位名门绅士，生来失明，或者起码是自幼失明，不晓得什么叫视觉，他对自己所缺的东西并不理解，却跟我们一样使用关于"看"的词语，还用得挺有个人特色。有人把他的教子领到他面前，他把教子搂在怀里，说道："上帝啊！多漂亮的孩子！看见他，真叫人高兴！他的面容多快活！"他像我们一样地说："这个客厅外观漂亮，光线好，阳光充足。"还不止如此，他对听到我们从事诸如打猎、网球、射靶之类的活动，极感兴趣，而且还热衷去做。他相信自己能投身其中，跟我们并无两样，他为此兴高采烈，十分开心，而这些仅仅是通过耳朵来感受的。在平地上，他在策马而行时，有人朝他高喊："瞧，一只兔子！"随后又跟他说，"兔子被逮住了！"他听到其他人因捕获猎物而十分得意，他也为此而感到自豪。打球时，他左手拿球，挥拍打去；射箭时，他挽弓随意而射，满足于由手下人告诉他是射高了还是射偏了。

人类是不是也缺乏某种器官而正做着类似的蠢事，是不是由于有此缺陷以致我们没有见到事物的大部分形象，这又有谁晓得呢？又有谁知道我们对大自然的许多杰作所遇到的不解困难不是由此而来的？动物的不少能力超越我们的所能，是不是因为我们缺乏某种感觉官能而致？某些动物是不是由此生活得更充实、更完整？

二十三 我们的感情延续到死后

那些责备我们总是张着嘴追逐未来事物，劝我们抓住和保持目前幸福（因为我们对于未来比过去还要茫无把握）的人，可谓切中了人类要害，如果他们敢把那大自然为了延续她的功业而领导我们去做的事当做弊病的话。因为嫉妒我们的事业多于嫉妒我们的知识，大自然把这个和许多别的谬解印在我们脑海里。我们永远不满足于现在，永远追求未来。恐惧、欲望与企求催迫我们到未来去，剥夺我们对于现在的意识与考虑，令我们思索未来的事物，甚至我们在弥留之际。悬念着未来的心永远是不乐的（塞内加）。

柏拉图常用这句伟大的箴言劝勉人："做你的事和认识你自己。"这句箴言包括了我们的一切职责。做自己事业的人就会明白什么是属于他的。认识他自己的人就不会把别人的事当做自己的事，他会首先自爱和栽培自己，避开那些冗余的事务和无谓的思想与企图。即使愚昧的人的愿望都实现了，但他还是不会满足；充满智慧的人却享受现在，而且永远不会不满足（西塞罗）。

伊壁鸠鲁反对他的哲人预见和挂念未来。

在管辖死者的许多法律当中，我觉得那个王子们的行为可以在其死后受审判的条目最有理。他们都是法律的同僚，如其不是法律的主人。正义既然不能约束他们的生平，约束他身后的声誉及后人的产业（我们往往比重视生命还要重视这些东西）也是合理的事。这条法律的实施把许多特殊的利益带给那些肯遵守它的国家，这也是一般不愿意在人们的记忆里与暴君受同样待遇的贤主所热望的。

人们应该归顺和一切服从于国王，因为这是他们应该得到的。可是不能强迫人们敬爱他们，除非他们有善德懿行。为了政治的秩序，他们的主

权一天需要我们扶助，我们便要耐心地容忍他们一天，无论他们怎样不值得，或隐瞒他们的恶德，人们甚至还会赞助王们没有心肝的恶行。可是这种臣服毕竟有个了期，为正义和我们的自由起见，我们没有什么理由不发表我们的见解，对公众讲述那些明知王们的残暴却仍忠心虔敬服侍他们的百姓的光荣，他们为后世提供一个这么有用的榜样。而那些为了私人的恩惠，不正确地护袒一个不值得赞美的王子的身后名誉的人，他们是牺牲公道以徇私义。提图斯·李维说得好："王权统治之下的人所说的话都充满了虚饰与伪证"，每个人都毫无分辨地把他的国王高举到极端的美德与无上伟大的高度。

有些人会贬谪那两个当面对尼禄挑战的士兵。尼禄问其中一个为什么要害他，那个士兵答道："我从前拥爱你，因为你值得我爱，现在你变成了杀母的逆子，放火的强盗，流氓及车夫，你也就只配我憎恶了。"他又问第二个人为什么要杀他，那人答道："因为我想不出更好的办法来制止你无终极的恶行。"但是哪一个判断力健全的人会诟骂那在王子死后才会公布的关于他的暴行的确证，而且将永远悬为贬斥他以及像他一样凶恶的暴君的确证呢？

我觉得非常可惜，像斯巴达那么纯粹的政府也会判定一个虚伪的礼节，一个国王死后，所有联邦及邻国，所有奴仆及男女都混作一团碰额以示哀，而且无论这王生前如何，大家总要号啕恸哭以宣扬他是最好的王，把功劳所应得的赞扬归诸品位，并把那最高的功劳所应得的赞扬归诸最卑鄙低下的品位。

亚里士多德最好翻案。对于梭伦的"无人生前就能称为幸福"那句话，他问道："不知那生死都称心的人能否称为幸福，如果他留下一个臭名，如果他的后人衰落？"我们能行动的时候，我们可以随我们的逆料而随处转移。可是我们死了，我们与现有的事物便再无往来。所以梭伦应该说：一个人永不会幸福，如果要等到死后才有幸福。

> 无人能连根带叶把自己
> 从生命中拔去。不知不觉地
> 人想象他的一部分会长生；

> 他摆脱不掉这可怜的身躯。
>
> ——卢克莱修

贝特朗·迪·盖克兰在奥弗涅的布伊城附近进攻朗贡城堡时战死。城内居民投降后，被逼着把城堡的钥匙放在死者的尸体上。

巴泰勒米·达尔维亚纳，威尼斯共和国的大将，在布雷西亚为国战死，他的尸首要运回威尼斯，途中要经过敌国维罗纳的疆土。军队中大部分人都以为应该向维罗纳政府申请通行证。只有泰奥多尔·特里沃尔斯反对这样做；宁可凭武力强行通过，惹起战争亦在所不惜。"哪有生前不怕敌人，死后会表示怯懦之理"，他说。

真的，确有这同类的事件，根据希腊法律，如果向敌人索取尸首以埋葬，便要放弃他的胜利，不能再举凯旋的旗帜，而敌人却会因此获得胜利的荣耀。尼西亚斯①分明大胜了，就是这样失掉了他战胜哥林多人的光荣。反之阿格西劳斯却与维奥蒂亚人决一死战终获胜利。

我们会觉得这种事情古怪，要不是有史以来便盛行那料理我们身后事的习惯以及乞求上天的恩惠陪伴死者进入坟墓，以便继续死者的信仰。关于这层，古代有许多好的例证，我们用不着多提现代的了。

英格兰国王爱德华一世，在与苏格兰国王罗伯特的长期战争中，体验到亲临前线可以帮助他事业顺利，因为他每次亲临战阵都打了胜仗。他临死的时候，一定要儿子发誓，要儿子在他死后煮他的尸骸，使骨肉分离，把肉埋葬，把骨小心保存，以备和苏格兰发生战争时，把它带到阵上。仿佛命运一定会把胜利带给他的子民似的。

让·杰士卡②为了保护威克里夫③的异教而扰乱波希米亚国，要人在他死后把他的皮剥下，制成小鼓带到阵上与敌人作战，以为这样可以保持他生前亲自作战所屡屡取得的胜利。同样，有许多印第安人与西班牙人打仗的时候，背着他们一个将领的遗骸，因为这个将领活着时总是有好运气。

---

① 尼西亚斯（约前470年—前413年），一译尼客阿斯。古雅典统帅。
② 让·杰士卡（约1376年—1424年），波希米亚军统帅和民族英雄。
③ 约翰·威克里夫（1330年—1384年），欧洲宗教改革的先驱。

同一个地方的别的部落,把战死的勇士的尸首拽到阵上,借以保佑他们及鼓励他们骁勇赴战。

前面的几个例子是为了要那过去的功绩获得的荣名不被埋没,后者却连自己活动的能力也寄托在骷髅上。

巴亚尔将军①就高明多了。他身上受了一处火枪的致命伤,左右劝他退出战阵。他说他断不会在临死的时候以背向着敌人。战到精疲力竭,自己快要从马鞍摔下来了,他才命仆从扶他躺在一棵树下,可是要面向着敌人。他就这样死去了。

我还要添上一个例子,在这点上,和刚才那个例子是相似的。马克西米连皇帝,今腓力王的曾祖,是一个多才多艺的王子。他的身材特美。他有一个与一般王子相反的脾气,就是他不肯像他们那样为了办急务而把马桶当王座,他上厕所时,他最亲近的侍从也不能在场。他躲在僻静处小便,拘谨得像一个贞女,绝不肯把我们一般遮掩住的部分露给医生或任何人看。我的嘴虽然这么粗俗,我生性也颇具有几分这种羞怯,除非需要或娱乐催迫,我从不肯把那些习俗要我们遮掩的肢体和动作示人。我有着一种对于平常人来说,尤其是像我这样职业的人的有些过分的拘谨。可是马克西米连的羞怯达到了高度的迷信,他竟在遗嘱里特别书明他死后要人把那个部位用短裤遮严,又在附注里注明替他穿裤子的人要用布绑住双眼。据说居鲁士曾嘱咐他的子孙在他灵魂离开躯壳后,不得抚摩或探视他的身体,我以为那是基于某种宗教的笃信,因为他和那替他作传的人,除了各种盛德外,毕生都散播着一种对于宗教的特殊的至诚与虔敬。

一位王子告诉我,关于我一个在战争与和平的年代都很有声誉的亲戚的故事。这故事使我很不快:当他因年高快要死在宫廷中时,虽然因患沙淋症而痛楚得要命,但还耗费他最后的时光带着极端的焦虑去安排他的葬礼仪式。他敦请所有探病的贵族为他来送殡,并且恳求那些在他弥留之际伴着他的王子们要全家来致祭,还援引种种成例来证明那是他的品级所应得的尊敬。得了这些允许并且把葬礼安排得满意之后,他才仿佛很快乐地

---

① 巴亚尔(1473年—1524年),也翻译为贝亚尔、拜亚尔。原名皮埃尔·特利尔,法国名将,以骑士巴亚尔闻名于世,纵然已过数个世纪,他依然被人们认为是"无懈可击的无畏骑士"。

死去。我很少听说有这般固执的虚荣心。

极相反的一种忧虑，我可以从我的朋友中找出一个例子，似乎与这事有关联，那就是很小心而且急切地把他的葬礼显示出一种稀有的特殊的吝啬，限制每一个仆人，每一盏灯笼。我曾听见有人赞美这种脾性，还有马库斯，埃米吕斯·李必达①禁止他后人为他按习惯举行那种仪式的嘱咐。这种避免那些我们已经无从知道无从感觉的破费和滥用是否是节省与俭约呢？这真是一个容易的改革，而且用不着多大的代价！如果到布置时，我以为对于这正如对一切人事一样，看各人的意愿而定。哲学家卢康很聪明地任他的朋友安置他的遗体，只要丧礼不太繁缛亦不太简陋就可以了。至于我自己，我就纯粹依照习俗的办法，随那我会变成他们的负担的任何人的主意。这是一桩对自己要忽略，对家人要郑重的事情（西塞罗）。圣奥古斯丁说得好：丧礼、墓田、与葬仪与其说是安置死者毋宁说是抚慰活人。苏格拉底临死的时候，克里托问他要怎样安葬他，他答道："随你的便。"假如我要更多事的话，我以为更合理的做法是去模仿那些还能行动、呼吸便要享受他们葬仪的华贵，以及喜欢看他们死时的面孔印在云石上的人。能够用无知觉去振奋、怡悦有知觉的人是件福事！能够在活着的时候就知道死时的样子是有福的！

我几乎能够了解那对于民主政体的深切痛恨，虽然我觉得民主政体最合理、最公平。我想起雅典人把他们刚刚战胜斯巴达人的英勇将领不容分辩地处以死刑那种非人的暴戾。那是在阿基努塞岛附近的一场海战，也是希腊史上用自己的海军获得的最光荣最伟大的一场胜利，只因为这些将领不肯留在后面埋葬他们阵亡的同胞，而依照兵法乘胜进击。而狄俄墨冬的态度使这处决显得更可恨。他是被处死刑的一个，无论在政治上还是在军事上都有过人之处。当他听了判词之后，趁大家还在静听的机会，举步出来说话。他并不替自己辩护或是指出这残酷的判决之不公允，只是开怀大笑那些裁判们的生命。他求神把这判决化为他们的吉利，而且，因为他和他的同伴们不能实践他们为了胜利而对神明立下的感恩的誓愿，不要把震怒加在他们的身上。这样说完之后，便毫不犹豫地从容就刑了。

---

① 埃米吕斯·李必达，古罗马政治家，公元前43年以后统治罗马的三巨头之一。

几年后,命运用同样的方法惩罚了他们。雅典的海军大将卡布里亚斯与斯巴达的海军大将波利斯战于纳克索斯岛,已经占到上风了,可是为了不蹈前车之覆辙,竟丧失了他们已经到嘴边的胜利,对于他们的事业有莫大的影响。因为他们不肯任几个同胞的尸首浮于海面,竟让他们的大批敌人得以从容逃走,因而日后他们为了这累人的迷信付出了很高的代价。

你想知道死后睡在什么地方吗?
在那未生的事物中。

——塞内加

这另一句却把安息感觉加在一个没有灵魂的身躯上:

愿没有坟墓接收他,
在那里他那厌倦了生命的躯壳
可以像在港口般得到安息。

——恩尼乌斯

正如大自然所指示给我们的,许多死去的事物仍旧和生命保持着秘密的关系。窖里的酒依照制酒时期某种变动而酸化,腌罐里的鹿肉也依照鲜肉的定律而变换它的色味。

二十四　凭动机判断我们的行为

最近,布鲁塞尔的阿尔瓦公爵在霍恩伯爵及埃格蒙特伯爵身上所演的悲剧里,有许多惊人的事件,其中一桩是:埃格蒙特伯爵极恳切地要求人先把他杀死,以尽他对霍恩伯爵的义务,因为后者是相信了他的担保才投降阿尔瓦公爵的。

据我看来,他即使不死亦于心无愧。我们不能在我们的能力与方法之外负责,而实施的成败却不在我们控制之内,因为真正在我们权力之内的只有意志。人的义务的一切法则当然应该建立在这一点上。因此埃格蒙特伯爵以他的灵魂及意志担保,虽然实践的权力不在他手里,无疑地已尽了他的责任,即使他不在霍恩伯爵之前死。

我认识好几个与我同时代霸占他人的财产的人,后来受到良心的责备,想在他们的遗嘱里在死后作出补救。可是这种举动对他们毫无好处,不是因为他们为一件这么迫切的事立一个期限,便是因为他们想费少许的心血与金钱来赎罪。他们应该把那真属于他们的拿来赔偿。他们的赔偿,愈赔偿愈艰难,愈劳苦,他们的满意亦愈合理,愈可嘉。忏悔是需要重负的。

更坏的是那些终身容忍,到临死才把对他们近邻的仇恨发泄出来的人。这样做证明他们毫不顾惜他们的荣誉,因为他们激怒别人去侵犯他们的身后名誉,更不顾惜他们的良心,因为他们不能因死而消灭他们的仇意,反而使怨恨超越他们的生命而永存。把案件延到已不在他们的权限内时才予判决。这是多么偏私的审判官!

如果做得到,我将尽力在死时不表露我生前没有说过(公开地说过)的东西。

二十五　是否可以凭人们的见识来评定真假之狂妄

我们把轻信和容易被人说服归咎为愚昧和头脑简单,也许不是没有理由的,因为我从前似乎听说过,所谓轻信,就是一种刻在我们灵魂上的标记,灵魂越软弱抵抗力就越少,接受外来的东西也越容易。正如天平的底盘承受了重量必定下坠,我们的心灵也让步给明显的事实(西塞罗)。灵魂越空虚越缺乏平衡力,越容易在受了第一次劝导的重量时降下来。这就是为什么小孩、民众、妇女和病人的耳朵最软,最易被人骗了。但是,在另一方面,贸然把那些我们觉得未必然的事物轻蔑和判定为虚假,也是一个愚蠢的傲慢。这是一般自以为比常人高明的人的常见毛病。

我从前就是这样:一听到人家谈起回魂、预兆、魔术、巫觋等一些故事,我从来不会上当。

> 梦幻、符咒、奇迹、魔法，
> 夜游的鬼和铁沙腊的恫吓。
>
> ——贺拉斯

便马上悲悯那些为妖言所迷惑的人。现在呢？我觉得自己至少也和他们一样值得悲悯，并不是我的切身经验超越了我最初的信念，也不是缺少好奇心，而是理性启迪我，这样武断地判定一件事为虚假和不可能，就等于我们知道了上帝的意志和大自然母亲力量的限度。而世界上再没有比这要用见识和能力的法则来量度这些事物更狂妄、更昭彰的了。如果我们把"怪诞"和"奇迹"一类的名词加在那些超越我们理性的事物上，那么，就该会有多少这样的事物不断地显现在我们眼前！我们试想经过了多少的云雾和怎样的摸索，智者们才把我们牵引到我们现有的事物知识阶梯上来。我们还会发觉那去掉它们的奇怪的不可知的面目的，与其说是知识，毋宁说是多见和习惯：

> 我们厌倦了的眼睛，
> 不再惊美天上光明的殿宇。
>
> ——卢克莱修

如果这些事物再次呈现在我们面前，我们将觉得它们和别的陌生的事物一样，甚或更加不可思议。

> 如果它们今天方莅止，
> 如果它们的存在骤然
> 在凡夫们的眼前显现，
> 我们将觉得没有什么更神奇，
> 或有什么更不合常理。
>
> ——卢克莱修

一个从未看见过河流的人，初次遇到一条河，会以为是海。我们会把自己所见到的最大的东西，断定为大自然在这方面所能做到的之最：

> 一条河无论怎样小，对那
> 未见过更大的河的人便显得大；
> 人和树也一样；每件东西
> 如果凡夫看见它出类拔萃，
> 便想象它是浩荡无比。
>
> ——卢克莱修

眼睛看惯了，心灵也习以为常。我们不赞美我们所常见的东西，也不去寻求它们的究竟（西塞罗）。

鼓励我们去寻求事物的个中就里的，与其说是它们的伟大，不如说是它们的新奇。

我们必须带着对大自然的无边法力的更大虔敬和对于我们的愚昧和弱点的更深切的自惭去评判。多少可能性极少的事物，被一些忠厚可靠的人所证实，即使我们仍不信服，至少也得把它们暂且当做结论。因为，断定它们不可能，便等于带着鲁莽的臆断去自命知道一切可能，如果我们认清那一般可能的和非常可能的，那反自然普通程序和反常人的一般见解之间的差异，不鲁莽地相信也不轻易不信，我们应该遵守奇隆这句格言："没有什么是过分的。"

当我们在傅华萨①的《纪年》里读到，富瓦克斯伯爵比安晚两天便知道卡斯蒂利亚国王让在朱贝罗特吃了败仗，和他自述得到这消息的方法比较，我们可以嘲笑他。另一件事：《纪年》告诉我们，洪诺留教皇在菲利浦·奥古斯特死于芒特的当天，公开举行他的殡礼，并命令全意大利同时举行，这也不可信。因为这些证人的权威不足以使我们信服。但是，如果普鲁塔克除了引用几个古代榜样以外，还很有把握地告诉我们在图密善统治时代，安东尼乌斯在那距离数日的路程之外的战场上得到在德国战败的消息，当天便在罗马公布并传播于全世界，如果恺撒坚持说这种报告常常

---

① 傅华萨，法国著名编年史作家，常年游历各国，著有《闻见录》。

早于事实,难道我们会说他这种人像俗人一般受了骗,说他们没有我们那么明察吗?还有比普林尼的判断力(如果他喜欢运用它,那会更清楚,更锋锐,更明察秋毫)距离虚荣心更远的吗?且别提他的过人的知识,我并不看重这个,在上述的两方面,我们有什么比他强的呢?可是没有一个学生(无论怎样年轻)不能指出他的荒诞的事情,都想给他上一堂自然进步史课程。

当我们在布歇的书里读到那关于圣希拉里遗骨的种种奇迹,会哑然失笑,因为以作者的名望并不足以阻止我们不信他。但是把那些相似的故事全盘否认,我觉得也未免太鲁莽了。我们将控告他和那两个请来作证的圣洁的主教(奥雷利乌斯和马克西米努斯①)什么呢?说他们愚昧、头脑简单、轻信、恶意或欺诈吗?我们今天没有人愚蠢到以为:无论是在德性还是虔敬上,或在学问、判断和见识上可以和他们相比?这些人,即使他们不陈述什么理由,单是他们的权威便足以说服我了(西塞罗)。

轻视我们所不能想象的事物,实在是一种极危险、影响极大的傲慢,且别提它所包含的可笑的冒昧,因为在你用你的优美的理解力来划定真假的界限之后,你发觉你不得不相信那些比你所否认的事物更奇怪的东西,你已经逼自己去打破这些界限了,现在,在这宗教纠纷的时代,那把许多不宁带给我们良心的,我觉得就是那些天主教徒们对于他们信仰的局部的放弃。当他们把争执的一部分条目让步给他们的敌人的时候,他们自以为和平及开明。但是,他们除了不知道当你开始让步和退后的时候,对于进攻的人有什么利益以及他将怎样受了这一鼓励而步步进逼之外,他们所放弃的被视为最无关大体的条目有时竟极端重要。我们是不是完全抛弃它,也并非能够由我们主观决定。

不仅我们,我还可以根据我的经验来说,从前我曾经滥用过同样的自由来为自己挑选,忽略了我们宗教仪式里那似乎太奇怪或太无意义的某几点。当我偶然和一些学者谈及的时候,我发现这些事物有着一个确定和牢固的基础,只因为我们愚昧和孤陋才把它们看得没有别的重要罢了。我们

---

① 马克西米努斯·色雷克斯,全名盖乌斯·朱利斯·威勒斯·马克西米努斯(173年—238年),俗称色雷斯的马克西米努斯,罗马帝国皇帝。

为什么说在我们的判断力上也有不少矛盾呢？有多少事物昨天还是我们信仰的核心，今天已变成了无稽之谈了呢？虚荣心和好奇心是我们灵魂的两条鞭子。后者驱赶我们把鼻子放在一切东西上面，前者禁止我们犯犹豫不决的毛病。

二十六　谈婚姻

人人皆知，在婚姻方面尽责的人，找不出十个，因为这是荆棘满布的场地，妇女的意欲难于长时间地维持。男人的处境虽然有利一些，但困难、问题也不少。

美满婚姻的试金石及其真正的考验，是看两人结合维持的时间，看这结合是否甜蜜、忠诚、称心。我们这个年代，丈夫去世后，妻子往往都表示会对其恪守妇道，而且表达出强烈的情爱。这可真是迟来的、不合时候的表白！恰恰证明，她们爱的只是亡故的丈夫。

人生中充满不定的因素，死亡饱含着爱，也讲究礼节规矩。犹如父亲深藏着对子女的慈爱，妻子也故意不对丈夫表露自己的深情，以保持符合礼仪的敬重举止。这种深藏不露并不合乎我的口味。我却会走到女仆或秘书跟前，凑到耳边悄声问道："他们两人过去怎么样？共同生活得怎么样？"我总是记住这句有意思的话："悲痛最轻的女人哭得最厉害。"她们痛苦的容颜令活人厌恶，对死者毫无用处。我们倒认为，只要生时令我们快活，死后就是笑也无妨。

如果我生时当面朝我吐唾沫，我离开人世时却来替我擦双脚，难道这令人生气的举动就能使人复活？如果说哀悼丈夫包含某种荣誉的成分，那么这荣誉只属于给丈夫带来过欢乐的妇人。那些在丈夫生前流着泪水的女人，在丈夫的死后让她们内心、外表都笑个痛快吧。因此，可不必注意那双含泪的眼睛，那一声声叫人怜悯的叫唤，请留意黑纱下的举止、气色以及丰腴的双颊吧。通过这些就看得一清二楚了。成为寡妇后健康没有改善的不多，身体状况却是装不了假的。这种拘泥虚礼的举动与其说是做给逝者看，倒不如说是做给生者看，这样做，得益多于付出。

我童年时候,有位诚实而又美丽的夫人(她还健在),是亲王的遗孀。她在自己的衣饰中多穿了些守寡习俗不容许的东西,有些人责备她,她就对他们这样说:"因为我不想交新朋友,也没有再婚的意愿。"

二十七 平和执中

可不要把源于私利和个人欲念的内心怨恨和恶毒称为"责任感"(而我们每天都这样做),也不要把背叛行为和邪恶举止称作"勇敢表现"。他们把自己的恶毒意向和暴力倾向唤做是"热心",其实他们热心的并不是事业,而是一己私利;他们鼓吹战争并不是因为它正义,而是单纯为了战争。

在彼此敌对的人们中间,并没有什么可妨碍我们举止正直而又得体的。在这种情况下,你处理事情时即便未能一视同仁(感情难免有程度上的差异),但起码也要讲究分寸,这样就不至于受一方约束,对你凡事都可以提出要求。

另一种处事方式,就是全力为这一方又为那一方效力,这样做,既不审慎,更重要的是,有违良心。你为这一方的利益而背叛另一方,而却受到另一方同等的礼遇,难道这一方就不知道,你同样会背叛他的吗?他会把你当做恶人,然而他却听你的话,利用你,利用你的不忠诚行为。

我对一个人讲的任何话,在适当的时候都可以对另一个人讲,只是语气稍有变化而已。我只转述无关紧要的或是已为人知的话,再或是对双方都有好处的事情。没有什么功利目的令我对他们说假话。要我保持缄默的事情,我会严格地藏在心底。但我尽可能少保守这样的秘密,因为,保留王公贵族的秘密,对于不想借此达到什么目的的人来说,是挺麻烦的。我通常提出这样的交易:请他们少给我托付什么,但放心相信我对他们说的话。我知道的,总是比我想知道的多。

我看,如果用一个人干什么事而又对他遮掩事情的真相,或是隐瞒私下里的盘算,每个人遇此情况都会十分恼火。至于我,人家不愿我处理的事情便不多告诉我,我倒觉得高兴。我也不希望我所知道的事情超越自己的谈话范围，妨碍自己的言谈。如果我不得不充当欺骗的工具，那么起码良心上要过得去。我不愿意被人看做是热心的、忠诚的奴仆，可以出卖他人的人。对自己不守信用的人，对主人不忠实就有了辩解的托辞。

二十八 别为死而操心

正视将要来临的死亡需要长期保持坚定的态度，因而这不容易。你不晓得死亡，就别为此而操心。大自然会立刻给你提供充分而丰富的信息。它也会对你准确地完成此任务，你不必为此大伤脑筋。

死亡时刻不定，死神也不知选哪一条路径，
世人哪，你们千方百计查问也是徒费精神。

——普洛佩提乌斯

长期担惊受怕的折磨，
比横遭不幸更令人难过。

——韦加卢斯

我们因顾虑和操心死而扰乱生。生令我们烦恼，死叫我们恐惧。我们不必为死亡而作准备，死是极其短暂的事情。只须一刻钟平平常常的痛苦，既无后果，也不造成损害，所以不值得作特别的告诫。说实在的，我们作准备，是针对要死的害怕心理。哲学家叮嘱我们，眼里时刻要有死亡，要预见它并在它来临之前做认真考虑。随后，哲学家还把规则和预防措施告诉我们，由此，对死亡的预见和考虑就不至于给我们带来伤害了。

医生的做法也一样，他们把我们置于疾病的境地，从而他们就有了施药和运用医术的对象。如果我们已经懂得生活，那么我们死亡，以不同于生活本身的方式去结束一切，那就有失公正。如果我们已经懂得以坚定而平和的态度生活，那么我们也会懂得以这样的态度辞世的。

不过，在我看来，死是生的尽头而不是目标，死是生的结束、终点，

而不是目的。生活应有对自身的目标和构想。生活上的正当探求在于自我调节，自我引导，自我容忍。这一关于生活之道的总章和主章中，包含了其他许多课题，在众多的课题中，也有死亡之道这一节。如果不是我们的恐惧令其增加了分量，这该属于最轻松的课题了。

从其实用性和天然的真实性来衡量，这种单纯的课程并不逊色于其他学科向我们宣讲的东西，而是恰恰相反。人们的志趣和能力各不相同。应当按照各个人的不同情况通过不同的途径引导他们自身受益。无论风暴把我抛到哪个岸边，我都以主人的身份登岸。我从未见过邻家的农人为自己以怎样的举止，怎样的镇定态度去经历的最后时刻而思索。大自然教他学会到了临终时候才想到死亡。他在这件事情上态度比亚里士多德还来得优雅。亚里士多德还受到双重的重压，一则由于死亡本身，二则由于对死亡的长期预想。正因为如此，恺撒有此见解：意想不到的死亡是最幸福最轻松的死亡。需要在痛苦之前便感痛苦的人，到痛苦之时则痛苦愈深。想及死亡时的苦痛来自于对死亡的操心。我们总想超越并支配自然规则而令自己陷于为难的境地，身强体壮之时想到死亡就不思进食，就愁眉苦脸，这种蠢事只有那些学者才相宜。普通大众无需救治也用不着安慰，除非是到了灾难降临的时候。在这方面，他们感觉到什么才考虑什么。俗人的愚笨和无知令其对当前的痛苦具有极强的承受力，而对未来的灾难事故却满不在乎，我们不是这样说的吗？我们不也说普通人愚昧、迟钝，因而对事情不敏感，为此而忐忑不安吗？如果真的是这样，那么看在上帝分上，我们今后就拜愚者为师吧。多门学科许诺带给我们的最大成果，这愚钝却以极其和缓的方式引导其门生达到了。

二十九　要生活得写意

跳舞的时候我便跳舞，睡觉的时候我就睡觉。我一人在幽美的花园中散步，倘若我的思绪一时转到与散步无关的事物上去，我也会很快将它收回，令其想想花园，寻味独处的愉悦，思量一下自己。仁慈的大自然遵循这样的原则：促使我们为保证自身需要而进行的活动同时也给我们带来乐趣。它推动我们这样做不仅是满足理性的需要而且是满足欲望。破坏它的规矩就违背情理了。

我知道恺撒与亚历山大就是在活动最繁忙的时候，仍然充分享受自然的，也就是必需的、正当的生活乐趣。我想指出，这不是要使精神松懈、而是使之增强，因为要让激烈的活动、艰苦的思索服从于一般生活常规，那是需要有极大的勇气的。他们认为，享受生活乐趣是自己正常的活动，而其他则是非常的活动。我认为他们持这种看法是明智的。

我们倒是赞同一些大傻瓜。我们说："他一辈子一事无成。"或者说："我今天什么事也没有做……"怎么！你不是生活过来了吗？生活不仅是你各种活动中最基本的活动，而且也是最有光彩的活动。"如果我能够处理重大的事情，我本可以表现出我的才能。"你懂得考虑自己的生活，懂得去安排它吧？那你就是做了最重要的事情了。天性的表露与发挥作用，无需异常的际遇。它在各个方面乃至在暗中也会表现出来，前台后台都一个样。我们的责任是调整我们的生活习惯，而不是去编书，是使我们的举止井然有序，而不是去打仗，去扩张地盘。我们最豪迈、最光荣的事业乃是生活得写意。其余一切事情，执政、致富、建造产业，充其量也不过是这一事业的点缀和从属品。

我很高兴地得知有这么一位将军，他在自己即将进攻的城墙口下非常淡定、非常洒脱地与友人一起进餐，聊家常。布鲁图斯[①]也一样，他在天地都不利于他本人和罗马的自由正受威胁之际，却利用巡夜的时间，偷偷花上几个小时，安心地阅读波吕比乌斯[②]的著作并为之作批注。心灵不豁达的人，当其陷于沉重的事务堆里的时候，就不知道如何彻底摆脱出来，他们不知道要拿得起，放得下。

噢，患难与共的勇敢的友人，
今天且请尽饮，好消愁解闷，

---

① 布鲁图斯（前85年—前42年）是晚期罗马共和国的一名元老院议员。他组织并参与了对恺撒的谋杀。

② 波吕比乌斯（前202年—前120年），古希腊历史学家，留下名著《通史》40卷。

明天咱们就进茫茫海域航行。

——贺拉斯

三十　人之常规

伊索，这位伟人，看见自己的老师一边散步一边撒尿，说道："如果这样的话，我们就该一边跑步一边拉屎了？"安排好时间吧，我们还有许多空闲的、使用不当的时间。我们的身体必须有少许的时间来满足自身的需要。如果我们的精神不摆脱躯体的羁绊，就很有可能得不到足够的时间来处理自己的事情。

有些人要超脱自己，想以超人的面目出现，这是愚蠢的想法。他们不会成为天使，只会变成畜生，他们非但不可能拔高自己，反而会降到极低点。正如不可登临的高峰令人生畏，我也害怕这种自我拔高的思想情绪。在苏格拉底的生活中，我觉得一切都很好接受，而最难于接受的是他那入定的做法以及他通鬼神的举止。而在柏拉图的身上，人家称之为圣者的方面，那是最富于人情味的。在我们的诸多学问中，我认为那些令我们提升得最高的学问是最平凡、也是最世俗化的。亚历山大的一生中，他关于自己长生不死的妄想，我觉得完全是凡夫俗子的所为。菲洛塔斯在回函中用开玩笑的口吻讽刺亚历山大（阿蒙下达的神谕将亚历山大列为神明，菲洛塔斯致函表示替他高兴）："就您这件事来说，我是十分高兴的，不过，普通人就可怜了。他们要和一个超越常人、不满足于人之常规的人生活在一起而且还要服从他。您受命于神，才能进入统治。"雅典人为了庆贺庞培进入雅典城，刻下这么一道富有意义的题铭，它正好表达了我的思想：

你自认是人，
你才成为神。

懂得堂堂正正地享受人生，这是至高甚至是至圣的完美品德。我们不懂得利用自身的生存条件却去追求别的什么条件，我们不知道自身内部是怎么一回事，却要自我超脱。

我们踩在高跷上，那又有什么用呢？即使在高跷上，也还得运用双腿才能走嘛！即便登上世界最高的宝座，那还得靠臀部去坐的。

我以为，最美满的生活，就是符合常人范例的生活，井然有序，但不带奇迹，也不超越常规。

帕斯卡尔思想录

一 关于精神和文风的思想

1.

谈几何学精神与敏感性精神的区别。在几何学中，原则都是显然可见的，但却脱离日常的应用，人们由于缺乏运用的习惯，很少能把脑筋放到这上面来，但是只要稍一放到这上面来，人们就会充分看出这些原则的。对于这些巨大得几乎不可能被错过的原则，若竟然也推理错误，那就一定是精神根本的谬误了。

但是敏感性精神，其原则就在日常的应用之中，并且就在人们眼前。人们只需要开动脑筋，而并不需要用很大力气，问题只在于有良好的洞见力，但是这一洞见力却必须良好。因为这些原则是那么细微，而数量又是那么繁多，以致人们几乎不可能不错过。可是，漏掉一条原则，就会引向错误。因此，就必须有异常清晰的洞见力才能看出全部的原则，然后又必须有正确的精神才不至于根据这些已知的原则进行错误的推理。

因而，凡是几何学家，只要能有良好的洞见力，就都会是敏感的，因为他们是不会根据他们已知的原则做出错误的推理的；而敏感的精神若能把自己的洞见力运用到那些自己不熟悉的几何学原则上去，也会研究好几何学的。

因而，某些有敏感的精神的人之所以不是几何学家，就在于他们根本未能转到几何学的原则方面来；而某些几何学家之所以不敏感，就在于他们并没有看到自己面前的东西，就在于他们既然习惯于几何学的简洁的原则，并且只是在很好地看出并掌握了他们的原则之后才能进行推论，所以他们在敏感性的事物上就茫然自失了，因为它们的原则是不容这样来掌握的。这些原则几乎是看不见的，我们分明是感到它们的而不是看到它们的，那些自己不曾亲身感到过它们的人，别人要想使他们感到，那就难之又难了。这类事物是如此细致而又如此繁多，以至于必须有极其细致而又十分明晰的感觉才能感受它们，并根据这种感受做出正确公允的判断来，但却往往不能用几何学里那样的思维来加以证明，因为我们本来就不是以这种方式获得这些原则的，也因为如果那样尝试的话，它就会是一桩永无止境的事了。我们必须在一瞥之下看出整个的事物来而不能靠推理过程，至少在一定程度上是这样。因此就很少有几何学家是敏感的，或者敏感的人是几何学家的，这是由于几何学家要想以几何学的方式对待那些敏感的事物，他们要想从定义出发，然后继之以定理，而这根本就不是这类推论的活动方式，于是他们就把自己弄得荒唐可笑了。这并非是说我们的精神没有进行推论，而它却是默默地、自然而然地、毫不造作地在进行推论的，因为它那表现是超乎一切人力之外的，而它那感受也只能属于少数人。

相反地，敏感的精神既然习惯于这样一眼看去就下判断，所以，当人们向他们提出了他们所毫不理解的命题，而深入这些命题又要经过许多如此枯燥的乃至他们根本就不习惯于那样仔细地加以观察的定义和原理时，他们就会惊愕失措，以至于望而却步并且感到灰心丧气了。

但谬误的精神却永远不能成就敏感的人，也不能成就几何学家。

因而，那些不仅是几何学家的几何学家虽然具有正确的精神，却需我们以定义和原理向他们解说一切事物。

否则他们就会荒谬得不能容忍，因为他们认为只有依据说得清清楚楚的原理才能是正确的。

而那些不仅是敏感的人的敏感的人，又不能有耐心深入思辨与想象的事物的根本原则里去，这些原则是他们在世上所从未见过的，并且是完全脱离生活的。

2.

有各种不同的正确意识，有的人在某一序列的事物上，但在其他序列

方面则否,在那些方面他们是胡说八道。

有的人能从少数的原则中得出结论,这也是意识的一种优势。

另有人能从含有大量原则的事物中得出结论。

例如,有的人很理解水的种种作用,而关于水的原则却是知道得很少的,然而其结论又是如此之精致,那是非有极大的正确性办不到的。

而这些人却未必因此就是伟大的几何学家,因为几何学是包含大量原则的,而精神有一种性质却可能是这样:它固然很能钻研少数原则的深处,然而却一点也不能钻研那些含有大量原则的事物。

因此有两种精神:一种能够敏锐地、深刻地钻研种种原则的结论,这就是精确性的精神;另一种则能够理解大量的原则而从不混淆,这就是几何学的精神。一种是精神的力量与正确性,另一种则是精神的广博。而其中一种却很可能没有另一种。精神可以是强劲而又狭隘的,也可以是广博而又脆弱的。

3.

习惯于依据感觉进行判断的人,对于推理的东西毫不理解,因为他们想一眼就能看透而不习惯于探索种种原则。反之,那些习惯于依据原则进行推论的人对于感觉这个东西也毫不理解,他们在那里面探索原则,却不能一眼看出。

4.

几何学,敏感性。真正的雄辩会嘲笑雄辩,真正的道德会嘲笑道德。这就是说,判断的道德是没有规则的,是嘲笑精神的道德的。

因为感觉之属于判断,正如科学之属于精神一样。敏感性是判断的构成部分,几何学则是精神的构成部分。

能嘲笑哲学,这才真是哲学思维。

5.

那些没有准则就判断一件作品的人之于别人,就像是那些没有表的人之于别人一样。一个人说:"已经两个小时了。"另一个人说:"只不过三刻钟。"我看了自己的表之后，对前一个人说："你疲倦了吧"，又对后一个人说："时间对你不难留住"。因为这时候是一小时半，于是我就嘲笑了那些说时间留住了我或者说我凭幻觉而判断时间的人。他们不知道我是根据我自己的表象做出判断的。

6.

正如我们在败坏着精神一样，我们也在败坏着感情。

我们由于交往而形成了精神和感情。但我们也由于交往而败坏了精神和感情。因此，好的交往或者坏的交往都可以形成它们，或是败坏它们。因而最重要的是要善于选择，以便形成它们，而一点也不败坏它们。然而假如我们从来就不曾形成过或者败坏过它们的话，我们也就无从做出这种选择了。因此就构成了一个循环，能摆脱这个循环的人就幸福了。

7.

一个人的精神越伟大，就越能发现人类具有的创造性。平庸的人是发现不了人与人之间的差别的。

8.

很多人都是以听晚祷的方式在听讲道的。

9.

当我们想要有效地纠正别人并指明他犯了错误时，必须注意他是从哪个方面观察事物的，因为在那方面他通常总是了解的，我们必须承认他在那方面的真理，然而也要向他指出他在另一方面所犯的错误。这样他会感到满意的，因为他看到自己并没有错误，只不过是未能看到每个方面而已。人们不会恼恨自己看不到一切，然而人们却不愿意自己犯错误。而这也许是由于人天生就不可能看到一切，也可能是由于人天生就不可能在自己所观察到的那一方面犯错误故，因为感官的知觉总是真确的。

10.

人们通常被亲身所发现的道理说服,更好于被别人所想到的道理说服。

11.

一切盛大的娱乐对基督徒的生活都是危险的,然而在世人所发明的一切娱乐中,没有哪一种是比戏剧更为可怕的了。它表现的感情是那么自然而又那么细致,所以在我们内心里也激起并造成同样的感情,特别是爱情,主要在人们把爱情表现得非常贞洁而又非常真挚的时候。因为它越是对纯洁无辜的灵魂显得纯洁无辜,也就越能使人们感动。它那激情投合了我们的爱心,于是我们的爱心就立刻形成一种愿望,要想产生我们所看到表现得如此美好的那种同样的作用。并且我们同时根据自己在戏里所看到的那种感情的真挚来塑造自己的良心,它可以消除纯洁的灵魂的恐惧心,这些纯洁的灵魂在想象着,以一种看来是那么样明智的思想去恋爱,是绝不会有损自己的纯洁的。

这样,我们走出剧院时,心里是如此地充满了爱情全部的美丽和甜蜜,而灵魂和精神又是如此地深信自己的纯洁无辜,以至于我们准备完全接受它们的最初印象,或者不如说准备找机会把它们在某人的内心里重演出来,以便接受我们在剧中曾看到被描绘得如此美好的那种同样的欢乐和同样的牺牲。

12.

斯卡拉穆什,他一心想着一桩事。

医生已经说完一切之后,又谈了一刻钟,他满腔是倾诉的愿望。

13.

人们爱看错误,所以爱看克莱奥布林的爱情,因为她并不认识自己的爱情。假如她没有被骗,那就没有趣味了。

14.

当我们从一篇很自然的文章描读出一种感情或作用的时候，我们就在自己的身上发见了我们所读到的那个真理，我们并不知道它本来就在那里，就感动得要去热爱那个使我们感受到它的人，因为他显示给我们的并不是他本人的所有，而只是我们自身的所有，而正是这种恩惠才使得他可爱，此外我们和他之间的那种心灵一致也必然引得我们衷心去热爱他。

15.

雄辩是以甜言蜜语说服人，而不是以威权。它是暴君而不是国王。

16.

雄辩就是讲述事物的本领，其方式如下：（一）听讲的人能够毫不勉强，高高兴兴地倾听它们。（二）他们对此感兴趣，因而自爱心引得他们格外自愿地反复思考。

因而，它就在于我们要力图在两者之间建立一种吻合：一方面是属于我们听众的精神与心灵的，另一方面则是我们所运用的思想与表达。这就要求我们能够好好地研究人心以便认识它那全部的力量，以便随后能找出我们所要求与之相称的那篇论文的恰当分寸。我们必须把自己放在听讲人的位置，并根据自己的内心来检验我们文章中所掺拌的曲折，以便看出二者是否相称，以及我们能否有把握使听众就好像是不得不折服的样子。我们必须尽可能把自己所讲的限于自然简朴的事实。是小的就不要夸大，是大的就不要缩小。一件事物光说得漂亮是不够的。它还必须扣题。它也应该是一点也不多，一点也不少。

17.

河流就是前进着的道路，它把人带到他们想要去的地方。

18.

当人们不了解一桩事物的真相时，能有一种共同的错误把人们的精神

固定下来，那就最好不过了，例如人们把季节的变化、疾病的传播等等都归咎于月亮。因为人之大患就在于对自己不能理解的事物怀有不安的好奇心。他犯错误还远比不上那种徒劳无益的好奇心那么糟糕。

艾比克泰德、蒙田和图尔吉的萨罗门的写作方式乃是最平易的、最富启示性的、最足以令人回味的并且最为人所称引，因为它们完全是由日常生活的谈话而产生的思想所构成的，正像当我们谈到世人所存在的共同错误时，例如说月亮是一切事情发生的原因，我们就永远都少不了要说："图尔吉的萨罗门说过，当我们不理解一桩事物的真相时，能有一种共同错误等等就最好不过了。"那也就是前面的思想。

19.

我们写一部著作时所发现的最后那件事，就是要懂得什么是必须置之于首位的东西。

20.

次序！是什么让我宁可把我的道德教诫分作四条而不是六条？宁可把德行定为四条、两条或一条？宁可是"承受所有不挠乱灵魂的痛苦，避开一切伤害精神自由的欢愉"而不是"遵循自然"？或是像柏拉图那样"处理私事要公正无私"，或者是其他的东西？你可以说，这里是一切都包罗在一言之中。虽然如此，可是若不加以解释，则它便是枉然无益的。然而我们要加以解释时，只要我们所提出的是包括其他一切都在内的一条教诫，则它就正是出自于你所想要避免的那种原始的混沌。因此，当它们都包罗在一言之中的时候，它们就是被隐蔽起来的而且是枉然无益的，就像是被装在盒子里面一样，它们永远只能表现为自然的混沌状态。自然规定了它们彼此并不能互相包罗。

21.

自然安排其全部的真理是，每一个都在其自己本身之中。

而我们的办法却是要使它们一个包罗着一个，但这是不自然的，每一个都有其自己的地位。

22.

但愿人们不要说:"我并没有说出什么新东西",因为题材的处理就是新的。在我们打网球的时候,双方打的只是同一个球,但总会有一个人打得更好些。

我非常喜欢听人对我讲我使用的是前人的文字。同样的思想用另一种讲法并不就构成另一篇文章吗,同样的是:同样的文字用另一种写法就会构成另一种思想!

23.

文字的不同排列便形成了不同的意义,而意义的不同排列形成了不同的效果。

24.

语言。若不是为了休息,我们决不把精神转到别的上面去,然而在适宜于休息的时候,只要是有此需要,就必须休息,因为不能适时休息的人会疲倦。

但不适时感到疲倦的人却会得到休息,因为他们早已心不在焉了。邪恶的欲念总喜欢与人们所得到的东西背道而驰,而又并不给我们带来任何快乐。这就是我们做出别人所愿意的一切代价。

25.

雄辩:它必须是使人悦意的而又真实的。然而那种使人悦意的东西其本身又必须是出自真实。

26.

雄辩是思想的一幅图画。那些在画过之后又添上几笔的人,就是在写意而不是在写了。

27.

杂记、语言，凡是雕琢字句讲求对仗的人就像是开假窗户讲求对称的人一样。他们的准则并不是要正确讲述而是要做出正确的姿态。

28.

我们一眼就看到的东西，其对称是以它没有理由可以成为别的样子为基础的，也是以人体的形象为基础的。由此可见，我们要求对称就只是在广度方面，而不是在高度与深度方面。

29.

当我们阅读一篇很自然的文章时，我们感到又惊又喜，因为我们期待着阅读一位作家但我们却发现了普通人。反之，那些趣味高级的人阅读一本书时原以为能发见一个人，却出乎意外地发见了一位作家。"你以诗人的身份发言更甚于以人的身份发言"。那些在教导自然能讲述一切甚至于能讲述神学的人，就是在好好地尊敬自然了。

30.

我们仅只请教于耳朵，因为我们缺少心灵。

准则就在于诚恳。

删节之美，判断之美。

31.

凡是我们所指责西塞罗的那些虚伪的美，都有其崇拜者，并且有大量的崇拜者。

32.

喜悦以及美的东西都有一定的典型，就在于我们的天性（无论它实际的情况是强是弱）与令我们喜悦的事物两者之间的一定的关系。

凡是根据这种典型所形成的东西都使我们喜悦，无论是建筑，是歌曲，是论文，是诗歌，是散文，是女性，是飞鸟，是河流，是树木，是房屋，是服装还是其他。凡不是根据这种典型而构成的东西，都会使有高级趣味的人感到不快。

正如在根据好典型而构成的一首歌曲和一座建筑之间，会有一种完美的关系一样，它们都类似于那个独一无二的典型，尽管它们各自属一类。同样地根据坏典型而构成的各种事物之间也有一种完美的关系。但并不是坏典型也是独一无二的，因为坏典型是无穷无尽的，比如说任何一首坏的商籁体①诗，无论它是根据什么样荒诞的典型而写成的，都十足像是一个按照那种典型而打扮出来的女人。

最能使人理解一首荒诞的商籁体诗是何等可笑，就不如先考察一下自然以及那种典型，然后再想象一个女人或者一座建筑就是按那样的类型被塑造出来的。

33.

诗歌美。正如我们谈论着诗歌之美，我们也应该谈论几何学之美以及医药学之美，但是我们却不谈论这些，其原因就在于我们很了解几何学研究的对象是什么以及它得包括证明；我们也了解医药学研究的对象是什么以及它得包括治疗。

然而我们却并不了解成为诗歌对象的那种美妙的东西都包括些什么。我们并不了解我们所应模仿的那种自然的典型究竟是什么。并且由于缺乏这种知识，我们发明了种种稀奇古怪的名词，诸如"黄金时代"、"我们当代的奇迹"、"命运的"，等等。并且我们把这类莫名其妙的话赞叹为诗歌美。

然而谁要是就根据这种无非是以大话在谈论小事的典型来想象一位女性的话，那他看到一位漂亮的姑娘戴满了珠翠和首饰，他会觉得好笑的。因为我们对于什么算是女性的漂亮要比对于诗歌的漂亮懂得多。然而不懂得这一点的人却会赞赏她这种打扮，还有不少乡村会把她当成女王呢。而

---

① 商籁体，即"十四行诗"，是欧洲一种格律严谨的抒情诗体。最初流行于意大利，彼特拉克的创作使其臻于完美，又称"彼特拉克体"，后传到欧洲各国。

这就是我们要把按照这种典型而写成的商籁体诗称之为乡村女王的原因了。

34.

一个人如果没有诗人或数学家等等的标志，他就不会以诗歌闻名于世。然而普通人根本不愿意有什么标志，并且大概也不会在诗人的行业与刺绣的行业之间加以区别的。

普通人既不能被称为诗人，也不能被称为几何学家或其他的什么。但他们却是所有这一切人，而又是这一切人的评判者。谁也猜不出他们。他们来到人们中间，谈论人们所谈论的事物。除了必要时拿出来应用而外，我们看不出他们有哪种长处没有哪种长处，但到了必要时我们就会想起它来，因为这两种说法都是他们的特性，当它再不是个语言问题时，我们就不说他们谈得很好，而当它是个语言问题时，我们就说他们谈得很好。

因而，当一个人一走进来，人们就说他极其擅长做诗的时候，人们给他的是一种虚伪的赞扬。而且当人们要评判某些诗却又不去请教他的时候，那就更是一种恶劣的标志了。

35.

我们决不能说某个人："他是数学家"，或者"他是宣教士"，或者"他长于雄辩"。而只能说："他是个诚恳的人"。唯有这种普遍性的品质才使人们高兴。当我们看到一个人，就想到他的著作，这就是一种恶劣的标志了。我希望我们不会发现什么品质，除非是遇到了它又有机会运用它，否则恐怕某一种品质就特别突出，并会给人贴上标签。我们千万别认为他谈得很好，除非确实是谈得很好的时候。

36.

人充满了各种需要。他只爱能够满足他一切需要的人。人们说："这是一位优秀的数学家"。然而我却用不着什么数学，他会把我当成一个命题吧。"这是一位优秀的战士"，他会把我当成一个围攻着的据点吧。因而必须是一个诚恳的人才能普遍地适合于我的一切需要。

37.

既然我们不可能是通才并懂得一切可能懂得的事物，所以我们就必须对一切事物都懂得一些。因为对一切都懂得一些要比懂得某一件事物的一切好得多。这种博通是最美好不过的。我们若能两者兼而有之，当然更好，但假如必须选择的话，那就必须选择前者，并且大家也都觉得如此，也都是这样做的，因为"大家"往往是很好的评判人。

38.

是诗人，而不是诚恳的人。

39.

假如雷电打到地面上来，等等，诗人以及那类只会论证那类性质的事物的人，就缺乏证明了。

40.

我们用以证明其他事物的那些例证，如果我们也想要加以证明的话，我们就得以其他的事物作为这些例证的例证。

既然我们总是相信困难只在我们所要加以证明的东西上，所以我们就发现有些例证会更加清楚明白并有助于对它的论证。

因此，当我们想要论证一件一般的事物时，我们就必须给出个案的特殊规律。但是如果我们想要论证一个特殊的个案时，我们又必须从一般的规律着手。因为我们总是发觉我们要加以证明的东西是模糊不清的，而我们用以作证的东西则是清楚明白的。因为，当我们提出要加以证明的事物时，我们首先就充满着一种想象，认为它当然是模糊不清的，反之要用以证明它的东西则是清楚明白的，这样我们便很容易理解它了。

41.

有些作家一谈到自己的著作，就说："我的书"、"我的注释"、"我的历史"，等等。让我们感到的是小市民在街头有了个亭子间，就总是满口

"在我家里"。但鉴于其中往往是别人的东西比他们自己的要多，所以他们最好还是说："我们的书"、"我们的注释"、"我们的历史"等等吧。

42.

你愿意别人相信你的东西吗？那你就不要提它。

43.

语言是密码，其中并不是把一种文变成另一种文，而是把一种字变成另一种字，这样一种为人所认识的语言就成为可以被译识的了。

44.

甜言蜜语的人，品格恶劣。

45.

有些人说得好而写不好。那是由于场合和人群炙暖了他们，从他们的精神里引出了缺少这种温暖时不会具有的东西。

46.

当一篇文章里出现了重复的字，我们试图加以修改，却发现它们是如此妥帖以致认为这样做有可能糟蹋这篇文章，那就只好让它照旧不动了。这就是它的标志，而我们在这一点上却是盲目的忌妒了，这种忌妒并不了解用字重复在这种地方并不是错误，因为并没有什么一般的规律。

47.

总是有掩盖其人性来并加以伪装的人，有更多的国王、教皇、主教乃至威严的君主等等，没有巴黎（王国的首都），就有许多地方都要称为巴黎。巴黎，还有许多别的地方都要称为王国的首都了。

二 人没有上帝是可悲的

48.

第一部：人没有上帝时的可悲。

第二部：人有了上帝时的幸福。

49.

顺序。我原本可以按照以下顺序安排这篇论述：证明所有境况的虚妄，证明普通生活的虚妄，然后再证明怀疑论者、斯多葛派的哲学生活的虚妄。但这种顺序实际上并不能保持。我对它略知一二，也知道懂得它的人很少。人世间没有一种科学能够保持这种顺序。圣托马斯没有保持它。数学保持了它，但在深度上数学也是无用的。

50.

第一部的序言：谈论那些论述过自我认识的人；谈论沙伦那令人烦恼与厌倦的分目；谈论蒙田的混乱，因为蒙田深深感到缺乏正确的方法，便从一个题目跳到另一个题目来躲避短处，他追求风雅。

他作自我描绘的举动多么愚蠢！而此举绝非偶然或违背他的准则（人人都有犯错误的时候）而是根据他本人的准则，并且是出于一种主要的、基本的意图。因为出于偶然和自身的弱点说几句蠢话，只是一种常见的毛病。但故意讲蠢话就让人不能容忍了，而且还说出那些诸如……

51.

蒙田：蒙田的缺陷太大。不管古尔内女士怎么说，放浪的词句都是一文不值的。轻信：是没有眼睛的人做出的。无知：是化圆为方、为更大的世界。他叫人对救赎漠不关心，既不畏惧也不悔罪。他写书的目的不是为了维护虔信，因此他就不必受此约束。然而我们却永远有责任不背离虔

信。我们可以原谅他在人生某些场合有点放浪形骸的行为,但是我们却不能原谅他那种纯属异教的生死观。因为假如一个人不希望像基督徒那样死去,那他就必定完全抛弃虔诚之心了。然而蒙田通篇只想着胆怯懦弱地死去。

52.

不是在蒙田的身上而是在我自己身上,我发现了在他那里看到的一切。

53.

蒙田身上的优点只有经过磨难才能获得。而他身上的劣迹(我是指道德以外的)却是立刻就能纠正的。假如有人告诫他说他太折腾而且一味谈自己。

54.

人必须认识自己。如果这一条无助于发现真实,它至少有助于规范一个人自己的生活。没有什么比这更正确的了。

55.

科学的虚妄。外界事物的知识不会在我痛苦的时候安慰我在道德方面的无知,然而有关伦理的知识却永远可以安慰我对外界科学的无知。

56.

我们不教人成为正人君子,但我们教他们别的一切,这就使他们夸耀自己的正直但从来慎于炫耀自己的渊博。他们只以自己懂得唯一没有学过的东西而洋洋自得。

57.

两种无限的中间,我们阅读得太快或太慢,就什么也理解不了。

58.

自然把我们如此巧妙地摆在中间位置，以至于我们改变平衡的一边，也就改变了另一边。我行动，我因此相信，我们脑袋里的弹簧也是这样安排的，谁触动其中一端必然触动另一端。

59.

人的比例失调。这就是自然知识引导我们得出的结论。假如这一点不是真的，那么人身上就没有真理可言了；假如这一点是真的，那么人会在其中找到自己应该谦卑的充足理由，因为他不得不以这种或那种方式低头。而且，既然人不相信没有自然知识就不能生存，所以我希望，他在更深一步探讨自然之前，能严肃而又从容地考虑一下自然，并且也能审视一下自己，了解自己在其中的比例。那么就让人思索整个自然界的崇高与壮丽吧，让他把自己的目光脱离四周卑微的事物吧！让他看看这道就像一座亘古不熄的火炬在照亮全宇宙的灿烂光芒；让他看来地球比起太阳所描扫的巨大轨道来就像是一个小点；并且让他震惊于那个巨大轨道的本身比起苍穹中运转着的恒星所运行的轨道来，也只不过是一个十分微小的点罢了。然而假如我们的视线就此停止，就让想象力去超越吧。感到疲惫的将是它的构思能力，而不是提供材料的自然界。整个可见的世界只不过是大自然博大胸怀中一道难以被觉察的痕迹。任何一种概念都接近不了它。尽管我们扩大我们的构想，使其超越可能想象的空间，但是与事物的实况相比，我们只不过在生产原子而已。那是一个无限的球体，到处都是球心，任何一处都不是周边。终于，我们的想象力在这样的思想中迷路，这便是最能显示上帝万能的感性特征。

让缓过神来的人对比一切的存在物，看看他自身是什么吧，让他把自己看做是迷失在大自然的这个偏僻的角落里的人，并且让他从自己蛰居的这座小小的囚笼里（我指的是宇宙）学着掂量大地、王国、城镇和他本人的真正价值吧！与无限相比，一个人到底是什么呢？

为了给他展示另一种同样惊人的奇观，就让他在自己所知的最细微的东西中做一番探讨吧。让一个寄生虫给他展示比其微小的身躯更加微小无

比的各个部分吧,它那带关节的肢体,肢体里的血管,血管里的血液,血液里的体液,体液里的液滴,液滴里的气体。让他再细分这最后的一些东西,让他竭尽其能去想象,并把他所可能分割到的最后的东西作为我们现在讨论的对象。他也许会想,这就是自然界中极端的微小了吧。我要让他看到这里面还有一道新的风景。我要给他描述的不仅是可见的宇宙,而且还有我们在这粒微缩的原子的围栅之内所能想象出来的广袤自然。让他在那儿看到无数的宇宙,每一个宇宙都有自己的苍穹、自己的行星、自己的地球,它们的比例和这个可见的世界是一样的。每一个地球上也都有动物,最后也还有寄生虫,他将在寄生虫身上发现原先看到的一切,既然能在其他物体里无休无止地发现同样的东西,那么就让他沉浸于这些奇迹吧,这儿的渺小如同别处的巨大一样令人惊讶。谁能不赞叹我们的躯体呢,它刚才在宇宙中还是不见踪影的,而宇宙本身在整体的怀抱里也踪迹全无,与我们无法企及的那种虚无相比,它竟然一下子成了一个巨人、一个世界,或者一个整体!

凡是这样看待自身的人,一定会害怕自己,想到自己是命系大自然所赋的,夹在无限与虚无这两道深渊之间的一块物质时,他会为这些奇迹的景象而战栗,我相信随着他的好奇心转化为赞叹,他会更倾向于默默地沉思这些奇迹,而非自以为是地去研究它们。

人在自然界中到底是什么?对于无穷而言就是虚无,对于虚无而言就是整体,是无和有之间的一个中项。他距离这两个极端都是无穷之远,对他来说,事物的目的以及它们的原则都是无可逾越地隐藏在一个无从穿透的秘密里面。他来自虚无又被无穷吞没,而这二者他都看不到。

他处在既不认识事物的原则又不认识事物的目的的永恒绝望之中,除了隐约看到事物的部分(某些)外表以外,他又能做什么呢?万事万物都出自虚无而趋向无穷。谁跟得上这些令人惊讶的进程呢?这些奇迹的创造者理解它们,但别人都做不到这一点。

人们没有能力理解这些无穷,便贸然地转向研究自然,就好像他们与自然存在某种比例似的。他们的目标无穷,想根据同样无穷的推测,去理解事物的原则,并想由此而达到认识一切的目的,简直令人诧异。因为如果没有假定,或者说没存在一种与自然一样无穷的能力,我们就形成不了这个计划。

了解情况之后，他们就会明白，大自然把它自己的形象和它创造的人的形象铭刻在万物之上，万物几乎都带有大自然的双重无穷性。因此，我们可以看到，一切科学在其探索的范围内都是无穷尽的，例如谁会怀疑几何学有无穷无尽的命题需要证明呢？就其原理的繁多和缜密而言，它们也是无穷的，因为谁不知道那些被我们当做最后命题的原理，其本身是不能成立的，它们得依据另外的原理，而另外的原理绝不自认是终极原理，因为它要其他的原理来支撑。可是我们却把某些东西看成终极，其理由跟我们看待物质的东西是一样的。对于物质来说，凡是超出我们的感官感受范围的，我们就称之为不可分割点，尽管按其本性来说仍然是无限可分的。

在科学的这两个无限中，宏观的无限性是最容易被感觉到的，这也是很少有人自诩无所不知的原因。德谟克利特说过："我要论述一切。"

然而微观的无限性却不那么明显，哲学家们宣称已经达到了这一点，但他们正是在这儿都栽了跟头。这就产生了像《万物原理》、《哲学原理》这些常见的书名以及类似的名字，这些名字尽管表面收敛，实际上跟另一本刺眼的书《全知论》一样浮夸。

与把握事物的周径相比，我们很自然地相信自己有能力到达事物的中心，而且世界可见的范围明显超出了我们的感官。但是，既然我们比小事物大，我们就更自信有能力把握它们。然而认识虚无所需要的能力并不比认识一切小，二者都需要有无限的能力。在我看来，谁要是理解了万事万物的终极原理，谁就能最终认识无限。因为二者是互相依赖的，是相通的。这两个极端因互相远离才能互相接触和结合，它们在上帝那儿并且唯有在上帝那儿才能重逢。

让我们认识自身的局限吧。我们是某种东西，但不是一切东西。我们存在的事实剥夺了我们对于从虚无中诞生的第一原理的知识，而我们的渺小又遮挡了我们对无限的视野。

我们的智力在思想的范畴里所处的位置，与我们的身体在自然领域占有的位置相同。

我们在各方面都受到限制，因此我们的能力在各方面都表现出这种处在两个极端之间的状态。我们的感官不能感受任何极端，比如说声音过

响，震耳欲聋；光亮过强，令人目眩；距离过远或过近都有碍视线；论述过长或过短反而会语意不详；真理过多使我们不知所措（我知道有人不明白零减四还余零的道理）；第一原理使我们感到没有怀疑；欢愉过多使人觉得别扭；音乐中和声过度令人讨厌；恩惠太多令人生气，我们愿意有点条件能多还些欠下的债务：唯有我们认为能够回报的恩情才是惬意的，倘若过多地超过这个限度，我们报答的将不是感激而是怨恨了。我们既感觉不到极度的热，也感觉不到极度的冷。极端的品质是我们的敌人，我们无法感知；我们再也不会感觉它们，而是忍受它们。过于年轻和过于年老都妨碍精神，教育太多和太少也是如此。总之，对于我们而言，极端的东西似乎根本就不存在，我们也不在它们的眼里，不是它们回避我们，就是我们回避它们。

　　这便是我们的真实状态，它使得我们既不可能什么都知道，也不可能绝对无知。我们航行在辽阔无边的区域里，永远没有把握地漂流着，从一头被推到另一头。我们想抓住某一点让自己稳定下来，可是它却晃荡着离我们而去。如果我们追上去，它就会挣脱我们的掌握，从我们身边溜走，永远地逃遁了。没有任何东西为我们驻足，这就是我们的自然状态，然而又是最违反我们天性的。我们渴望找到一块踏实的地基，找到一个永久的最后据点，希望在上面建立起一座通向无限的高塔，但是我们的基础整个儿坍塌了，大地裂为深渊。

　　因此，我们就别去追求什么可靠性和稳定性了吧。我们的理性总是被表象的变化无常所欺骗。没有任何东西能把有限固定在两种无限之间，它们既因禁有限，又躲避有限。

　　如果大家明白了这个道理，我相信每个人都会安于大自然安排给自己的那种状态的。既然命中注定这种中间状态总是远离两个极端，那么人类多了解一点东西又有什么意义呢？假如他有知识，他会升高一点，但他距离终极还不是无限遥远吗？哪怕再多活十年，我们的生命不也是同样无限地远离永恒吗？

　　从这些无限的观点来看，一切有限都是等值的。我看不出把自己的想象建立在这个而非那个有限之上的理由。光拿我们自身和有限作比较，就足以使我们痛苦了。

如果人首先研究自己，他就会发现自己难以走得更远。局部怎么能认识整体呢？可是，也许他希望至少能认识那些与他有着比例关系的部分吧。但是世界的各个部分都是这样彼此关联和彼此联系的，所以我确信，少了这一部分或者整体，便不可能认识那一部分。

例如，人与他所认识的一切都是有关联的。他需要有一个地方可以容身，有时间活下去，有运动可以生活，有元素构成他自身，有热量和食物滋养他，有空气呼吸。他看得见光明，感觉得到物体。总之，万物都与他相关联。因而，要想认识人，就必须知道他为何需要有空气才能生存。而要认识空气，又须知道它与人的生命的这种关系是从何而来的，等等。火焰没有空气就不能存在。因此，欲认识一件东西就必须认识与它相关联的东西。

既然一切事物都互为因果，既支援又受援，既间接又直接，而且一切事物都是由一条自然的无形纽带联在一起的，它把相距最遥远的东西和差异最大的东西都联系在一起。所以我认为对一件事物不可能只认识部分而不认识全体，同样也不可能只认识全体而不具体地认识各个部分。

事物永恒的本身或在上帝那儿的永恒，一定也会使我们短促的生命惊讶不已。大自然固定而持久的不变性，如果比起我们身上所发生的不断变化，也一定会产生同样的效果。

最终使得我们无法认识事物的，是事物的单一性，而我们却是由两种相反的、种类不同的本性构成，即由灵魂与身体所构成的。因为我们身上的用来推理的部分不可能是精神之外的什么东西，而假如我们声称我们只是肉体而已，那就越发排斥我们对事物的知识，因为再没有比说物质能够认识自身更不可思议的事情了。我们无法知道物质如何了解自身。

因此，如果我们单纯是物质性的，那我们什么都了解不了。如果我们是由精神与物质构成的，那么我们就不能够完整地认识简单构成的事物，无论那事物是精神的还是物质的。

由此可见，几乎所有的哲学家都混淆了事物的概念，他们从精神的角度谈论肉体，又从肉体的角度谈论精神。他们大胆地说，肉体倾向于堕落，它们追求自己的中心，躲避自己的毁灭，它们害怕空虚，并且它们也具有取向、同感与反感等只属于精神的东西。而在谈到精神的时候，他们

又认为精神存在于某个地方,把从一个位置移动到另一个位置也归之于精神,虽然这些却都是纯属肉体的东西。

我们不但不接受这些纯粹事物的概念,反而按照我们自己的意愿给它们染上颜色,并且以复合的自身的思想给我们所有思索的简单事物打上烙印。

目睹我们用精神和肉体合成的一切事物,谁不相信这种混合对于我们来说是十分容易理解的呢?然而这恰好是我们理解得最不够深刻的东西。在人看来,人是自然界中最神奇的东西,因为他想象不出什么是肉体,更想象不出什么是精神,而最不可思议的莫过于没有任何物体能像肉体那样与精神结合在一起。他的最大困难就在于此,但这也就是他的存在状态,精神和肉体相结合的方式乃是人所不能理解的,然而这就是人生。

60.

可是,也许这个题目超出了理性的能力范围。我们就来考察一下它对自己力所能及的事物的创见吧。假如有某件事物涉及它自己的利益,能够使它对自己加以最恰当的运用的话,那就是对至善的探讨了。所以让我们来看看这些坚强的、明察秋毫的灵魂把至善安置在什么地方,并且看看它们是不是一致吧。

有人说,至善就在于美德,另有人把它归于享乐;有人认为在于顺应自然;另有人认为在于真理:洞察事物起因的人是幸福的;又有人认为在于彻底的无知;还有人认为在于懒散;也有人认为在于抵制假象;另有人认为在于不为任何事物所惊讶,不为任何事物所惊讶几乎是给予和保持幸福的唯一手段,而真正的怀疑主义者则认为在于他们的不动心、怀疑与永恒的悬疑;还有一些更聪明的人认为还能找到更好一点的说法。但对于这些我们已经是受益匪浅了!

假如经过如此漫长而又艰辛的努力,这类美妙的哲学仍然得不到任何确切可靠的东西,也许灵魂至少会对自己有所认识了吧。让我们听听世上的权威对这个题目的看法吧。他们对灵魂的实质是怎么想的呢?他们是否把它安排得更妥当呢?对于它的起源、它的持存和它的消亡,他们都有些什么发现呢?

对于知识浅薄的他们来说，灵魂这个题目是不是太深奥了呢？那就让我们把它降低到物质的层面上来吧，让我们看看它是否理解它所激活的那个身体本身是由什么构成的，是否理解它所注视和随意移动的另外一些物体。那些无所不知的独断论大家，他们对此又知道些什么呢？

这一点也许足够了，假如理性是合理的话。它有足够的理性承认自己还未能发现任何确凿的东西，然而它对达到这一点还没有失去信心，恰恰相反，它和以往一样热烈地投入这个研究之中，并且认为自身具有进行这种征服所必需的力量。因此必须完成这种征服，在我们就其效果检查过它的力量之后，再来承认这些力量本身吧！让我们看看它是否具有掌握真理的某些能力和某些办法吧。

61.

第一部，第一章，第四节。

猜测。把它降低一个档次，使其显得荒唐可笑并不难。因为就从它本身说起，说没有生气的物体也有感情、畏惧和恐怖，还有什么比这种说法更加荒谬的呢？说没有感觉的、没有生命的，甚至不可能有生命的物体也有感情，这得先假设有一个至少有感觉的灵魂来感受它们，此外还说这种恐怖的对象就是空虚，难道还有比这样的说法更加荒谬的吗？空虚里面有什么东西能够让它们害怕呢？还能有什么比这更肤浅、更可笑的吗？不仅如此，还说它们自身就具备一种运动原则来避免空虚，难道它们有胳膊、有大腿、有肌肉、有神经吗？

62.

写文章批驳那些过分钻研科学的人有笛卡尔。

63.

我不能原谅笛卡尔，他在其整个哲学中巴不得能抛开上帝，然而他又不得不让上帝伸出手指弹一下，让世界动起来。然后，他就再也不需要上帝了。

64.

笛卡尔没用而且不可靠。

65.

一个跛脚的人不会使我们恼火，但一个跛脚的精神却会使我们恼火，这是什么原因呢？因为跛脚的人承认我们走路挺直，而跛脚的精神却说跛脚的是我们。不然的话，我们就会感到怜悯而不是愤怒了。艾比克泰德①质问道："为什么有人说我们头痛，我们不生气，而有人说我们的推论有毛病，或者我们的抉择有毛病，我们就会生气了呢？"原因在于，我们很清楚我们的头不痛，却并不那么肯定我们是否选择了真理。我们之所以有把握，只不过是因为我们以我们的全部视力看到了它。而当别人以其全部的视力看到相反的情形的时候，我们就会举棋不定，就会感到惊讶，尤其当成千上万的人都在讥笑我们的抉择时，我们就更会如此。但是我们必须偏爱自己的智慧而不是许多别人的智慧，而这么做是大胆的，也是困难的。但是在一个跛腿者的感觉中永远不存在这种矛盾。

66.

精神当然要相信，意志当然要爱慕。因此，缺少真实的对象的时候，它们就非依附于虚假的对象。

67.

想象力。它是人身上最具有欺骗性的一部分，是谬误与虚假的根源，由于它并不总是如此，所以就越发阴险狡诈了，因为假如它真是谎言的可靠标尺的话，那么它也就会成为真理的可靠标尺。但是，它十有八九是虚假的，它给真的和假的都印上了同样的特征，因此没有任何能显示其本质的迹象。

我说的不是愚蠢的人，我说的是最聪明的那些人，正是在这些人中

---

① 艾比克泰德，罗马人，约公元 55 年—约公元 130 年，古罗马最著名的斯多葛学派哲学家。

间，想象力才有很大的说服人的力量。理性再呼吁也无济于事，因为它确定不了事物的价值。

这股傲慢的力量，这位理性的敌人，是乐于控制理性并驾驭理性的，它为了显示自己是多么无所不能，就在人类身上加上了第二天性。它让人幸福，让人不幸；让人健康，让人患病；让人富有，让人贫困；它使人信仰、怀疑或否认理性；它使感官迟钝，它使感觉灵敏；它有自己的蠢人和智者。而最令我们恼火的，莫过于看到它让它的宾客们充满一种远比理性充实而完整的满足感。聪明人沉溺于想象力而自得其乐，远远超过审慎者在理智上获得的乐趣。他们藐视众生，大胆而自信地进行辩论，而别人却左顾右盼，犹豫不决。而且这种快活的神情往往会使他们在听众的赞同里占据上风，这种想象中的智者也深受同性质的评判者的喜欢。想象不能使蠢人变得聪明，却能使其快乐，这是只能使自己朋友不幸的理智所望尘莫及的。想象力使人得到光荣，理智则使人蒙受羞耻。

除了这种想象的能力之外，有谁能分发名誉呢？有谁能把尊敬和推崇赋予人、作品、法律和伟人呢？没有它的满意，世上所有的财富加起来也是不足的啊！

这位以其可敬的高龄而博得全体人民尊重的长官，你能不说他是被一种纯洁而崇高的理智所支配吗？你能不说他是根据事物的性质在判断事物，而没有拘泥于那些只会刺伤弱者想象力的虚幻境况吗？他走进教堂听道，他带去了极端虔敬的热诚，以他那炽热的仁慈去强化他那坚定的理智。他带着堪称楷模的敬意准备听道。假如布道者出场了，假如自然给了他一副粗哑的嗓子和一副可笑的尊荣，假如理发师没有把他的胡子修整齐，再碰上脸弄得格外脏。那么无论他宣讲怎样伟大的真理，我敢打赌我们这位元老会沉不住气的。

世界上最伟大的哲学家，假如站在一块比实际需要略宽的板子上，而板子下面就是悬崖，那么，尽管他的理智让他相信自己是安全的，他的想象力必然贡献最大。绝大多数人这样往下想而无法不面色苍白、直冒冷汗。

我不想叙述它的全部后果。

谁不知道看见猫或老鼠或者碾碎一块煤等小事情，人的理智就会失控

呢?说话的语调能让最明智的人就范,能改变一篇文章或一首诗语言的力量。

爱或恨可以改变正义的面貌。一个事先拿到优厚报酬的律师,会觉得他所辩护的案子多么合乎正义啊!他那果敢的姿态由被假象所迷惑的法官们看起来,使他显得多么优秀啊!可笑的理性啊!你随风倒伏,而且不管任何方向!

我几乎可以叙述人们的全部行为,他们几乎只因想象力的变化而动摇。因为理智不得不让步,最智慧的人会把人类的想象力在每处匆忙引进的原则当做自己的原则。

只想遵循理性的人,会被一般的人看做是愚蠢的。我们必须根据世上大多数人的意见来做判断,这样才会讨想象喜欢,所以我们就必须整天都为这种被认为想象出来的好处而辛劳。当睡眠消除了我们理智的疲劳之后,我们又得立刻翻身起床去紧追这类过眼云烟,去接受这位世俗女主人的影响。这就是错误的根源之一,但它还不是唯一的根源。

我们的法官们很了解这个奥秘。他们的大红袍,还有那把自己裹得像个毛乎乎的猫一样的貂皮氅,他们进行审判的厅堂,百合花的图案,所有这些用来表示威严的仪表都是十分必要的。假如医生没有自己的衣袍和骡子,假如博士没有方帽和臃肿不堪的袍子,他们永远不可能成功蒙骗世人,而世人是难以抵挡这种如此真实的外表的。如果他们真正秉公执法,如果医生真能妙手回春,他们即使不戴方帽子,这些学识自身的尊严就足以令人崇敬了。可是他们只有想象出来的学识,因此就必须采用这些打动别人想象力的虚假手段,跟想象力打交道。事实上,他们就是靠这个谋得人们尊敬的。

唯有军人不用这种方式伪装自己,因为他们的那一部分角色是最必要的,他们靠力量确立自己的地位,而别人却凭装模作样来获得。

我们的国王们不用寻求这些伪装。他们不用特别乔装以显示自己不同寻常,他们有保镖和戟兵前呼后拥。看到那些身手非凡,专门保卫他们的武士们,那些在前面开道的鼓号,以及那些簇拥着他们的大批卫兵,再大胆的人也会不寒而栗的。他们不仅有服饰,他们还拥有武力。必须有一个非常纯粹的理性,才能把那位住在精美的后宫里,有四万亲兵护卫的土耳其大公看成是一个凡人。

我们看到一位律师身穿律师袍、头戴律师帽，就会善意地看待他的能力。

想象力支配一切，它造就了美、正义和幸福，而幸福是世上的一切。

我由衷地想读一本意大利的书，我只知道它的书名，而单是书名就足以抵过无数本书了：《论信念，世上的女王》。我不了解这本书却喜欢它，除了它的缺点，假如有缺点的话。

这大体上就是那种欺骗能力所起的作用了，这种能力似乎是故意赋予我们的，必然导致我们犯错误。但我们还有许多其他犯错误的原因。

不仅旧的印象会误导我们，新事物也有同样的魅力。人们各式各样的争论便由此而来，人们互相指责对方不是遵循了自己幼年的错误印象，便是轻率地追求了新奇的印象。谁能做到不偏不倚呢？那就请他出来加以证明吧！

无论是多么自然的原则，哪怕是从儿时就有的原则，都能被我们看成是一种教育上的或者是感官上的错误印象。

有人说："因为你从小就相信，在你看到箱子里什么也没有的时候，箱子就是空的。所以你就相信真空是存在的，这是你感官的一种错觉，是被习惯所强化的一种错觉，必须由科学来纠正。"另外又有人说："因为在学校里有人告诉你们根本不存在真空，他们扰乱了你们的常识。而在给你们这个错误印象之前，你们的常识能够非常清楚地理解真空，所以必须借助你们原初本性来纠正它。"到底是谁在欺骗呢？是感官还是教育？

我们还有另一种导致错误的原因，即疾病。疾病会损坏我们的判断和感觉的能力。如果大病会明显地造成损害，那我相信，小病也会留下相应的痕迹。

我们自身的利益也是一种可以轻易地戳瞎我们眼睛的美妙工具。世界上最公正的人也不愿意担任涉及他自己的案件的判官。我知道有人为了不致陷于这种自爱的陷阱，结果倒行逆施而成为世界上最不公正的人。要输掉一场本来有理的官司，最可靠的办法就是通过判官的近亲把官司推荐给判官。

正义和真理是两个极为精细的尖端，我们的工具总是太粗糙而无法准

确地触及它们。就算做到这一点了,这些工具也会撞坏尖端,压住周边的部位,更多地靠近错误而不是真理。

人是如此完美地被构造出来,但他不具备任何有关真理的正确原则,而有关谬误的原则倒是不少。让我们现在来看看究竟有多少……然而造成这些谬误的最厉害的原因,就是感觉与理性之间的战争。

68.

论欺骗的力量的章节必须从这儿写起。人只是一个充满谬误的主体,假如没有神宠,这些谬误就是自然的、无法消除的。没有任何东西让他看到真理,一切都在骗他。真理的两个来源,即理性和感官,两者除了都缺乏真诚外,还互相欺骗。感官以虚假的表象愚弄理性,而感官加于理性的那种骗局,反过来又从理性那里接受了过来,那是理性对感官的报复。灵魂的冲动搅乱了感官,给感官造成了虚假的印象。它们都在撒谎并竞相欺骗。

当然,除了这些异质能力之间因偶然和缺乏了解而产生的错误之外……

69.

想象力以难以置信的力量,把微小的对象一直膨胀到充满我们的灵魂。它又以一种鲁莽的放肆把宏伟的对象一直缩小到它自己的尺度之内,譬如在谈到上帝的时候。

70.

我们最为看重的事情,比如隐藏自己的那一点财物,往往都是微不足道的小事。这种丁点小事却被我们的想象力放大成一座山一样大。换一个角度看就不难发现这一点了。

71.

孩子们给自己涂鬼脸之后看了害怕,那毕竟是孩子。但是在小时候如此脆弱的人,有什么办法使其长大后就变得很坚强呢?我们只不过换了个幻想而已。凡是因进步而完善的东西，也会因进步而毁灭。凡是曾经软弱过的东西，永远不可能变得绝对坚强。我们尽可以说："他长大了，他已经变了"，可他还是原来那个人。

72.

习惯是我们的天性。习惯于信仰的人就相信这种信仰，不可能不再怕地狱，也不会去相信任何别的东西。就像习惯于相信国王是可怕的人。我们的灵魂既然习惯于看到数目、空间、运动，它就相信这些而且只相信这些，谁会对此怀疑呢？

73.

太阳的斑点。当我们看到一种结果总是反复出现的时候，我们就推定说里面有一种自然的必然性，就像太阳明天依然升起那样，等一些事物。然而大自然经常与我们唱反调，而且不服从它自己的规律。

74.

我们的自然法则如果不是我们习惯的原则，那又是什么呢？就孩子们而言，不就是从父亲的习惯那里所得到的原则吗？不就像动物学习猎食一样吗？

一种不同的习惯会赋予我们另一些自然法则，从经验就能看出这一点，假如有些自然法则因为习惯而变得根深蒂固的话，那么也有一些习惯是与自然相对的，它们因自然或者因为第二习惯而变得根深蒂固。这取决于秉性。

75.

父母生怕对孩子们天生的爱心会消逝。可是那种会消逝的天性又是什么呢？习惯就是摧毁第一天性的第二天性。然而什么是天性呢？为什么习惯就不是自然的呢？我很担心，这种天性只不过是第一习惯，正如习惯是第二天性一样。

76.

人的天性是完全自然的,完全动物的。因为没有一样东西是我们不能化为自然的,也没有任何自然的东西是我们丢不了的。

77.

记忆、欢乐都是情感。就连几何学命题也会变成情感,因为理性使情感变得自然,而自然的情感又被理性抹去。

78.

如果人们惯于用错误的推理去证明自然效果,即使发现了正确的推理,人们也不再想采纳。人们曾经拿血液循环作为例子,血管被结扎后会肿胀,原因就在于血液循环。

79.

一生中最重要的事莫过于选择职业,而择业是否成功却是由机遇而定的。习惯使人成为石匠、兵士、瓦工。有人谈到瓦匠时说,"他是出色的瓦工",谈到兵士时说,"他们是十足的傻瓜",有些人则相反:"没有比战争更加伟大的事了,其余的人都是滑头货"。我们是根据小时候听到人们一再称赞某些行业,贬低任何其他行业来作选择的。因为我们天生就爱真理而恨愚蠢,这些话打动了我们:他们只是在实践上犯了过失。习惯力量如此巨大,那些天性只使他成为人的人们,被我们当成了人类的全部处境。因为有的地方就尽出石匠,另外一些地方都去从军,等等。天性也许不是那么整齐划一的。因此是习惯使然,因为它束缚了天性。但天性有时候也占上风,保住了人的本能,而不理会任何好的或者坏的习惯。

80.

诱发谬误的偏见。最可悲的事情就是看到所有的人都只考虑手段而不在乎目的。每个人都梦想着摆脱自己的境况,至于境况的选择,职业的选择,都是命运给我们的。

最让人觉得可怜的事就是看到有那么多的土耳其人、异端者和异教徒都在步着其祖先的后尘,唯一的理由就是他们人人都听说那是最好的。正是这一点决定了每个人的不同境况,如锁匠、兵士,等等。

正因为如此,野蛮人用不着上帝。

81.

意志的行动与其他一切行为之间存在着一种普遍的和本质的差别。

意志是构成信仰的主要成分之一,不是说它可以形成信仰,而是因为事物的真假取决于我们观察事物的哪一面。意志喜欢某一面而不喜欢另一面,它会使精神不去考虑它不喜欢看见的那些东西的性质。于是,跟意志同行的精神就会驻足观看意志所喜爱的那一面,然后根据自己看到的东西进行判断。

82.

自爱,自爱与人类的自我。其本性就是只爱自己并且只考虑自己。然而,他还能做些什么呢?他无法阻止他所爱的这个对象不充满错误和悲惨。他希望伟大,却看到自己的渺小;他希望幸福,却看到自己的可悲;他希望完美,却看到自己浑身的缺点;他希望成为别人爱戴与尊敬的对象,却发现自己的缺点只配别人的憎恶与鄙视。这种尴尬的处境在他身上引发了一种能够想象到的、最不正当而又非常罪恶的激情。因为他对于谴责自己,证明他存在缺点的这个真理怀着一种势不两立的仇恨。他渴望扑灭真理,由于摧毁不了真理本身,他就要尽可能地摧毁自己以及别人对真理的认识,也就是说他会想方设法掩盖自己的缺点,不让别人也不让自己看见。他不能忍受别人指出他的缺点,也不能忍受别人看到这些缺点。

身上缺点太多确实是一件坏事,而满身缺点却又不愿意承认,那就更不好了。因为这等于在原来的缺点上又加了一个故意掩人耳目的缺点。我们不喜欢别人欺骗我们,他们希望我们给予的尊重超过他们应得的程度,我们认为那是不正当的。因而如果我们欺骗他们,希望他们给我们更多与我们并不配的尊重,那也是不正当的。

因此,当他们仅仅看到我们身上存在的缺陷和恶习的时候,很显然,

他们并没有伤害我们，因为缺陷和恶习并不是他们造成的。他们反而对我们做了一件好事，那就是他们帮助我们去掉了一个缺点，也就是对这些缺点的无知。他们知道我们的缺点，他们鄙视我们，我们不应该为此生气，他们按照我们的实际样子了解我们，如果我们是可鄙的，他们就鄙视我们，这些都是正常的。

那是一颗充满公道与正义的心所产生的情感。当我们看到自己心里有一种与之截然相反的想法时，我们应该如何评价自己的内心呢？我们仇恨真理，仇恨那些把真理告诉我们的人，我们希望他们受到欺骗而让我们获益，喜欢得到他们的尊重，其实我们并不配得到他们的尊重，难道不是这样吗？

这就是一个使我恐惧的证据。天主教没有要求我们不加区别地向任何人坦白自己的罪过，它容许我们对其他的人保守秘密，但只有一个人是例外，它要求我们向此人袒露内心的一切秘密，显示我们真实的自我。世上只有这个人，是它命令我们不得欺骗的，它要求他严守秘密，就是说，他知晓的秘密就像不在他那儿似的。我们还能想象出比这更加慈爱、更加美好的事吗？然而人类是那么堕落，连这条法律都觉得太严酷，而这就是使得大部分欧洲反叛教会的主要原因之一。

人心是何等不公正和不讲理啊！要求他对一个人做出在某种程度上本该对所有的人都要做的事，他还不高兴。难道只有我们欺骗所有的人才是公正的吗？

这种对真理的反感有不同的程度。但是我们可以说人人在某种程度上都有反感，因为它和自爱是分不开的。正是这种不好的谨慎，迫使那些不得不责备别人的人把话说得委婉含蓄，以免激恼别人。他们必须缩小我们的缺点，似乎在原谅我们的缺点，中间还要夹杂称赞，以显出友爱与尊重。尽管是这样，对自爱来说，这帖药依然是苦口的。它尽可能地少吃药，而且总是怀着厌恶的心情去吃，甚至往往暗中忌恨那些为他们开药方的人。

因此就出现了这种情况：如果有人出于某种目的想讨我们的喜欢，他们就会避免给我们一种他们知道会让我们不高兴的帮助，他们会按照我们愿意的方式来对待我们。我们仇恨真理，他们就向我们隐瞒真理；我们喜欢被奉承，他们就奉承我们；我们喜欢被蒙蔽，他们就蒙蔽我们。

这就是每一个让我们步步高升的好运都使我们远离真理的原因。因为人们更怕伤害那些人，他们的好感对我们更为有用，而他们的反感又更危险。一个君王也许成了全欧洲的笑柄，但他本人却对此一无所知。这不让我感到惊讶，讲真话对于听话者是有利的，但是对于那些讲真话的人就不利了，因为他们会遭人忌恨。然而君王身边的人顾及自身的利益超过被他们所侍奉的那位君王的利益，因此他们根本就不想给君王谋求有损于他们自己的利益。

这种不幸在上流社会无疑更严重、更常见，但是在下层人中间也不能避免，因为讨人欢心总是有某种好处的。所以人生只不过是一场永恒的幻觉，我们一味彼此蒙骗、阿谀奉承，没有人会当着我们的面说出他在我们背后所说的话，人与人之间的联系只不过是建立在这种互相欺骗的基础之上。假如每个人都知道自己的朋友在背后说了些什么，那就没有什么友谊能维持下去了，哪怕当时说的话诚恳而且不带感情。

因此，人不过是掩饰、谎言和虚伪的物种，对己对人都是如此。他不愿意别人对他说真话，他也避免对别人说真话。而所有这些远离公正与理性的秉性，在他的心底里都有着天生的根源。

83.

我断言，如果所有的人都知道他们彼此是怎样说对方的，全世界就不会有四对朋友。有时候从人们的流言飞语所引起的纠纷就能看出这一点。说得更厉害些，所有的人都会这样。

84.

有些恶习只因别人才在我们身上纠缠，抽掉主干，它们就会像树枝一样脱落下来。

85.

亚历山大以贞洁的榜样所造就的清心寡欲者，远不如他以酗酒的榜样所造就的放纵者多。品德比不上他并不可耻，不比他堕落看来也是可以原

谅的。我们看到自己的劣迹与这些伟大人物一样时，我们就觉得自己没有真正跟俗人一样品行不端。可是我们并没有注意到，在这些事情上，伟人也是俗人。我们跟他们的连接点正好是他们跟民众相连接的那一端。因为无论他们多么高贵，总还是在某些地方与平凡人有所联系的。他们并没有悬在空中完全脱离我们的社会。不，不是的，如果说他们比我们伟大的话，那是因为他们的头抬得很高，但是他们的脚还是和我们的脚一样低的。我们都是在同一个水平上，都站在同一个地面上。就脚这一端而言，他们和我们，和最低微的人，和小孩子，和野兽同样地位。

86

当我们的激情促使我们去做某件事的时候，我们就忘记了自己的职责。比如我们喜欢一本书，我们就会看这本书，但其实这时候我们本该去做别的事情。为了提醒自己记住自己的职责，就必须安排自己做某种自己憎恶的事情，然后我们就要借口自己还有别的事情要做，就会以这种办法记住了自己的责任。

87.

把一件事情交给另一个人去判断，但又不让我们向他说出这件事的方式，以免搅乱他的判断，那是多难的一件事啊！如果我们说："我觉得这东西漂亮，我觉得这东西难懂"或是诸如此类的话，我们便把想象拖进了这个判断，反过来就会刺激了判断。最好是什么都不说，这样别人就可以根据实际情况做判断，也就是说根据事情当时的样子，根据其他并非我们造成的情形而做出判断了。我们至少没有添加任何东西。除非这种沉默也会产生某种作用，比如别人随意赋予的思考和解释，或者善观脸相的人根据脸部表情与神态或根据声调所猜测的东西。要想丝毫不搅乱一个判断的自然基础，真是太难了！或者不如说，一个判断太不牢靠和稳固了！

88.

知道了一个人的最大喜好，我们就肯定能够讨他喜欢。可是每个人在对幸福的看法上都有自己的奇思异想，它与自己的幸福观背道而驰，这可是一件离谱的怪事。

89.

他用灯照亮大地。天气与我的情绪关联不多，我在自己的心里有我自己的云雾和晴朗，我本身境况的好与坏不起什么作用。有时候我强迫自己反抗运气，征服运气的光荣使我愉快地去征服它。而有时候我好运连连却还百般挑剔。

90.

尽管有些人说的话跟自己所说的话没有什么利害关系，但是绝不可以因此就断定他们没有撒谎，因为有些人就是为了撒谎而撒谎的。

91.

身体健康的时候，我们会担心我们有病时怎么办。一旦生病了，我们又非常愿意吃药，那是疾病使然。我们再也没有娱乐和漫游的兴致和欲望了，那是健康给予我们的，迫于疾病就不适合了。因此，大自然常常赋予与当前的状况相适合的兴致和欲望。只有我们加给自己的，而不是自然界所加的恐惧令我们不安，因为它把不是我们所处的那种状态下的情感加到我们现在所处的状态上了。

由于大自然总是让我们在任何状态都不幸福，因此我们的欲望为我们描绘了一种幸福的状态，欲望把不是我们所处的那种状态下的快乐加到我们现在所处的状态上了。可是当我们得到这种快乐时，我们也并不会因此而幸福，因为我们还会有为适应这种新状态的其他欲望。

必须具体阐述这个普遍的命题。

92.

意识到当前快乐的虚假，但又不知不在场的快乐的空虚，这就造成了变化无常的状态。

93.

变化无常。我们接触人的时候，以为是接触普通的风琴。人像风琴，这没错，但也是奇怪的、易变的、多变的风琴（其乐管不按照音阶顺序排列）。那些只会摆弄普通风琴的人，不会在这样的风琴上奏出和音。我们必须知道琴键在哪里。

94.

变化无常的事物都有不同的性质，灵魂有不同的倾向。因为呈现于灵魂之前的任何东西都不是简单的，所以灵魂也从不简单地出现在任何主体之前。因此就出现了我们对同一件事又哭又笑的情况。

95.

变化无常与怪事。自食其力与统治世界上最强大的国家是截然相反的事情。两者却统一在土耳其苏丹一个人的身上。

96.

事物的性质是如此之繁多，所有的声调，所有的步伐、咳嗽、鼻涕、喷嚏都不一样。我们区别各种葡萄，其中有麝香葡萄，还有孔德鲁葡萄，还有德札尔格葡萄，又有嫁接品种。就这些了吗？哪株葡萄树结出过两串完全相同的葡萄吗？哪串葡萄有两颗相同的葡萄吗？

我无法用完全同样的方式评判同样的事物。我无法在做作时候评判我的作品。我必须跟画家一样站到远处，但又不能太远。那么多远呢？猜猜吧。

97.

多样性。神学是一门科学，但同时它又包含了多少门科学啊！一个人是一个整体，但如果我们把他解剖，他会不会就是头、心、胃、血管、每一根血管、每根血管的一小段、血液、血液里的每一滴呢？

一座城市、一片郊野，远看就是一座城市和一片郊野，但是当我们走近的时候，它们就变成了房屋、树木、屋瓦、树叶、小草、蚂蚁、蚂蚁的肢体，以至于无穷。这一切都囊括在郊野这个名称下面。

98.

思想。一切归于一，一切又各不相同。人性之中有多少种天性啊！有多少种行业啊！又是多么出于偶然啊！每个人通常选择他听人说的受人尊重的行业！

99.

"鞋跟啊！这转得不错呀！多么灵巧的匠人！多么勇敢的士兵！"这就是我们的喜好的来源，也是选择境遇的来源。"这个人真能喝，那个人喝不多！"这就是使人清醒或者沉醉，勇敢或者怯弱等的原因。

100.

主要的才能支配着其余的一切才能。

101.

自然模仿其本身。一粒种子撒在沃土中会有收成；一条原则植入好的精神里才会起作用；数目模仿空间，性质却是如此迥异。

一切都是被同一个主宰造就和指导的，根茎、枝叶、果实莫不如此；原则、结果也是一样。

102.

自然在分化与模仿，人工则在模仿与分化。

103.

自然总是周而复始同样的事物，年复一年，日复一日，一个时辰接着一个时辰。空间也如此，数目同样是从头到尾彼此相随的。由此形成了一种无限和永恒。这并不是说这一切有什么东西是无限的、永恒的，而是说这些有限的存在在无限地复制自己。因此在我看来，只有复制它们的那个

数目才是无限的。

104.

时间会治愈创伤,弥合争吵,因为我们在变化,不再是原来那个人了。无论是冒犯者或是被冒犯者都不再是原来的人了。这就好像我们以前触犯过一个民族,隔了两代人之后再来看它一样。他们还是法国人,但已不是原来的法国人了。

105.

他不再爱自己十年前爱过的那个人了。这我很相信,因为她已经不再是原来的那个人了,他也不是了。他当时年轻,她也是,而她现在完全不同了。假如她还像当年的样子,他也许还会爱她。

106.

我们不仅从不同的方面看待事物,而且还用不同的眼光看待事物。我们根本不想发现它们是相似的。

107.

矛盾。人天生既轻信又多疑,既胆小又鲁莽。

108.

对人的描述:依赖性,渴望独立,需求。

109.

人的状况:变化无常,无聊,不安。

110.

放弃自己所喜欢的事情时,我们感到某种无聊。一个人在家里惬意地过日子。假如他看到一个中意的女人,或者是他高高兴兴地玩了五六天之后,再回到自己原来的生活状态,他就苦不堪言了。没有什么事比这更常见的了。

111.

我们的天性在于运动，完全的静止等于死亡。

112.

烦躁不安。当一个士兵或一个劳工抱怨自己命苦的时候，那就让他什么也别干。

113.

无聊。个人最不堪忍受的事莫过于处于完全的歇息，没有激情，无所事事，没有消遣，也无所用心的状态。他就会感到自己的虚无、自己被人抛弃、自己的不足、自己对别人的依赖、自己的无能、自己的空虚。他的灵魂深处马上会生出无聊、阴沉、悲哀、忧伤、恼怒、绝望这类情绪。

114.

我想恺撒年纪太大了，不会以征服世界为乐事。这种乐趣对于奥古斯都或者对于亚历山大才是合适的，他们当时都还年轻，因而难以制止他们。恺撒则应该更成熟一些。

115.

两副彼此相像的面孔，单独看都不会引人发笑，但是凑在一起却因其相似而使人发笑。

116.

绘画是多么虚幻的东西啊！它因为形似而博得称赞，但被描摹的事物本身却得不到人们的赞赏。

117.

最使我们高兴的，是斗争而非胜利，我们喜欢看动物打斗，而不爱看

战胜者猛击战败者。但若不是胜利的结局，我们还想看什么呢？可是一旦它到来了，我们却又对它腻烦了。游戏是如此，追求真理也是如此。我们在争论中爱看意见交锋，但根本不去在意是否找到了真理。要快乐地去观察真理，就要看到它是从争论中浮现出来的。同样在感情方面，我们也只有看到对立双方的撞击才有趣，但是当一方成为主宰时，那就只剩下粗暴了。我们追求的从来都不是事物本身，而是对事物的探索。所以在戏剧中，没有恐惧的圆满场景是没有价值的。没有希望的极端可悲、粗暴的爱情、残忍的严厉也是如此。

118.

些许小事就能安慰我们，因为些许小事能刺痛我们。

119.

用不着仔细考察每一个具体的行业，从消遣的角度加以理解就够了。

120.

我们的天性在于运动，完全的静止等于死亡。

121.

消遣。当我有时候潜心思索人类各种不同的举动，比如说他们在朝廷上、在战争中面临的种种危险与痛苦，以及由此产生的无数纷争，热情、大胆而又往往是可怕的举动等，我就发现人的一切不幸都来源于唯一的一件事，那就是不懂得安安静静地待在屋里。一个有足够的财富可以好好过日子的人，如果懂得快快乐乐地待在家里，他就不会离家出海或者去围攻一座要塞。他们之所以会买一个如此昂贵的军职，就是因为他们觉得足不出城是件难以忍受的事情，他们之所以去寻求交际和消遣，就在于他们无法快乐地待在自己家里。

但是当我进一步思索，找到产生我们一切不幸的原因之后，我还想要发现其中的理由。我发现有一个非常实际的原因，那就是我们天生的不幸，即我们的脆弱和终有一死的宿命，这种处境是如此可悲，仔细一想，竟然任何东西也无法改变我们。

无论我们如何设想自己的境况,如果我们把一切能够属于我们的好东西都加在一起,当国王就是世界上最好的职位了。然而让我们想象一个随心所欲、事事心满意足的国王,假如他没有消遣,当让他去琢磨和思索他的实际状况,这种委靡不振的快乐就撑不住他了,他必然会看到岌岌可危的情况,可能临头的叛乱,最终还有避免不了的死亡和疾病。因此,假如他没有所谓的消遣,他就是不幸的,比地位卑微但有玩耍和娱乐的臣民更不幸。

正因为如此,赌博、结交女友、战争、显赫的地位才是那么吃香。并不是得到它们实际上有什么幸福可言,也不是说人们想象真正的快乐就在于他们赌博赢钱或者在于捕获野兔。假如是奉送的话,他们是不想要的。人们追求的并不是那种疲软安逸的享受,它会使我们想起我们不幸的处境,不是战争的危险,也不是从政的辛苦,我们要追求的是那种转移我们的思想并让我们得到消遣的忙乱。

这是人们为什么喜欢捕捉甚于喜欢捕获的理由。

因此人们才那么喜爱喧闹和骚动;因此囚禁才是一种那么可怕的惩罚;因此喜欢孤独的人被看做是不可思议。因此人们不断想方设法让国王们消遣,为他们提供各种各样的欢乐,国王们无比幸福的最大原因就在于此。

国王身边围着一批人,他们只想着让国王消遣,却不让他思考自我。因为哪怕他是国王,如果想到自己,他也会觉得不幸福的。这就是人们为了使自己幸福所能发明的一切了。那些在这上面做哲学思考的人认为,人花一整天时间追捕一只本来可以花钱买来的兔子是没有道理的,这么想就是不太懂我们的天性了。兔子本身并不能阻挡我们看到死亡与悲惨,然而追赶兔子这个行为却能做到,它转移了我们的视线。

皮鲁斯①准备花大力气追求安宁生活,人们劝他现在就歇息,却遇到很大困难不被他接受。

祝一个人过平静的生活,也就是希望他幸福快乐,也就是建议他处于

---

① 皮鲁斯,古希腊名将。

一种完全幸福的状况,可以从容地思索而不会引起悲伤……但这就是不懂天性的表现。

既然人天生就明白自身的处境,唯恐躲过了歇着没事,因此,他为了寻找纷乱,就什么事都做得出来。这并不是因为他们有一种可以使自己认识真正幸福的本能。虚荣,那种向别人展示它的乐趣的东西。

因此,若我们责备他们,就错了。他们的错误并不在于追求忙乱,假如那只是一种消遣的话。错误在于他们这么做,就好像拥有了他们所追求的事物就会使他们真正幸福似的,正是在这一点上我们有理由指责他们在追求虚荣。在整个这个问题上,无论是责难者还是受责难者,都没有真正地了解人性。

因此,当我们指责他们,说他们那么狂热追求的东西并不能使他们满足的时候,假如他们的回答经过仔细思考,他们就应该那样回答:"他们从中追求的只不过是一种猛烈激荡的活动,来转移对自己的思考,正是为了这一点,他们才选择一种迷人的、极为诱人的对象。"他们的对手们就会无言以对了。

然而他们并没有这样回答,因为他们并不认识自己。他们不知道自己追求的只是追逐而不是捕获。

跳舞必须想好了步子往哪儿踩。绅士真诚地认为打猎是一大乐趣,是高尚的乐趣,但牵猎狗的仆人并没有这种感受。

他们自以为谋得高位之后,就会高高兴兴地歇着了,因为他们不了解自己贪得无厌的天性。他们自以为在真诚地追求安宁,其实不然,他们只不过在追求刺激而已。

一种秘密的本能驱使他们在外面找消遣和事情,这种本能出于人们对连续不断的不幸的怨恨,同时他们身上还有我们伟大的原始天性残留下来的另一种秘密本能。这种本能告诉他们说,幸福实际上仅在于安宁,而不在于混乱。这两种相反的本能在他们身上形成了一种模糊的概念,藏在他们灵魂的深处而不为他们所见,但又驱使他们通过激烈的动荡去获得安宁。并且使他们总是幻想:"假如克服了他们所面临的某些困难,他们就能够从此打开通向安宁的大门,目前得不到的满足,最后总会来到身边。"

人的一生就这样流逝了。我们与某些阻碍作斗争来寻求安宁,可是假如我们战胜了阻碍，安宁的生活又会变得无法忍受了，因为我们想到的不是目前的悲惨，就是可能在威胁我们的悲惨。而且即使我们看到自己从各方面都有了足够的保障，无聊也会擅自从心底里冒出来，因为它在这里有着天然根基，并且给我们的精神灌满毒汁。

因此，人就是那么不幸，即使没有任何能够令他感到无聊的原因，也会由于自己体质的固有状态而产生无聊。而他又是那么虚浮，纵然有千百条理由让他感到无聊，但最不起眼的事，例如击中一个弹子或者一个球，就足以给他解闷了。

然而，你会问，他这一切都为了什么目的呢？回答是为了明天好在朋友们中间炫耀自己比另一个人打得好。同样的，也有人在自己的房间里挥汗如雨，只为了向学者们证明自己解决了一道别人迄今未能解决的代数题。更有很多的人冒着极大的危险，为的是日后可以吹嘘自己攻克过某座城池，在我看来这是很愚蠢的。最后，还有人耗尽精力在研究这一些事物，不是为了增加智慧，仅仅是为了告诉别人自己懂这些事物。这种人是这帮人当中最傻的了，因为他们是有知识的愚蠢人，而另外一些人，假如他们也有这种知识的话，他们就不会再愚蠢下去了。

有人每天赌点小钱，这样度过一生从不觉得无聊。但是假如你每天早晨给他一笔当天他能赢到的钱，条件是不准他再去赌博，你就会使他的日子难过了。有人也许要说，那是因为他寻求赌博的乐趣而并不是赢钱。那你就取消赌注让他去赌吧，他肯定还是提不起兴趣，会感到无聊的。因为，他追求的不光是娱乐，无精打采、缺乏热情的娱乐让他觉得无聊。他必须兴奋起来，必须欺骗自己，想象自己高兴地赢得了自己不愿意当做礼物得来的东西，因为收礼物的条件是不参加赌博，从而就可以为自己确定一个激情的目标，并且为了这个目标而刺激自己的愿望、愤怒和恐惧，如同小孩子会害怕自己所涂出来的鬼脸一样。

为什么几个月之前刚失去了自己的独生子，今天早上还被官司和诉讼纠缠得心烦意乱的那个人，此刻却不再想这些事情了？你用不着对此感到惊讶，他正在全神贯注地观察那头六小时以来被猎狗狂追的野猪将从哪儿经过。这就足够了。一个人无论怎样忧伤，只要我们能设法把他带入某种消遣之中，他顿时就幸福了。而一个人无论怎样幸福，假如没有某种阻碍

无聊蔓延开来的热情或娱乐让他消遣或忙碌,他就会马上觉得忧伤和可悲的。没有消遣就没有欢乐,有了消遣就不会有悲伤。有地位的人的幸福就是这样形成的,因为他们有一大群人为他们解闷,也有能力把自己保持在这种状态。

请你们注意这一点。当上总监、大臣或首相,不就是身居高位,一清早就有一大群来自四面八方的人,不让他们在白天有哪怕一个钟头用来思考自己吗?当他们失宠之后,当他们被贬还乡的时候,虽然他们既不缺财富,又有仆人伺候他们的需要,可是免不了感到可悲和失落,因为没有人来阻止他们想到自己。

122.

那个因为妻子和独生子的去世而那么悲痛的人,或是被那件重大纠纷折磨得坐立不安的人,为什么此刻不伤心了?为什么人们觉得他把那些痛苦和不安的思绪全抛掉了?我们不必诧异,因为有人刚给他发了一个球,他必须把球打回给对方,他一心在等待球从屋顶滚落,触地反弹后立即回击,既然手头忙着这件事情,他怎么可能还会想到自己的别的事情呢?这是占据那个伟大灵魂牵挂的事情,并且足以排除他头脑中的任何其他念头。这个人是为认识宇宙、为评判一切事物、为统领整个国家而生的,现在却一心忙于抓野兔!假如他不自贬到这种地步,而老是想硬扛着,他只会更加愚蠢,因为他想使自己超乎人类之上,而归根到底他只是一个人,也就是说,他的能力很小又很大,能做任何事又什么都做不了,他既不是天使,也不是禽兽,而是人。

123.

人们忙于追一个球或者一只野兔,这也正是国王的乐趣。

124.

消遣。皇家尊严的本身是否还不够伟大,是否足以使享有这份尊严的人一见自己的处境便感到快乐?是否应该像对待平民百姓那样,把这种思想从他脑子里赶走?我很明白,若让某人集中全部心思把舞跳好,使他忘了家里的伤心事，他就会快乐。但是一个国王也如此吗？追逐这些空虚的娱乐难道会比欣赏自己的伟大更令他高兴？人们还能向他的精神提供哪些更让他满意的目标？让他的灵魂专注于按旋律的节拍来调整步伐，或者思考如何准确地打出一个球，而不让他从容地环顾身边的尊贵荣耀，这样做不会损害其欢娱吗？让我们试验一下吧：如果我们让国王单独一个人，没有任何感官上的满足，没有任何精神上的牵挂，没有人陪伴，任其随意地思考他自己。我们就会看到，一个缺少消遣的国王是一个充满悲哀的人。因此人们才格外小心地避免这一点，于是国王的身边便永远都少不了一大群人，保证他们公事之后就会有消遣，他们的闲暇时间都用来察言观色，向国王提供欢乐和游戏，使他得以不出现空缺。这也就是说，国王的身边围着许多人，他们格外小心，注意不让国王独处，不让他能够思考自己，因为他们明白，尽管他是国王，假如他思考自身的话，仍然会感到悲哀的。

在以上所述之中，我没有把基督教国王当做基督徒，而仅仅是当做国王来谈的。

125.

消遣。我们使人们从小就关心自己的荣誉、自己的财富、自己的朋友，甚至是自己朋友的财富和荣誉。我们把工作、学习语言和锻炼都压在人的小时候。我们还让他们懂得，除非他们的健康、他们的荣誉、他们的财富以及他们朋友的财富都在完好的状态下，否则他们就无法幸福，少一样就会使他们不幸。我们就这样给他们加了种种负担和烦心事，天一亮就开始折磨他们。您也许说，这可真是一种使他们幸福的奇怪方式！可是我要问的是我们还有什么更好的法子使他们不幸吗？什么？我们还能做什么？只要取消他们的这些担心就行了，因为这时候他们就会看到自己，他们会思考自己是谁，来自何处，去往何方，这样一来，我们就没办法那么多地吸引他们或者扭转他们了。就是这个原因，为他们准备了那么多的事情之后，假如他们还有空闲时间的话，我们就建议他们把时间用来消遣、游戏，永远全身心地投入。人心是多么空洞，多么充满污秽的啊！

126.

　　我曾长时期研究抽象的科学，而能够对它进行交流的人很少，这使我感到失望。当我开始研究人的时候，就发现这些抽象科学是不适合人的，与对此一窍不通的人相比，我的深入钻研使我更偏离我的处境。我原谅别人所知甚少。但是我原以为至少可以在人的研究上找到不少同道，那才是适宜人的真正的研究工作。可是我错了，研究人的人比研究几何学的人少很多。正是因为缺乏研究人的本领，人们才去寻找别的东西。然而这不还是表明，人仍然不应该有知识，为了幸福，人最好还是不要了解自己吗？

127.

　　人显然是为了思想而生的，这是他全部的尊严和他全部的优点。人的全部责任在于以适当的方式进行思考。而思考的顺序是从自我、从他的创造者及其归宿开始的。

　　但是世人都在思考什么呢？他们从来不想这一点，而是想着跳舞、吹笛、唱歌、作诗、比赛长枪挑悬圈等等，想着打斗，想着当国王，却根本不想当国王意味着什么，成为人意味着什么。

128.

　　我们不满足于我们自身和自己生存中的那个生命。我们希望过一种别人心目中的想象的生活。我们为此竭力表现自己。我们不断地努力美化并保持我们这种想象中的生存，而忽视真正的生存。假如我们或泰然、或慷慨、或忠实，我们就急于让别人都知道我们的这些优点，为的是把这些美德与我们的另一个生存联系起来，我们宁肯把它们从自己身上剥下来，加到另一个生存上，为了博取为人勇敢的名声，我们甘愿自己做懦夫。表明我们自身生存之虚无的一大标志，就是少了一个我们都不满足，并且往往以这一个去换取另一个！因为谁要是不肯为保全自己的荣誉而付出生命，他就将会不齿于人。

129.

我们是如此的狂妄，竟然希望地球上的人都知道我们，甚至还有后来者，哪怕那时候我们已经离开人世。我们又是如此地爱虚荣，周围五六个人的尊敬也会让我们开心和满意。

130.

虚荣是如此牢固地根植于人心，以至于士兵、马夫、厨师、窃贼都喜欢自吹自擂并且能拥有自己的崇拜者，连哲学家也希望有崇拜者。撰文批驳虚荣心的人想获得文笔上的优美的荣誉，他的读者们想获得阅读过他文章的光荣。而我写这些文字，也许就有这种欲望：将来读它的人，也许……

131.

骄傲。好奇心只不过是虚荣。在大多数情况下，人们只是为了能够谈论才想了解事情。如果不是为了谈论事物，而仅仅为了观赏而无望向人讲述，我们就不会海上旅行了。

132.

有一个真正的朋友是一桩极为有利的事，甚至对最显赫的王公们来说也是如此，因为他可以说他们的好话，甚至在他们不在场的情况下也支持他们，所以他们应该尽全力来获得真正的朋友。但是他们必须好好地挑选。因为，如果他们费尽力气找来的却是一帮傻子，无论这些人如何说他们的好话，对他们来说都没有用。假如这些人恰巧是最为软弱的，那就连好话都不会说了，因为他们没有威望，反而会在人前说他们的坏话。

133.

有些人爱死亡甚于爱和平，有些人爱死亡甚于爱战争。

每一种意见都可以比生命更可取，对生命的爱显得那么强烈，那么自然。

134.

矛盾。对我们生存蔑视,无谓死亡,对我们生存仇恨。

135.

职业。光荣是如此的甜美,无论它与什么东西相联系,哪怕是死亡,我们都爱它。

136.

被隐蔽的美好行为才是最令人尊敬的。当我在历史书上看到这样的一些行为时,让我十分喜悦。但是它们并没有完全隐蔽,因为毕竟还是为人知晓了。无论人们如何竭尽所能地隐蔽它们,那暴露出来的一点点却毁了全体。因为这里面最美好的东西,就是把它们隐蔽起来的愿望。

137.

打喷嚏占据了我们灵魂的全部功能,如同干活一样。但是我们不能得出人不伟大的结论,因为打喷嚏是违反人的意愿的。虽然喷嚏是我们自己打的,然而打喷嚏仍然是在违反我们意愿的情况下发生的。打喷嚏不在于这件事的本身,而有另外一个目的。所以它不证明人性脆弱,人在打喷嚏状态时处于奴役状态。

人被痛苦压倒并不可耻,但是屈服于欢愉就可耻了。这并不因为痛苦是从别处降临在我们身上,而欢乐是我们自己追求的。而是因为我们也可以追求痛苦,故意向痛苦屈服,不落得个可鄙的名声。那么,为什么理性迫于痛苦的力量而屈服就是光荣的,而迫于欢愉的力量而屈服就是可耻的呢?这是因为痛苦并不诱惑我们,也不吸引我们。是我们自愿选择痛苦,希望痛苦主宰我们的。我们因此成为事件的主人,从这一点上说,是人屈服于自身,但是在欢愉之中则是人向欢愉屈服。然而,只有主宰和权威才带来光荣,而奴役状态只会造成耻辱。

138.

虚荣。世人虚荣这样明显的一件事竟然如此鲜为人知，乃至说追求伟大是愚蠢之举都成了奇谈怪论。令人叫绝。

139.

谁想充分认识人的虚荣，只要思考一下爱情的原因和结果就行了。爱情的原因是"我不知何物"（高乃依①），但其结果是可怕的。这种"我不知何物"细小得我们无法辨认，却撼动全国、君王、军队以至整个世界。

克娄巴特拉②的鼻子，如果那只鼻子再短一些，世界的整个面貌都有可能改观。

140.

虚荣——爱情的原因及其效果——克娄巴特拉。

141.

谁要是看不见世人虚荣，他本人就是非常虚荣的。而且除了一味沉溺于喧嚣、消遣和思念未来的年轻人之外，谁会看不见虚荣呢？但是，取消他们的作乐吧，您将看到他们因无聊而委靡不振。于是他们会感到自己并不了解的虚无，因为一旦人们沦于思考自己而又无以排遣，他就堕入一种难以忍受的悲哀，那确实是非常不幸的。

142.

思想。在一切之中，我寻求安息。假如我们的境遇确实是幸福的，我们就无须转移对它的思考，以求使自己幸福了。

---

① 高乃依（1606年—1684年），是17世纪上半叶法国古典主义悲剧的代表作家，一向被称为法国古典主义戏剧的奠基人。

② 克娄巴特拉即埃及艳后克娄巴特拉七世，是古埃及托勒密王朝的最后一任法老。文艺或电影中，她被认为为保护国家免受罗马帝国吞并，曾色诱恺撒大帝及他的手下马克·安东尼。

143.

消遣，不思考死亡，死亡则比较容易忍受，比没有风险地思考死亡容易。

144.

人生的悲苦奠定了这一切：既然他们看到了悲苦，就着手消遣了。

145.

消遣——人类既然不能战胜死亡、悲苦、无知，就设法不想这些东西，用消遣以求让自己开心。

146.

尽管有着这些不幸，他还是希望幸福，而且仅仅希望幸福，他无法不希望如此，但是他将如何着手去做呢？为了做得完美，他必须使自己长生不老。可是这一点不可能做到，所以他就决定不许自己去思考死亡。

147.

消遣。假如人是幸福的，那么消遣越少他就越幸福，就像圣人和上帝那样。是的。但是能够在消遣中得到享受，难道不是幸福吗？不是的，因为那是从别处，是从外部来的。因此它有依赖性，从而可能受千百种意外事件的干扰，造成无可避免的痛苦。

148.

苦难。唯一能够减轻我们苦难的东西就是消遣，然而它也是我们最大的苦难。因为主要是它阻碍我们思考自己，在悄悄地毁灭我们。没有消遣，我们会陷入无聊之中，而这种无聊会推动我们去寻找一种更牢靠的办法从中脱身。可是消遣让我们开心，使我们在开心中不知不觉地到达死亡。

149.

我们从来都不依靠现在。我们将未来提前，似乎它来得太慢，我们好像要加快它的进程似的，否则我们就回忆过去，好像要拦阻它别走得太快。我们是那么愚蠢，竟然在不属于我们的那些时代里游荡，而不去思考专属于我们的时代；我们又是那么虚妄，梦想着那些已经化为乌有的时光，不假思索地错过了那现在存在着的时光。因为当前一般是使我们受伤的时光。我们对它视而不见，因为它给我们带来痛苦。假如它使我们愉悦的话，看到它消逝，我们就会依依不舍了。我们努力用未来去支撑现在，想安排超出我们能力范围的事物，而被安排的那个时代，我们没有任何把握可以到达。

让每个人都检查一下自己的思想，他就会发现自己的思想完全被过去和未来所占据。几乎想不到当前，就算想到目的，过去和现在都是我们的手段，只有未来才是我们的目的。所以我们永远没有在生活，我们只是在期望生活。既然我们永远准备着做幸福的人，所以我们永远得不到幸福也就是不可避免的了。

150.

人们说日月蚀预兆着不幸。因为不幸是常见的，由于邪恶的事频繁发生，他们也就经常猜中了。假如他们说日月蚀预示吉兆，他们就会常常出错了。他们把好运仅仅归于罕见的天象巧合，所以他们的猜测就很少失败。

151.

可悲——所罗门和约伯最了解人的可悲，而且他们谈论得又最完善。前者是最幸福的，后者是最不幸的，因为前者从经验中知道快乐的虚幻，后者则从经验中知道罪恶的真实。

152.

我们对自己的了解极少，许多人身体好，却以为自己要死了；还有许

多人快要死了却觉得自己身体很好,没有感到高烧降临或者脓肿正在形成。

153.

要不是他的输尿管里生出了一小块结石,克伦威尔①本来会蹂躏整个基督教国家。王室垮台了,而他的王朝无比强大,连罗马也将在他的脚下战栗。但是这一小块结石生在那儿,他就死了,他的家族被推翻,天下太平,国王复辟了。

154.

大人物和小人物都有同样的坎坷、同样的烦恼和同样的激情。然而一个身处轮子的顶部,另一个则靠近中心,因此轮子转动时靠近中心的所受的颠簸就比较小。

155.

我们真是不幸,只有当我们搞不好某件事,使我们恼火的时候,我们才能够从那件事中获得乐趣,千百种原因都可能造成这样,时时如此。谁要是发现了可以享受好事的乐趣又不为相反的丑事所困扰的秘诀,他就找到了问题的关键:永动。

156.

身处困境却总是信心满怀,遇到奸运却感到欢欣的人,假如碰到厄运不会同样的悲伤,那么人们就会怀疑他们对受挫是幸灾乐祸了。他们非常满意地找到这些带着希望的借口,来显示自己关心此事,并且以他们假装产生的快乐,来掩饰他们看到事情失败时的快乐。

157.

我们拿东西挡住自己的视线,看不见悬崖以后,我们就会无忧无虑地

---

① 奥利弗·克伦威尔,英国政治家、军事家、宗教领袖。17世纪英国资产阶级革命中,资产阶级新贵族集团的代表人物、独立派的首领。

朝悬崖奔去。

三　正义和作用的原因

158.

正义，强力——遵循正义的东西，这是正当的，遵循最强力的东西，这是必要的。正义而没有强力就无能为力；强力没有正义就是暴虐专横。正义而没有强力就要遭人反对，因为总是会有坏人的；强力而没有正义就要被人指控。所以，必须把正义和强力结合在一起，并且为了这一点就必须使正义的成为强力的，或使强力的成为正义的。

正义会有争论，强力却非常好识别而又没有争论。这样，我们就不能赋予正义强力，因为强力否定了正义并且说正义就是它自己。所以，我们既然不能使正义的成为强有力的，于是我们就使强力的成为正义的了。

159.

唯一普遍的准则，就是对通常事物比如国家法律以及对其他事物取决于多数。这是从哪里得出来的呢？就是得自其中所具有的强力。由此可见，格外具有强力的国王也就会不听从他的大臣们的大多数。

毫无疑问，财富的平等是正义的，然而人们既然不能使服从正义成为强力，于是他们就使得服从强力成为正义；他们不能强化正义，于是他们就正义化了强力，为的是使正义与强力二者合在一起，并且能得到称其为至善的和平。

160.

"当武装的强者保有他的财富时，他所保有的就可以安全。"

161.

我们为什么要遵从大多数？是因为他们更有道理吗？不是的，是因为

他们更有强力。

我们为什么要遵从古老的法律和古老的意见？是因为它们是最健全的吗？不是的，是因为它们是独一无二的，并可以消除我们中间分歧的根源。

162.

这是强力的作用，而不是习俗的作用。因为有能力创造的人是罕见的，在数量上最有强力的人都是只愿意趋从而拒绝把光荣给予那些以其自己的创造追求光荣的创造者们，假如有创造力的人坚持要获得光荣并蔑视那些不曾创造的人，别人就要给他们加以种种揶揄的称号，就会打他们一顿棍子的。因而，但愿人们不要以那种方式巧妙自夸吧，或者说，但愿他们对自己知足吧。

163.

强力是世上的女王，而意见却不是。然而意见之为物是要运用强力的。那是强力形成了意见。按我们的意见，柔和是美好的。为什么？因为想要在绳索上跳舞的人只是少数，而我却可以聚集更有强力的一伙人来说它不好看。

164.

瑞士人如果被人称为贵族是要冒火的，他们要证明自己是平民出身，才好有资格担任要职。

165.

既然由于强力统治着一切而使得王公贵族和达官显宦都成为实在的和必要的，所以就无时无处没有这类人。

然而，又因为使得某某人成为统治者的只不过是幻想，所以这一点就是不稳固的，它很容易变化不定，等等。

166.

财政大臣既端庄严肃又装饰华丽，因为他的地位是假的。国王却不如此，他有强力，他用不着想象力。法官、医生等等，都只不过是想象力而已。

167.

总是看到国王扈从着卫队、鼓乐、官吏以及各种各样使人尊敬与恐惧的机器，这种习惯就使得他们的仪容（当他们即或是独自一个人而没有这些扈从时）给他们的臣民留下了令人尊敬与畏惧的印象，因为人们在思想上不能把他们本人与和他们联在一起的随从分开。世人不懂得这一作用是这种习惯产生的，于是便相信它是出于一种天赋的力量，从而便有这样的话："仪表非凡，神姿天纵，等等"。

168.

正义——正如时尚造成了漂亮，同样它也造成了正义。

169.

国王与暴君——我的头脑深处也有自己的想法。

我每次旅行都小心警惕。

创立的伟大，对创立的尊敬。

大人物的乐趣就在于有能力造就幸福的人。

财富的特性就是可以被人慷慨地施舍。

每种事物的特性都应该加以探求。权力的特性就是能够保护。

当强力攻击了愁眉苦脸的时候，当一个普通士兵摘下大法官的方帽子并把它扔到窗子外面去的时候。

170.

在意见和想象的基础上建立起来的国家可以统治若干年，并且这种国家是恬适的、自主的。但基于强力的国家却可以永远统治下去。因而，意

见就有如世上的女王,而强力则是世上的暴君。

171.

正义就是已经确立的东西。因而我们已经确立的法律就必然要被认为是正义的而无须检验,因为它们是已经确立的。

172.

健全的人民的意见,最大的灾害是内战。假如我们要想论功行赏,内战就是无可避免的,因为人人都认为自己值得奖赏。但是一个根据出生于权贵而继位的傻瓜,则其为害之可怕既不那么大,也不那么无可避免。

173.

上帝为自己创造了一切,也赋给了自己以苦与乐的权力。

你可以把这应用于上帝,也可以应用于你自己。假如应用于上帝,福音书就是准则。假如应用于你自己,你就取代了上帝的位置。既然上帝是被满怀仁爱的人们所环绕,他们向上帝要求属于上帝权力的那种仁爱的幸福,所以……因而,你就应该认识并且懂得,你只不过是一个多欲的国王,并且走的是多欲的道路。

174.

作用的原因,这一点是值得赞美的,人们并不要我尊敬一个浑身锦绣,跟随有七八个仆从的人。为什么?但是假如我不向他致敬,他就会给我一顿鞭子。这种习惯就是一种强力。这正像一匹马装配得比另一匹马更好一样!蒙田好笑得竟看不到这里有着怎样的不同,竟赞叹人们怎么能发现这一点并且追问它的原因。他说:"的确,怎么会发生……"

175.

健全的人民的意见:精心打扮并不都是虚饰。因为它还显示有一大堆人在为自己工作,它是在以他们的头发显示他们有佣人,有香粉匠,等等;以他们的镶边显示他们有丝带、金线……因此,占用很多人手这件事并不是单纯的虚饰，也不是单纯的装配。人们所拥有的人手越多，他们就越有力量。他们精心打扮就是在显示自己的力量。

176.

尊敬也就是："麻烦你"。这在表面上是虚文，但却是非常正确的。因为这就是说："我愿意麻烦自己，假如你需要的话。尽管它对你无用，我还是这样做。"此外，尊敬还能用以鉴别大人物，假如尊敬就是坐在扶手椅上，那么我们就会对人人都尊敬了，这样我们也就不能鉴别什么。但是我们既然非常麻烦，所以我们也就非常有力地作出了鉴别。

177.

他有四名仆从。

178.

我们是以外表的品质而不是以内心的品质来鉴别人的，这做得多么好啊！我们两个人应该谁占先呢？应该谁向另一个让步呢？应该是不聪明的那一个吗？可是我像他一样聪明，在这上面就一定会争执不休的。他有四名仆从，而我只有一名，这一点是看得见的，只需要我们数一下，让步的就应该是我。假如我要抗争，我就是个笨伯了。我们就是以这种办法得到和平的，这就是最大的福祉。

179.

世界上最没有道理的事，可以由于不讲规矩而变成为最有道理的事。还有什么事能比选择一位王后的长子来治理国家更加没有道理的呢？我们是不会选择一个出身于最高门第的旅客来管理一艘船的。

这种法则会是滑稽可笑的而且是不公正的，然而由于人们就是这样并且总是这样，所以它就变成为有道理的和公正的了。我们要选择谁是最有德而又最聪明的人吗？我们在这上面马上就会挥拳相向的，人人都自以为是那个最有德而又最聪明的人。因而，就让我们把这种品质附着在某些无可争辩的东西上吧。这位是国王的长子，这一点是无可置疑的，绝没有争

论的余地。理智不能做得更好了，因为内战是最大的灾祸。

180.

孩子们看到自己的同伴受人尊敬，就大为诧异。

181.

贵族身份是一种极大的便宜，它使一个人在十八岁就出人头地，为人所知并且受人尊敬，而别人要到五十岁上才配得上那样。这就不费气力地赚了三十年。

182.

什么是我？

一个人临窗眺望过客，假如我从这里经过，我能说这个人站在这里是为了要看我吗？不能，因为他并没有具体地想到我。

然则，由于女人的美丽而爱她的人，是在爱她吗？不是的。

因为天花——它可以毁灭美丽而不必毁灭人——就可以使他不再爱她。

而且，假如人们因我的判断、因我的记忆而爱我，他们是在爱我吗？不是的，因为我可以丧失这些品质而不能丧失我自己本身。然则，这个我又在哪里呢？假如它既不在身体之中，也不在灵魂之中的话。并且，若不是由于有根本就不构成我的这些品质（因为它们是可以消灭的），又怎么能爱身体或者爱灵魂呢？难道是因为我们会抽象地爱一个人的灵魂的实质，而不管它里面是什么品质吗？这是不可能的，也会是不公正的。因此，我们从来都不是在爱人，而仅只是在爱某些品质罢了。

因而，让我们不要再嘲笑那些由于地位和职务而受人尊崇的人们了，因为我们所爱别人的就只不过是那些假借的品质而已。

183.

人民有着非常健全的思想，例如：

①宁愿选择消遣与狩猎而不选择诗。半通的学者们加以讥嘲，并且得

意扬扬地显出自己高于世上的愚人，然而由于一种为他们所窥测不透的理由，人民是有道理的。

②以外在来鉴别人物，例如以出身或者财富。世人们又得意扬扬地指出这一点是多么没有道理，但这一点却是非常有道理的（吃人的野蛮人才会嘲笑一切年幼的国王呢）！

③受到打击就要恼怒，或者是渴求光荣。但是由于还有与之结合在一起的其他的好东西，所以这一点就是十分可愿望的。一个人受到打击而并不因此怀恨的，乃是一个被损害和需要压垮了的人。

④努力追求不确定的东西：要去航海，要在舷板上行走。

184.

蒙田错了。习俗之所以被人遵守，就仅仅因为它是习俗，而并非因为它有道理或者正义。然而人民却是由于相信它是正义的这一唯一的理由而遵守它。否则，尽管它是习俗，他们也不会遵守它，因为人们只能是服从理智和正义。习俗缺少了这种东西，就会成为暴政。然而理智与正义的王国并不比欢乐的王国更暴虐，它们对人类都是依照自然的原则。

因而，人们服从法律与习俗就是好事，因为它们是规律。但是要知道，其中并没有注入任何真实与正义的东西，要知道我们关于这些一无所知，所以就只好遵循已为人所接受的东西。靠这种办法，我们才永不脱离它们。可是人民并不接受这种学说，并且既然他们相信真理是可以被找到的，而且真理就在法律和习俗之中，所以他们便相信法律和习俗，并把它们的古老性当做是它们的真理（而不仅仅是它们有并不具有真理的权威）的一种证明。于是，他们就服从法律和习俗，然而只要向他们指出它们是毫无价值的，他们马上就会反叛。从一定的角度加以观察，一切都可以使人看出这一点。

185.

不正义——告诉人民法律并不是正义的，这是很危险的事。因为他们服从法律仅仅是由于他们相信法律是正义。这就是何以一定要同时告诉他们说，之所以必须服从法律，就因为它们是法律，正如必须服从在上者，

并非因为在上者是正义的，而是因为在上者乃是在上者。这样一来，就可以预防一切叛乱，假如我们能使这一点（以及正确说来，正义究竟是什么）为人所理解的话。

186.

世人对许多事物都判断得很好，因为他们处于天然的无知之中，而这正是人类真正的领域。科学有两个极端是互相接触的。一个极端是所有的人都发现自己生来就处于那种纯粹天然的无知中。另一个极端则是伟大的灵魂所到达的极端，他们遍历人类所能知道的一切之后，才发现自己一无所知，于是就又回到了他们原来所出发的那种同样的地点，然而这却是一种认识自己的、有学问的无知。那些介于这两者之间的人，他们既已脱离了天然的无知而又不能到达另一个极端，他们也沾染了一点这种自命不凡的学识，并假装内行。这些人搅乱了世界，对一切都判断不好。人民和智者构成世人的行列。这些人则看不起世人，也被世人看不起。他们对一切事物都判断得不好，而世人对他们却判断得很好。

187.

作用的原因——从赞成到反对的不断反复。

我们已经根据人对毫无意义的事物所做的推崇这方面证明了人是虚妄的。而所有这些见解都被推翻了。然后，我们又已经证明了所有这些见解都是非常正确的，而既然所有这些虚妄都是非常有根据的，所以人民就并不像人们所说的那么虚妄。这样我们又推翻了那种推翻了人民意见的意见。

但现在我们就必须推翻这个最后的命题，并且证明人民是虚妄的这一说法永远是正确的，尽管他们的见解是健全的。因为他们并没有在真理所在的地方感受到真理，并且既然他们把真理置于它所不在的地方，所以他们的见解就总是错得离谱而又非常不健全。

188.

作用的原因——人的脆弱性才是使得我们确定了那么多美妙事物的原

因,例如善于吹笛。

它之所以是桩坏事,只是由于我们的脆弱。

189.

国王的权力是以他的理智和人民的愚蠢为基础的,尤其是人民的愚蠢。世界上最重大的事情竟是以脆弱为其基础的,而这一基础却又确凿得令人惊异。因为没有什么比这一点、比人民永远是脆弱的这一点更加确凿的了。以健全的理智为基础的东西,其基础却异常薄弱,例如对于智慧的尊崇。

190.

我们就只会想象柏拉图和亚里士多德总是穿着学究式的大袍子。他们是诚恳的人,并且也像别人一样和自己的朋友们在一起欢笑。当他们写出他们的《法律篇》和《政治学》作为消遣的时候,如果他们是在娱乐之中写出来的,这就是他们一生之中最不哲学、最不严肃的那一部分。最哲学的部分则只是单纯地、恬静地生活。假如他们写过政治,那也好像是在给疯人院定章程,并且假如他们装作是在谈论一桩大事的样子,那也是因为他们知道听他们讲话的那些疯人都自以为是国王或者皇帝,他们在钻研自己的原则,是为了把这些人的疯狂尽可能缓冲到最无害的地步。

191.

暴政就在于渴求普遍的、超出自己范围之外的统治权。

强力、美丽、良好的精神、虔敬,各有其所统辖的不同场所,而不能在别地方。但有时候他们遇到一起,于是强力和美丽就愚蠢地争执他们双方谁应该做另一方的主人,因为他的主宰权是属于不同种类的。他们并不互相理解,而他们的谬误则在于到处都要求统辖。但什么都做不到这一点,哪怕是强力本身也做不到。它在学者的王国里就会一事无成,它只不过是表面行动的主宰而已。

暴政——下列说法就是谬误的和暴政的:"我美丽,因此人们应该怕我。我有强力,因此人们应该爱我。我……"

暴政就是要以某种方式具有我们只有以另一种方式才能具有的东西。我们对各种不同的优点要尽各种不同的义务，对漂亮有义务爱慕，对强力有义务惧怕，对学识有义务信任。

我们应该尽到这些义务，拒绝尽这些义务是不对的，要求尽别的义务也是不对的。因而，"他没有强力，所以我就不尊敬他；他并不聪明智慧，所以我就不惧怕他"。说这些话也同样是谬误、暴政。

192.

你难道从来没有见到过有些人，为了抱怨你小看他们，而向你列举许多有地位的人都是看重他们的吗？对这样的人，我就要回答他们说："拿给我看你博得这些人醉心的优点吧，我也会同样地看重你的"。

193.

作用的原因——欲念和强力是我们一切行为的根源。欲念形成自愿的行为；强力形成不自愿的行为。

194.

作用的原因——因此，人人都在幻觉之中的这一说法就是正确的，因为，虽然人民的意见是健全的，但那在他们的头脑里可并不是健全的，因为他们以为真理是在它所不在的地方。真理确乎是在他们的意见之中，但并一定在他们所设想的地点。因此我们的确必须尊敬贵人，但并非因为他们的出生优越，等等。

195.

作用的原因——我们必须保持一种自己的想法，并以这种想法判断一切，而同时却要说得像别人一样。

196.

作用的原因——等级。人民尊敬出身高贵的人，学问半通的人鄙视他们，说出身并不代表人品优越而只是偶然。但有学问的人则尊敬他们，并不是根据人民的想法，而是根据自我的想法。虔信者的热诚要比知识更多，尽管考虑到有学问的人对他们表示尊敬，但虔信者还是鄙视他们，因为虔信者是依据虔诚所赋给自己的一种新的光明在判断他们。然而完美的基督徒则因为另一种更高级的光明而尊敬他们。因此，按人们所具有的光明就相续出现了从赞成到反对的各种意见。

四　哲学家

197.

我很能想象一个人没有手或是没有脚或是没有头（因为只是经验才教导我们说，头比脚更为必要）。然而，我不能想象人没有思想，那就成了一块顽石或者一头畜生了。

198.

数学机器得出的结果，要比动物所做出的一切更接近于思想。然而它却做不出任何事情可以使我们说，它就像动物那样具有意志。

199.

利昂古尔的鱼镖与青蛙的故事：它们总是那样做，而从来不会别样，也没有任何别的精神的东西。

200.

假如一个动物能以精神做出它以本能所做出的事，并且假如它能以精神说出它以本能所说出的事，在狩猎时可以警告它的同伴说，猎物已经找到或者已经丢失了。那么它就一定也能说那些它所更为关心的事情，例如说："咬断这条害我的绳子吧，我咬不到它"。

201.

鹦鹉总是在搓自己的嘴，尽管它很干净。

202.

本能与理智，两种天性的标志。

203.

理智命令我们，要比一个主人更专横得多，因为不服从主人我们会不幸，而不服从理智我们却会成为蠢材。

204.

思想形成人的伟大。

205.

人只不过是一根苇草，是自然界最脆弱的东西，但他是一根能思想的苇草。用不着整个宇宙都拿起武器来才能毁灭他，一口气、一滴水就足以致他于死命了。然而，纵使宇宙毁灭了他，他却仍然要比致他于死命的东西更高贵得多，因为他知道自己要死亡以及宇宙对他所具有的优势，而宇宙对此却是一无所知。

因而，我们全部的尊严就在于思想。正是由于它而不是我们所无法填充的空间和时间，我们才必须提高自己。因此，我们要努力好好地思想，这就是道德的原则。

206.

能思想的苇草——我应该追求自己的尊严，绝不是追求空间，而是求之于自己思想的规定。我占有多少土地都不会有用，由于空间，宇宙便囊括了我并吞没了我，有如一个质点，由于思想，我却囊括了宇宙。

207.

灵魂的非物质性——哲学家驾驭自己的感情，有什么物质能做到这一点呢？

208.

斯多葛派——他们得出结论说，我们永远能做到我们一度所能做到的事，并且既然对光荣的愿望已经被那些被光荣所占有的人做了一些事，所以别人也可以同样如此。但这些是病热的行动，健康是无从模仿的。

艾比克泰德结论说，既然有有始至终的基督徒，所以每个人就都可以如此。

209.

灵魂所时而触及的那些伟大的精神努力，都是它所没有把握住的事物。它仅仅是跳到那上去的，而不像在宝座上那样是永远不变的，并且仅仅是一瞬间而已。

210.

一个人的德行所能做到的事不应该以他的努力来衡量，而应该以他的日常生活来衡量。

211.

我决不赞美一种德行过度，例如勇敢过度，除非我同时也能看到与它相反的德行过度，就像伊巴米农达①那样既有极端的勇敢又有极端的仁慈。因为否则的话，那就不会是提高，而是堕落。我们不会把自己的伟大表现为走一个极端，而是同时触及两端并且充满着两端之间的全部。

然而，也许从这一个极端到另一个极端只不过是灵魂的一次突然运动，而事实上它却总是只在某一个点上，就像是火把那样。即使如此，但它至少显示了灵魂的活跃性，假如并没有显示灵魂的广度的话。

212.

身体的营养是一点一点积累来的。充分的营养但少量的食物。

---

① 伊巴米农达（约前410年—前362年），古希腊底比斯统帅和政治家。

213.

当我们想要追随德行直到它两个方面的极端时,就出现了罪恶,它在沿着无限小这方面的不可察觉的道路上是不知不觉钻进来的。而在其沿着无限大这方面,罪恶则是大量地出现。从而我们便陷在罪恶里面而再也看不到德行。我们就在完美的本身上被绊住了。

214.

人既不是天使,又不是禽兽。但不幸就在于想表现为天使的人却表现为禽兽。

215.

我们保持我们的德行并不是来自我们自身的力量,而是来自两种相反罪恶的平衡,就像我们在两股相反的飓风中维持着直立那样。取消这两种罪恶中的一种,我们就会陷入另一种。

216.

斯多葛派所提出的东西是那么困难而又那么虚妄。

斯多葛派提出:凡是没有高度智慧的人都是同等的愚蠢和罪恶,就像是那些刚好沉到水面以下的人们一样。

217.

思想——人的全部的尊严就在于思想。

因此,思想由于它的本性,是一种可惊叹的、无与伦比的东西。它一定得具有出奇的缺点才能为人所蔑视,然而它又确实具有,所以再没有比这更加荒唐可笑的事了。思想由于它的本性是何等的伟大啊!思想又由于它的缺点是何等的卑贱啊!

然而,这种思想又是什么呢?它是何等的愚蠢啊!

218.

这位主宰人世的审判官,他的精神也不是独立得可以不受自己周围发出的最微小的噪音所干扰,不需要有大炮的声响才能妨碍他的思想,只需要有一个风向标或是一个滑轮的声响就够了。假如它并没有好好地推理,你也不必惊讶,有一只苍蝇在他的耳边嗡嗡响,这就足以让他不能好好地提出意见了。如果你想要他能够发见真理,就赶走那个小动物吧,是它阻碍了他的理智并且干扰了他那统治着多少城市和王国的强大的智慧。这里是一位恶作剧的上帝啊!啊,最滑稽可笑的英雄。

219.

苍蝇的威力:能打胜仗,能妨碍我们灵魂的活动,能吃掉我们的肉体。

220.

当有人说热只不过是某些微粒的运动,光只不过是我们所感觉的反射的作用。这就使我们大为惊异。什么?难道欢乐不是别的,只不过是精神的芭蕾舞而已?我们对它有多么不同的观念啊!而这些感觉和我们加以比较时可以称之为同样的那些感觉,看来距离得又是何等遥远啊!火的感觉,那种热以一种与触觉全然不同的方式作用于我们,还有对声和光的感受,这一切对我们都仿佛是神秘的,然而它们却粗糙得就像一块石头打下来。钻进毛细孔里去的精神,它那细微是可以感触其他神经的,这一点是真的。但却总得要有某些被感触的神经。

221.

对一切的理智运用来说,记忆都是必要的。

222.

偶然引发思想,偶然的机会也勾销了思想。根本没有可以保留思想或者获得思想的办法。

思想逃逸了，我想把它写下来，可是我写下的只是：它从我这里逃逸了。

223.

在我小时候，我紧抱着我的书；因为有时候我觉得……我相信是抱住了书的，这时我却犹疑……

224.

正要写下我自己的思想的时候，它却逃逸了。然而这使我记起了自己的脆弱，以及自己时时刻刻都会遗忘这个缺点，这一事实所教导我的并不亚于我那被遗忘的思想，因为我祈求的只不过是要认识自己的虚无而已。

225.

怀疑主义——我要在这里漫无顺序地写下我的思想，但也许这并非是一种毫无计划的混乱，这才是真正的顺序所在，它将永远以无顺序表明我的对象。假如我把它处理得顺序井然，我就对我的题目给予了过分的荣誉，因为我正是想要显示它是不可能有顺序的。

226.

最使我惊讶的，就是看到每个人都不惊讶自己的脆弱。人们在认真地行动着，每个人都追随自己的情况。并非因为追随它有什么好处（既然它只不过是时尚），而是仿佛每个人都确凿地知道理性和正义在哪里。他们发现自己没有一次不受骗。可是由于一种可笑的谦逊，他们却相信那是他们自己的过错，而不是他们永远自诩有办法的过错。然而最不可思议的就是世上这种人竟有那么多，他们为了怀疑主义的光荣而不作怀疑主义者，以便显示人是很可能具有最奇特的见解的。

因为他居然能够相信自己并不处于那种天然存在的、不可避免的脆弱之中，反倒相信自己是处于天赋的智慧之中。

最能加强怀疑主义的，莫过于有些人根本就不是怀疑主义者。假如人人都是怀疑主义者，那么他们就错了。

227.

我一生中曾有过很长的时间是相信有正义的，而在这一点上我并没有错。因为按照上帝愿意向我们所作的启示来说，的确是有正义的。然而我却不是这样理解的，而正是在这上面我犯了错误，因为我相信我们的正义本质上是公正的，并且我有办法认识它和判断它。然而我却多少次都发现自己的判断是错的，终于我就走到了不信任自己也不信任别人的境地。我看到所有的国家和所有的人都在变化，于是在我对真正正义的判断经过许多次变化之后，我就认识到我们的天性也只不过是不断变化的而已，而我从此以后却再也没有变化。假如我有变化的话，我就可以证实我的见解了。怀疑主义者的阿凯西劳斯变成了教条主义者。

228.

这一派被它的敌人所加强远甚于被它的友人所加强。因为人的脆弱性在那些不认识它的人的身上要比在那些认识它的人的身上表现得格外显露。

229.

谈论谦卑，这对于虚荣的人是骄傲的材料，对于谦卑的人则是谦卑的材料。因此谈论怀疑主义，对于坚信的人便是坚信的材料。很少有人是在谦卑地谈论谦卑的，很少有人是在贞洁地谈着贞洁的，很少有人是在怀疑中谈论怀疑主义的。我们只不过是谎话、两面性和矛盾而已，我们在向自己隐瞒自己并装饰着自己。

230.

怀疑主义——极端的精神就被人指责为癫狂，正像极端缺少精神一样。除了中庸之外，没有别的东西是好的。是大多数人确定了这一点，谁要是在某一端想躲开它，他们就会咬住不放。我在这方面并不固执己见，我很同意人们把我安置在这里，而且我拒绝居于下端，并非因为它在下面，而是因为它是一端。因为我也要同样地拒绝把我放置在上面。脱离了

中道就是脱离了人道。人灵魂的伟大就在于懂得把握中道，伟大远不是脱离中道，而是绝不要脱离中道。

231.

自由过分并不是好事。享有一切必需品并不是好事。

232.

一切良好的格言，世界上都有了。只是有待我们加以应用。例如：我们并不怀疑"为了保卫公共幸福应该不惜自己的生命"这句话。但是为了宗教，却不如此。

人与人之间存在着不平等是必要的，这一点是真的。但是承认了这一点就不仅是对最高的统治权而且也是对最高的暴政大开方便之门。

放松一下精神是必要的，然而这就向恣纵无度打开了大门。让我们标志出它的限度来吧，可是事物是根本没有界限的，法律虽想把它们安置在那里面，而精神却不能忍受它。

233.

如果我们太年轻，我们就判断不好；如果太年老，也一样。如果我们想得不够，或者我们想得太多，我们就都会顽固不化，会因而头脑发昏。如果我们完成了自己的作品之后仓促之间加以考察，我们对它一心还是先入为主的成见。如果是时间太长之后，我们又再也钻不进去了。站得太远或是太近来观看绘画，也是这样。仅仅有一个不可分之点才是真正的地方，其余的则不是太近，就是太远，不是太高，就是太低。在绘画艺术上，透视学规定了这样一个点。然而在真理上、在道德上，有谁来规定这样一个点呢？

234.

当一切都在动荡着的时候，就没有什么东西看来是在动荡着的，就像在一艘船里那样。当人人都沦于恣纵无度的时候，就没有谁好像是沦于其中了。唯有停下来的人才能像一个定点，把别人的狂激显示出来。

235.

生活没有规律的人向生活有秩序的人说,正是这些人背离了自然,而他们却自以为是在遵循自然的。正像坐在船里的人自认为是岸上的人在移动那样。这种说法对一切方面都是说得通的。一定要有一个定点,才好作出判断。港岸可以判断坐在船里的人,可是我们在道德方面又以哪里为港岸呢?

236.

矛盾是真理的一个坏标志,有许多确凿的事物是有矛盾的。有许多谬误的事物又没有矛盾。矛盾不是谬误的标志,不矛盾也不是真理的标志。

237.

怀疑主义——每件事物在这里都是部分真确,部分谬误的。根本真理却不是这样,它是完全纯粹的而又完全真确的。这种混杂玷污了真理并且消灭了真理。没有什么是纯粹真确的,因而当真确是纯粹时候,也就没有什么是真确的了。人们说,杀人千真万确是坏事。是的,因为我们十分认识坏事和谬误。然而人们所说的好事又是什么呢?是贞洁吗?我说不是的,因为世界将会绝种的。是婚姻吗?不是的,节欲要更好得多。是戒杀吗?不是的,因为无秩序将是可怕的,而且坏人将会杀死所有的好人。是杀人吗?不是的,因为那会毁灭人性。我们只不过具有部分的真和善,同时掺杂着恶和假。

238.

如果我们每夜都梦见同一件事,那么它对我们的作用就正如我们每天都看到的对象是一样的。如果一个匠人每晚准有十二小时梦见自己是国王,那么我相信他大概就像一个每晚十二小时都梦见自己是匠人的国王一样地幸福。

如果我们每夜都梦见我们被敌人追赶并且被这种痛苦的幻景所刺激,又如果我们每天都在纷繁的事务里面度过,像是我们旅行时那样,那么我

们受的苦就和这些是真的时大概是一样的，并且我们就会害怕睡觉，正像我们怕当真会遇到这类不幸时我们就要担心睡醒是一样的。而且实际上它也差不多会造成像真实情况一样的恶果。

但是因为梦是各不相同的，而且同一个梦也是纷乱的，所以我们梦中所见到的就比我们醒来所见到的，作用小得多。这是由于醒有连续性，但它也并不是那么的连续和均衡乃至于绝无变化，仅是并不那么突然而已，除非它是在很罕见的时候，例如在我们旅行时，那时我们就说："我好像是在做梦"。因为人生就是一场稍稍不那么无常的梦而已。

239.

可能有真正的证明，但这一点并不确定。因为这一点并没有证明别的，只不过证明了连一切都不确定也并不确定而已。这是怀疑主义的光荣。

240.

良好的意识——他们不得不说："你并不是根据良好的信仰在行事，我们并没有睡觉，等等"。我多么爱看这种高傲的理性屈辱不堪地在祈求啊。因为这不是一个旁人对他的权利有争论，而也不是他手里又有武器和力量可以保卫自己权利的人所说的话。他并不高兴说，人们的行事不是根据良好的信仰，而他却要用武力来惩罚这种恶劣的信仰。

241.

《传道书》指出，人若没有上帝就会沦于对一切都无知的境地，并且会沦于无可避免的不幸。因为有愿望但是无能为力实现乃是不幸的事。现在，他想能够幸福并把握某些真理。可是他却既不能知道，又不能不希望知道甚至也不能怀疑。

242.

我的天！这都是些多么愚蠢的说法："上帝创造世界是为了使它沉沦吗？他会向如此脆弱的人们要求得那么多吗？"怀疑主义就是这种病的解

药，它可以扫除这种虚荣。

243.

谈话——伟大的字样：宗教，我否认它。

谈话——怀疑主义为宗教服务。

244.

反对怀疑主义——（……因为这是一件奇怪的事，即我们不能对这些东西加以解说，而又不把它们弄得模糊不清，虽则我们是在完全明确地谈它们。）我们假设所有的人都以同样的方式理解它们。然而我们假定这一点却是毫无理由的，因为我们并没有任何证据。我的确看到人们在同样的情况下都在使用同样的字眼，而且每当有两个人看到一个物体改变位置时，他们两个人就都以同样的字眼来表达对这个客体的看法，他们双方都在说它移动了。于是我们便从这种使用字句的一致性里得出了一种有关思想一致性的强烈推测。然而这一点在最后定案时却不是绝对令人信服的，尽管我们可以打赌说它是肯定的，因为我们知道我们常常会从不同的前提之中得出同样的结论来。

这一点足以混淆问题，并非这一点可以绝对地扑灭向我们保证着这些事物的那种天赋光芒，学院派或许会胜利。然而这一点却使得它黯然无光，并困恼了教条主义者，这是怀疑主义党徒的光荣。怀疑主义者正处于这种含混不清的含混性以及某种令人可疑的蒙昧性，我们的怀疑并不能消除其中全部的光芒，而我们天赋的光明也不能扫清物品中全部的阴霾。

245.

最有趣的事情就是考虑一下：世界上有许多人已经抛弃了上帝的和自然的全部法律，却又自己制造了法律，并且严格地遵守这些法律，例如穆罕默德的士兵以及强盗、异端等等。逻辑学家也是这样。鉴于他们已经突破了那么多如此正当而又如此神圣的法律，所以看来他们的放荡不羁就仿佛没有任何界限、障碍。

246.

怀疑主义的、斯多葛派的、无神论者的等等,他们全部的原则都是真确的。但他们结论却是谬误,因为相反的原则也是真确的。

247.

本能、理性——我们对于作证是无能为力的,这是一切教条主义所无法克服的。我们对真理具有的一种观念,是一切怀疑主义所无法克服的。

248.

有两件东西把全部的人性教给了人:本能和经验。

249.

人之所以为伟大,就在于他认识自己可悲。一棵树并不认识自己可悲。

因此,认识自己可悲乃是可悲的;然而之所以认识我们为可悲,却是伟大的。

250.

这一切的可悲本身就证明了人的伟大。它是一位伟大君主的可悲,是一个失了位的国王的可悲。

251.

我们没有感觉就不会可悲。一栋破房子就不会可悲。只有人才会可悲。

252.

人的伟大——我们对于人的灵魂具有一种伟大的评价,以致我们不能忍受它受人蔑视,或不受别的灵魂尊敬。而人全部的幸福就在于这种尊敬。

253.

光荣——畜牲绝不会互相羡慕。一匹马绝不会羡慕它的同伴。这并不是说它们在比赛中彼此间没有竞争,而是那并不起作用。因为到了马厩里,就是最笨最蠢的马也不会把自己的燕麦料分给另一头,像是人所希望别人会对自己做出的那样。它们的德行是本身就自足的。

254.

人的伟大是哪怕在自己的欲念之中也懂得要抽出一套可赞美的规律来,并把它绘成一幅仁爱的画面。

255.

伟大——作用的原因就标志着能从欲念之中抽出一套那么美丽的秩序来的人类的伟大。

256.

人的最大的卑鄙就是追求光荣,然而这一点又正是他优异性的最大的标志,因为无论他在世上享有多少东西,享有多少健康和最重大的安适,但假如他不受人尊敬,他就不会满足。他把人的理智尊崇得那么伟大,以致无论他在世上享有多大的优势,但假如他并没有在别人的心中也占有优势地位,他就不会惬意。那是世界上最美好的地位,无论什么都不能转移他的这种愿望。而这就是人心之中最不可磨灭的品质。

而那些最鄙视人并把人等同于禽兽的人们,他们也还是愿望着被人羡慕与信仰的,于是他们就由于自己本身的情操而自相矛盾了,他们的天性来得比一切都更加有力,他们的天性之使他们信服人的伟大要比理智之使他们信服人的卑鄙更加有力得多。

257.

矛盾——骄傲可以压倒一切可悲。人要么是隐蔽起自己的可悲,要么是假若他揭示了自己的可悲,他便认识了可悲而且光荣化了自己。

258.

骄傲压倒了并且扫除了一切可悲。这是一个奇怪的怪物,也是一种显然易见的偏差。他从自己的座位上跌下来,他又在焦灼不安地寻求它。这就是人人都在做着的事情了。就让我们看谁会找到它吧。

259.

当恶意有理智在自己这一边的时候,它就变得傲慢并以其全部的光彩来炫耀旁边的理智。当严肃性严厉的选择并没有能成就真正的美好,而必须回过头去追随天性时,它就会由于这场向后转而变得傲慢。

260.

恶是容易的,其数目无限多,而善却几乎是独一无二的。然而有某种恶却和人们所谓的善一样地难于发现。因此,人们就往往把那种特殊的恶当做了善。简直是需要有超凡伟大的灵魂才能够很好地达到它也像达到善一样。

261.

人的伟大——人的伟大是那样地显而易见,甚至从他的可悲里都可以得出这一点来。因为在动物是天性的东西,我们人则称之为可悲。由此我们便可以认识到,人的天性现在既然有似于动物的天性,那么他就是从一种为他自己所固有的更美好的天性里面堕落下来的。

因为,若不是一个被废黜的国王,有谁会由于自己不是国王而觉得不幸呢?人们会觉得保罗哀米利乌斯不再任执政官就不幸了吗?正相反,所有的人都觉得他担任过执政官乃是幸福的,因为他的情况就是不得永远担任执政官。然而人们觉得柏修斯[①]不再做国王却是如此之不幸,因为他的

---

① 柏修斯是希腊神话中的一位英雄,他利用雅典娜之盾当做镜子,杀死了人看到就会被石化的蛇发女妖美杜莎,娶了埃塞俄比亚的仙后座和仙王座的女儿,仙女座公主为妻。因为他的英雄事迹,柏修斯就变成了英仙座。

情况就是永远要做国王，以致人们对他居然能活下去感到惊异。谁会由于自己只有一张嘴而觉得自己不幸呢？谁又不会由于自己只有一只眼睛而觉得不幸呢？我们也许从不曾听说过由于没有三只眼睛便感到难过的，可是若连一只眼睛都没有，那就怎么也无法慰藉了。

262.

人的这种两重性是如此显著，以至于有人以为我们具有两个灵魂，一个单一的主体。在他们看来仿佛是不可能这样的，并且如此突然地使内心从一种过分的傲慢转化为一种可怕的沉沦。

263.

使人过多地看到他和禽兽是怎样的等同而不向他指明他的伟大，那是危险的。使他过多地看到他的伟大而看不到他的卑鄙，那也是危险的。让他对这两者都加以忽视，则更为危险。然而把这两者都指明给他，那就非常有益了。

绝不可让人相信自己等于禽兽，或是等于天使，也不可让他对这两者都忽视，而是应该让他同时知道这两者。

264.

我不能容许人依赖他自己，或者依赖别人，为的是使他们既没有依靠又没有安宁……

265.

如果他抬高自己，我就贬低他；如果他贬低自己，我就抬高他。并且永远和他对立，直到他把自己理解成是一个不可理解的怪物为止。

266.

我要同等地谴责那些下定决心赞美人类的人，和那些下定决心谴责人类的人，还要谴责那些下定决心自寻其乐的人。我只能赞许那些一面哭泣一面追求着的人。

267.

最好是由于徒劳无功地寻求真正的美好而感到疲惫,从而就可以向救主伸出手去。

268.

对立性。在已经证明了人的卑贱和伟大之后,就让人尊重自己的价值吧。让他热爱自己吧,因为在他身上有一种足以称之为美好的天性。可是让他不要因此也爱自己身上的卑贱。让他鄙视自己吧,因为这种能力是空虚的。可是让他不要因此也鄙视这种天赋的能力。让他恨自己吧,让他爱自己吧。他的身上有着认识真理和可以幸福的能力。然而他却根本没有获得真理,无论是永恒的真理,还是令人满意的真理。

因此,我要引人渴望寻找真理并准备摆脱感情而追随真理(只要他能发见真理),既然他知道自己的知识是怎样地为感情所蒙蔽,我就要让他恨心中的欲念,欲念本身就限定了他,以便欲念不至于使他盲目地做出自己的选择,并且在他做出选择之后也不至于妨碍他。

269.

所有这些对立,看来仿佛是最使我远离对宗教的认识的,却是最足以把我引向真正宗教的东西。

五 道德和学说

270.

第二部。论人没有信仰就不能认识真正的美好,也不能认识正义。
——人人都寻求幸福,这一点是没有例外的。
无论他们所采用的手段是怎样的不同,但他们全都趋向这个目标。
可是过了那么悠久的岁月之后,却从不曾有一个没有信仰的人到达过人人都在不断瞩望着的那一点。人人都在尤怨。

君王、臣民，贵族、平民，老人、青年，强者、弱者，智者、愚者，健康人、病人，不分国度，不分时代，不分年龄和境遇。

一场如此悠久、持续而又一致的验证，应该是很可以令我们信服的，我们是无力凭借自己的努力而达到美好的了。然而先例并没有教导我们什么。从来都不会有那么完全的相似，以至于竟不存在某些细微的分歧。因此，我们就期望着我们的期望在这种场合之下将不至于像是在别的场合那样受欺骗。既然当前永远都满足不了我们，经验便捉弄我们，并引导我们从不幸到不幸，直到构成它那永恒峰顶的死亡为止。

然而，这种渴求以及这种无能向我们大声宣告的又是什么呢？假如不是说人类曾经一度有过一种真正的幸福，而现在人类却对它只保留着完全空洞的标志和痕迹，人类在徒劳无益地力求能以自己周围的一切事物来填充它，要从并不存在的事物之中寻求他所不能得之于现存事物的那种支持。然而这一切都是做不到的，因为无限的深渊只能是被一种无限的、不变的对象所填充，也就是说只能被上帝本身所填充。

唯有上帝才是人类真正的美好。而自从人类离弃了上帝以后，那就成了一件稀罕的事了。自然界中没有任何东西能够取代上帝的地位：星辰、天空、大地、元素、植物、白菜、韭菜、动物、昆虫、牛犊、蛇蝮、病热、疫疠、战争、饥馑、罪行、浪荡、乱伦等等都不可以。而且自从人类丧失了真正的美好以来，一切对他们就都可能显得是同等的美好，甚至于他们自身的毁灭，尽管是那样地违背上帝、违背理智而又违背整个的自然。

有人追求权威，另有人追求好奇心或求之于科学，又有人追求肉欲。还有人事实上已经是更接近它了，但是他们以为人人都在渴求着的那种普遍的美好，必然不应该只存在于任何个别的事物。个别的事物只能为一个人所独享，若是分享，它就会使它的享有者由于缺少了自己所没有的那部分而感受到痛苦，更有甚于由它带给它的享有者的那部分欢愉使之感受到的满足。他们认识到真正的美好应当是那种为所有的人都同时享有的美好，即使这样也既不会减少，也不会使人嫉妒，也没有人会违背自己的意愿而丧失它。而他们的理由是，这种愿望既然对人是天赋的，因为它必然

是人人都有的,并且是不可能没有的,所以他们就由此结论说……

271.

真正的本性既经丧失,一切就都变成了它的本性。正如真正的美好既经丧失,一切就都变成了它的真正的美好一样。

272.

人类并不知道要把自己放在什么位置上。他们显然是走入了歧途,从自己真正的地位上跌下来就再也找不到它。他们满怀不安地而又毫无结果地在深不可测的黑暗之中寻找它。

273.

如果以自然来证明上帝乃是脆弱性的一种标志,那就不该轻视圣书。如果认识到这些相反性是力量的一种标志,那就应该尊重圣书。

274.

人类的卑贱,竟至于向禽兽屈服,竟至于崇拜禽兽。

275.

没有任何别的宗教曾经认识到人是最优越的被创造物。

有的宗教很好地认识到了人优越性的真实,便把人类对自己天然所怀有的卑贱情操当做是卑鄙可耻和忘恩负义。

而另有宗教很好地认识到了那种卑贱是何等地有效,便以一种高傲的讥讽来对待同样是属于人们天然所有的那些伟大的情操。

有的宗教说:"抬起你的眼睛仰望上帝吧,看看上帝吧,你是和他相类似的,而他创造了你就是为了崇拜他。你可以使自己和他类似,只要你愿意追随智慧,智慧就将使你拥有它。"艾比克泰德说:"自由的人们啊,抬起你们的头来吧。"另有的宗教则向人说:"低下你们的头俯视地面吧,你们只是一些可怜的虫豸,看看禽兽吧,你们就是它们的同伍。"

然则,人类将会变成什么呢?他们将等同于上帝还是等同于禽兽呢?

何等可怕的距离啊！然则，我们将成为什么呢？从这一切里，谁还能看不到人类已经走入歧途？人类已经从自己的位置上堕落下来，他们满怀不安地在追求它，但再也不能找到它。然则，谁能引导他们到那里呢？最伟大的人也没能做到这一点。

276.

怀疑主义者的主要力量（我撇开次要的）就是，在信仰与启示之外，除非我们根据自己身上天然所感受到的东西，否则就无从确定这些原则是不是真理。然而这种天然的感受并不是有关它们真理的一种令人信服的证明，因为既然除了信仰之外就不能确定人类究竟是被一个善良的上帝还是被一个作恶的魔鬼所创造的，抑或只是出于偶然，所以我们所接受的这些原则究竟（就我们的根源来说）是真是假还是不确定，也就有疑问了。还有，除了信仰外就没有人能有把握说自己究竟是醒着的还是睡着的。这是由于我们在睡梦中总是坚信自己是醒着的，正如我们真正醒着时一样，我们相信看到了空间、数目和运动，我们感到了时间流逝，我们计算着它。并且最后我们还像醒着一样地在行动着，从而根据我们的自白，一生就有一半是在睡梦中度过的，这时不管它向我们表现什么样子，我们并没有任何真确的观念。既然我们这时的一切感受都是幻象，那么谁又能知道一生中我们自以为是醒着的那一半，就不是另一场与前一次（当我们自以为是睡梦时，我们却是从其中醒了过来的）略有不同的梦了吗？

假如我们梦见在一起，而这些梦又偶然相符，这是常有的事，而我们醒来却是孤独的，那么谁又能怀疑我们竟会不相信事情是被颠倒过来的呢？最后，我们既然常常梦见我们在做梦，梦上加梦，那么难道不可能我们一生中自以为是醒着的那一半，本身也只不过是一场梦境么？其他的梦就都是嫁接在这场梦上面，这场梦我们要到死才会醒过来，而在这场梦中我们所具有的真与善的原则，就正像在自然的梦里是同样地稀少。或许这些激荡着我们的种种不同的思想都只不过是幻念，正如时间的流逝或者我们梦中的幻景那样吗？以上便是双方的主要论据之所在。

我将撇开次要之点，例如怀疑主义者所提出的反对习俗、教育、风尚、国度的影响以及诸如此类的言论。这些东西尽管束缚着绝大部分只会

根据这类虚幻的基础而进行教条化的普通人，却被怀疑主义者不费吹灰之力地推翻了。如果这还不足以说服我们，那么我们只要看一看他们的书，我们立刻就会被说服的，或许还嫌太多了呢。

我要谈一下教条主义者独一无二的强点，那就是当我们满怀信心并真诚地在讲话的时候，我们是无法怀疑自然的原则的。怀疑主义者则用我们起源（其中包括我们天性）的不可靠性这些字样来反驳这一点。而自从世界存在以来教条主义者就一直在对此进行答辩。

这是一场人与人之间的公开战争，每个人都必定要参与这场战争，并且必然地不是站到教条主义的行列，就是站到怀疑主义的行列。因为凡是想要保持中立的人首先就是怀疑主义者，这种中立性就是犹太神秘哲学的本质，凡不反对他们的人就是在出色地拥护他们。他们的优点就表现在这里。他们并不拥护自己，他们是中立的、无动于衷的、对一切都置身局外，对自己也不例外。

然则，人在这种状况之下该怎么办呢？他将怀疑一切吗？

他将怀疑自己是醒着的吗？怀疑是有人在针刺、火烧他吗？他要怀疑自己是否在怀疑吗？他将怀疑自己是否存在吗？我们并不能达到这种地步，并且我还要指出，事实上从来就不曾有过彻底的怀疑主义者。天性在支持着软弱无力的理性，并且禁止它夸大到那一步。

然则反之，他将要说他确实是掌握了真理么？但禁不起别人一追究，他就只好表明自己并没有任何资格这样说，并且不得不放弃自己的论点。

因而，人是怎样的虚幻啊！是怎样的奇特、怎样的怪异、怎样的混乱、怎样的一个矛盾主体、怎样的奇观啊！他既是一切事物的审判官，又是地上的蠢材；既是真理的贮藏所，又是不确定与错误的渊薮；是宇宙的光荣兼垃圾。

谁能来排解这场纠纷呢？天性挫败了怀疑主义者，而理智又挫败了教条主义者。人们啊，你们在以你们天赋的理智探索你们的真实情况是什么样子的，但你们将会把自己变成什么样子呢？你们既不能躲避这两派之中的一派，又不能支持任何一派。

高傲的人们啊，就请你们认识你们对于自己是怎样矛盾的一种悖论吧！无能的理智啊，让自己谦卑吧；愚蠢的天性啊，让自己沉默吧。要懂得人是无限地超出于自己的,从你的主人那儿去理解你自己所茫然无知的你的真实情况吧。

谛听上帝吧。

因为归根结底,假如人从来就不曾腐化,那么他就会有把握在他的清白无辜之中既享有真理又享有福祉了。而假如人从来就只是腐化的,那么他就既不会对真理也不会对赐福具有任何观念了。然而,尽管我们是不幸的,这更有甚于假如我们的境况之中根本就没有伟大,我们却既有着对幸福的观念,而又不能达到幸福;我们既感到真理的影子,而又掌握了谎言;我们既不能绝对无知,而又不可能完全知道。所以我们曾经处于一种完美的境界而又不幸地从其中堕落下来,也就是再明显不过的了。

然而最可惊异的事却是,距离我们知识最遥远的神秘——也就是罪恶的传递这一神秘——竟是这样一种东西,没有它我们就不能够具有任何知识!因为毫无疑问,没有什么比这种说法更震惊我们理智的了,说是最初的人的罪恶竟使得那些如此远离这一根源并且似乎是不可能参与这一罪恶的人也有罪。这种传授在我们看来不仅是不可能的,而且甚至是非常之不公正的。因为为这一个不可能有意志的婴儿,似乎是那么与之无关的一种罪恶——

那是在他尚未出生的六千年前就犯下了的而永恒地惩罚一个婴儿。还能有什么比这更加违反我们可怜的正义准则呢?的确没有什么能比这种学说更粗暴地触犯我们了。然而,没有这——一切之中最不可理解的神秘,我们对自己就是不可理解的。我们境况的症结在这一深渊里是回环曲折的。从而人如果没有这一神秘,就要比这一神秘对人之不可思议更加不可思议。

由此看来,仿佛是上帝愿意使我们不理解与我们生存有关的难题似的,所以他才把这个症结放得那么高,或者最好是说隐蔽得那么深,以至于我们完全不可能达到它。从而就不是由于我们理智的高傲的活动而是由于理智的朴素的屈服,我们才能真正认识自己。

这些根据宗教不可侵犯的权威而奠定的坚固基础,就使我们认识到信仰有两条同等永恒不变的真理:一条是人类处于创世记的状态或者说处于神恩的状态时,是被提高到整个自然界之上的,他们被创造得有似于上帝

并且被分享上帝的神性;另一条是人类在腐化与罪恶的状态时,他们就从前一种状态中堕落下来并且沦为与禽兽相似的样子。

这两条命题是同样地坚固而确实。圣书明明白白地向我们宣布过它们,圣书在有些地方说:我的喜悦与世人在一起。(《箴言》第8章第31节:"喜悦住在世人之间。")我要把我的精神倾注在一切肉身上。(《以赛亚书》第44章第3节:"我要用我的灵魂灌你的后裔。"《约珥书》第2章第28节:"我要将我的灵浇灌凡是有血气的动物。")你们是神。(《诗篇》第82篇第6节:"你们是神。"等等)而在另外的地方又说:一切血肉都是腐草。(《以赛亚书》第40章第6节:"凡有血气的都如草。")人没有思想就可以被比作禽兽,并且变成它们的同类。(《诗篇》第49篇第20节:"人在尊贵中而不醒悟,就如死亡的畜类一样。")

由此看来,显然人类是由于神恩而被创造得有似于上帝并分享了他的神性,但没有神恩人类就有似于赤裸裸的禽兽了。

277.

没有这种神圣的知识,则除了是在他们以往的伟大所遗留给他们的那种内心的情操之中提高自己,就是在他们现有的脆弱的景象之中自甘堕落,此外人类还能做什么呢?因为看不见全盘的真理,他们就不能达到完美的德行。有人把天性看成是完美无瑕的,另有人则看成是不可救药的,于是他们就无法逃避一切邪恶的这两大根源:骄傲或是怠惰,因为他们要么是由于怯懦而委身于它,要么便由于骄傲而脱离它。因为如果他们认识人的优异性,他们就会忽视人的腐化性,从而使他们虽然很能避免怠惰,却陷入于高傲。而如果他们承认天性的不坚定,他们就会忽视天性的尊严,从而使他们虽然很能避免虚荣,但又坠入绝望之中。由此便产生了斯多葛派与伊壁鸠鲁派、教条派与学院派等等各式各样的派别。

唯有基督的宗教才能治疗这两种邪恶,但并不是像世俗的智慧那样,由其中的一种驱除另一种,而是以福音书的朴素同时驱除这两者。因为它教导正义的人说,它可以提高他们,直到分享神性本身。但在这种崇高的状态中,他们却仍然带有使他们终生屈从于错误、可悲、死亡、罪恶的全部腐化的根源。它又向最不虔敬的人宣告说,他们也能够得到他们救主的神恩。这样，就既使得为它所认可的那些人战栗又慰抚了它所惩罚的那些人，于是它就以人人所共同的那种神恩与罪恶的双重能力而又那么公正地以希望缓冲了恐惧。从而，它要比单独以理智所能够做到的更加无限地使人谦卑，但又不令人绝望。它又比天性的骄傲更加无限地使人高尚，但又不令人头脑发胀。它使人由此能很好地看到，既然唯有它才能免错误与邪恶，所以就只有它才既能教诲人类而又能矫正人类的错误。

因而，有谁能拒绝使人信仰它们和崇拜它们的那种上天的光明呢？因为我们在自身之中就感到了优异性的不可泯灭的特征，这难道不是比白日还更加令人明白的事吗？而我们又无时无刻不在体验着我们可哀叹的情况的作用，这难道不也是同样的真确无疑吗？因而，这种混沌与可怕的混乱除了是以一种如此有力乃至不可能抗拒的声音在向我们宣布这两种状态的真理而外，还能是什么呢？

278.

脆弱性——人的一切职业都是为了获得财富。但他们不会有资格说他们是根据正义而享有财富的，因为他们有的只不过是人类的幻想，他们也并无力量可以安然享有财富。关于知识，情形也是一样。因为疾病就可以把它夺走。我们既不能得到真理，也不能得到财富。

279.

我们希望真理，而在自己身上找到的却只是不确定。

我们追求幸福，而我们找到的却只是可悲与死亡。

我们不可能不希望真理和幸福，而我们却既不可能得到确定的真理也不可能得到幸福。这种愿望被留下给我们，既是为了惩罚我们，也是为了使我们认识到自己是从何处堕落的。

280.

如果人不是为了上帝而生的，为什么他只能在上帝之中才感到幸福呢？如果人是为了上帝而生的，为什么他又如此违背上帝呢？

281.

腐化了的天性——人根本就不是根据构成他生命的理智而行动的。

282.

理智的腐化表现为那么多的不同而奇异的风尚。为了使人不再留滞于自身之中,就一定要有真理到来。

283.

就我而言,我承认当基督宗教一旦指示了这条真理,即人性已经腐化并且是从上帝那里堕落下来的,它就开启了我的眼睛到处都看到这一真理的特征。因为人性是这样的,它处处都显现着一个被失去了的上帝和一个腐化了的天性,既在人身之内也在人身之外。

284.

真正的人性、人的真正的美好和真正的德行以及真正的宗教,都是和知识分不开的。

285.

伟大、可悲——随着我们所具有的光明的增加,我们所发见人类的伟大和卑贱也就越多。普通人——那些更高级的人:哲学家,他们使普通人惊异;基督徒,他们却使得哲学家惊异。

因而,宗教只不过是使我们深刻地认识到我们越有光明就越会认得的东西而已。谁又会为看到这一点而感到惊异呢?

286.

这种宗教所教给它的儿女的,乃是人类以其最大的光明才能认识的东西。

287.

原罪在人们面前是愚蠢的，然而它却被给定如此。因而你就不应该责备我在这个学说上没有道理，因为我给定它就是没有道理的。但是这种愚蠢要比人类的全部智慧更加有智慧，要比人更有智慧。《哥林多前书》第1章、第25节："上帝的愚拙总比人有智慧"。因为若没有这一点，我们将会说人是什么呢？他的全部状态都有赖于不可察觉的这一点。既然它是一件违反理智的东西，并且人的理智远不能以自己的办法创造它，而当使它向理智呈现的时候，理智也会远离它，那么它又怎么能被人的理智所察觉呢？

288.

论原罪。犹太人关于原罪的大量传说。

关于《创世记》第八章中的话。人从幼时起心性就是恶的。

摩西哈达尔商说：这种恶的酵素①是从人一形成的时候就被置诸其中的。

马色赛苏迦说："这种恶的酵素在圣书中有七个名字，叫作恶、阳皮、不洁、敌人、诽谤、石头的心、北风，这一切都指隐藏并烙印在人心之中的恶意。"

米斯德拉·蒂里姆说过同样的话，并且说上帝将从恶的人性中解救出善良的人性来。

这种恶意每天都不断翻新地在反对着人类，就像《诗篇》第三十七篇所写的："不虔信者窥伺着义人，想要乘机杀害他。"

但上帝绝不会抛弃他。这种恶意在今生诱惑人心，而在来生则将控诉他。这一切都体现于塔尔穆德。

米斯德拉·蒂里姆论《诗篇》第四篇"你们应当战战兢兢，不可犯罪"中说："你们应当战战兢兢并戒惧自己的欲念，这样它就不会引你们犯罪了。"又论《诗篇》第三十六篇"不虔信者在自己的心里说，但愿我

---

① 酵素是一种由氨基酸组成的具有特殊生物活性的物质，也称为酶，是一种生物催化剂。

面前不存在什么害怕上帝"。

这就是说,人的天赋的恶意已经把这一点告诉给不虔信者了。

米斯德拉·柯艾勒:"贫穷而有智慧的孩子,胜于年老、愚昧和不能预见未来的国王"。孩子便是德行,而国王便是恶意。它之所以被称为国王,是因为全部的肢体都服从他;之所以被称为年老,是因为它自幼至老都在人心里面;之所以被称为愚昧,是因为它引人陷入人所没有预见的毁灭的道路。

米斯德拉·蒂里姆也有同样的话。

贝莱希·拉比论《诗篇》第三十五篇"主啊,我的每根骨头在都向你感恩,因为你解救穷困者脱离暴君"。难道还有比恶的酵素更大的暴君吗?又论《箴言》第二十五章"如果你仇敌饿了,就给他吃的"。这就是说,恶的酵素如果饿了,就给它吃《箴言》第九章所说到的智慧的面包;如果它渴了,就给它喝《以赛亚书》第五十五章所说到的水。

米斯德拉·蒂里姆说过同样的话,并说圣书在这个地方谈到我们的敌人时,就是指恶的酵素。并说在给它这种面包和水的时候,我们就把煤炭堆在他的头上。

米斯德拉·柯艾勒论《传道书》第九章"一位大王围攻一座小城"。那个大王就是恶的酵素,他用以包围它的那些大营垒便是诱惑,但他却发现有一个贫穷而有智慧的人,也就是说德行。

又论《诗篇》第四十一篇:"眷顾穷人的人有福了。"

又论《诗篇》第七十八篇:"精神是一去不复返的。"有人据此就抓住错误的题目来反对灵魂不朽。然而其意义却是:

这种精神就是恶的酵素,它伴随着人直到死,而在人复活时也不会再回来。

又论《诗篇》第一百零三篇有同样的话。

又论《诗篇》第十六篇。

289.

如果我们并没有认识到自己充满着高傲、野心、欲念、脆弱、可悲与不义,那么我们就的确是瞎子。但如果我们虽认识它却并不想要得救,那么我们又该说这个人什么呢？

因此，除了尊重一种对人类的缺点认识得透彻的宗教外，除了渴望一种能允诺值得愿望的补救之道的宗教真理外，我们还能做什么呢？

290.

人人都是天生彼此为仇的。我们在尽可能地运用欲念，使它为公共福利而服务。但这只不过是伪装，是仁爱的假象，因为它归根结底只不过是仇恨。

291.

怜悯不幸的人并不违反欲念。相反地，我们可以很容易地拿出这种友好的证据来获得温厚的名声而不必付出任何代价。

292.

没有一个人不是把自己置于其余一切人之上的，没有一个人是不爱自己的财富、幸福以及希望生命的延续，有甚于世上其余一切人的财富、幸福与生命的。这是出于怎样一种颠倒的判断啊！

293.

对于每个人来说他自己就是一切，因为自己一死，一切对于自己就都死去了。由此而来，每个人都相信自己对于所有的人都是一切。所以我们绝不可根据我们自己来判断天性，而是必须根据天性。

294.

哲学家——我们充满着种种要把我们投向自身以外的东西。

我们的本能让我们感到，我们的幸福必须求之于自身之外的东西。我们的感情把我们推向身外，即使并没有什么对象来刺激它们。身外的对象本身就在引诱我们，召唤我们，即使我们并没有想到它们。所以哲学家高谈："返求你自己吧，你将在其中找到自己的美好"。我们却不相信他们，那些相信他们的人是最空虚而又最愚蠢的人。

295.

斯多葛派说:"返求你们自身之内吧!在这里面你们将会找到你们的安宁。"但这并不是真的。

又有人说:"走出自身之外吧!在你们的欢乐中寻求幸福吧。"但这也不是真的。祸害会临头的。

幸福既不在我们的身外,也不在我们的身内。它在上帝之中,既在我们身外,又在我们身内。

296.

没有别的宗教曾经提出过人要恨自己这个说法。因此也就没有别的宗教能够使那些恨自己并去追求一个真正可爱的上帝的人感到喜悦。而正是那些人,即使他们从不曾听说有过一个谦卑的上帝的宗教,也会马上拥抱它的。

297.

我觉得我可以并不存在,因为这个我就在于我的思想之中。

因此思想着的我可以不存在,假如我的母亲在我出生以前就被人杀害了的话,因而我就不是一个必然的存在者。我也同样既不是永恒的,也不是无限的。然而我确实看到了自然界中有着一个必然的、永恒的与无限的存在者。

298.

有人说:"假如我看见了奇迹,我就会皈依。"他们怎么能有把握说,他们会做自己所茫然无知的事情呢?他们想象着这种皈依只在于一种崇拜,这种崇拜犹如是在与上帝进行一场交易和一场谈判,就像他们为自己所描绘的那样。但真正的皈依却在于能在为我们所不断激恼着的、可以随时合法地毁灭我们的那位普遍存在者的面前消灭我们自己,在于承认我们没有他就什么也做不到,并且承认除了他的羞辱外我们就配不上他的任何东西。它就在于认识到上帝与我们之间有着一种不可克服的对立,并且若是没有一个媒介者就不可能有任何交流。

299.

人们依附我，这是不正义的。尽管他们高兴而且自愿这样做。我会欺骗那些曾因为我而产生了这种愿望的人们的，因为我并不是任何人的归宿，我也并没有任何东西可以满足他们。我难道不是要死去的吗？因此，他们依附的对象也会死去的。所以，我若使人相信了一种虚妄便是有罪的，哪怕我是温和地在说服人，哪怕人们高兴地相信它，哪怕这样也会使我高兴。同样地，我若使自己被人所爱而且假如我能引人依附的话，我也是有罪的。我应该警告那些准备同意谎言的人们，他们不应该相信谎言，无论谎言会带给我什么样的好处。同样地，他们也不该依附我，因为他们应该在取悦上帝或者在追求上帝之中度过他们的一生以及他们的关切。

300.

应该仅爱上帝并且仅恨自己。

假如脚一直不知道它是属于整体的，并且有一个整体是它所依赖的，假如它只具有对于自己的知识和爱，而它终于认识到自己是属于一个为自己所依赖的整体的，那么对于那个给它注入了生命的整体，假使摒弃了它，使它脱离整体，就像它脱离整体那样，那就会把它消灭的。它竟没有用处，那该是多么的遗憾，它以往的生命又该是多么惭愧啊！多么祈祷着自己能保全在其中啊！应该以怎样的驯服让自己听命于那个统御着整体的意志啊！直到必要时同意把自己砍掉！否则它就会丧失自己作为肢体的品质了，因为每个肢体都必须甘愿为整体而死，只有整体才是大家都要维护着的唯一。

301.

居然说我们配别人爱，这是妄诞。我们若希望如此，便是不义。如果我们生来就有理智而又大公无私，并且认识我们自己和别人，我们就绝不会把这种倾向赋予我们的意志了。然而我们却生来就具有这种倾向，因为我们生来就是不义的，因为人人都在趋向自己。但是这一点是违反一切顺

序的:

我们应该趋向普遍的东西;倾向于自我乃是一切无秩序——

战争中的、政治上的、经济上的、个人身体之内的无秩序的开始。因而,意志是堕落的。

假如自然或政治的共同体的成员都趋向整体的福利,那么这种共同体的本身就应该趋向自身也只是其中成员的另一个更普遍的整体。因而,我们应该趋向普遍。因而,我们生来就是不义的和堕落的。

302.

当我们要思想上帝时,难道没有任何东西会转移、引诱我们去思想别的了么?那一切都是坏东西,并且是我们与生俱来的。

303.

如果上帝存在,我们就只能必须爱他,而不能爱那些过眼烟云的被创造物。《智慧书》① 中不敬神者的推论都是以根本不存在上帝为其基础的。他说:"确定了这一点,就让我们来享受被创造物吧。"这就走上了最坏的地步。但是假如有一个上帝可以爱的话,他们就不会做出这种结论,而会做出全然相反的结论了。这就是智者的结论:"有一个上帝,因此就让我们不要享受被创造物吧!"

因此凡是刺激我们,使我们依恋于被创造物的,都是坏的。

因为假如我们认识上帝,那就会妨碍我们去侍奉上帝,或者我们不认识上帝,那就会妨碍我们去追求上帝。我们既然是充满了欲念,因而我们便充满了恶。因此我们就应该恨我们自己,以及一切刺激我们去依恋除了唯一的上帝之外的其他东西。

304.

因而,真正的唯一的德行就是要恨自己(因为我们有欲念,所以是可

---

① 《智慧书》是西班牙作者葛拉西安的著作,该书以一种令人感到惊异的冷峻、客观的态度,极深刻地描述了人生的处世经验。

恨的），并且要寻求一个真正可爱的存在者来热爱。

但是，既然我们不能爱我们自身之外的东西，我们就必须爱一个我们自身之内的存在者，而那又不能是我们自己。这一点对于所有人都是真实的。于是，就唯有那位普遍的存在者才能是这样。上帝的王国就在我们身中，普遍的美好就在我们身中，它既是我们自身，又不是我们自身。

305.

当人的尊严清白无辜时，它就在于运用和支配被创造物，然而今天则在于使自己与它分离并使自己向它屈服。

306.

在信仰方面不把上帝当做是一切事物的原则来崇拜，在道德方面不把唯一的上帝当做是一切事物的化身来热爱，这样的宗教便是虚妄的。

307.

人类不习惯于创造优点，而仅仅是在他们发现了优点已经被创造出来后才加以报偿，所以他们也就根据本身来判断上帝。

308.

真正的宗教应该以使人负起爱上帝的责任为标志。这是十分正当的，然而没别的宗教告诫过这一点。而我们的宗教做到了这一点。它还应该认识到我们的欲念与无能；我们的宗教做到了这一点，它应该对此提供补救之道。其中一种便是祈祷。没有别的宗教曾要求上帝来热爱他与追随他。

309.

凡是不恨自己身上的自爱，不恨引得自己以上帝自命的那种本能的人，都是盲目的。有谁能看不出再没有什么是如此违反正义与反真理的了呢？因为说我们该当如此的那种说法是错误的，而且既然大家都在要求同样的东西，所以要做到这一点就是不正义的和不可能的。因此，它是一种

明显的不正义，我们就生于其中，我们不能摆脱它，但是我们又必须摆脱它。

然而却没有任何宗教指出过它是一种罪恶，或者指出过我们是生于其中的，或者指出过我们有义务要加以拒绝，它也不曾想到过要给我们以补救之道。

310.

真正的宗教会把我们的义务、我们的无能，即骄傲与欲念，以及补救之道，即谦卑、节欲，都教给我们。

311.

真正的宗教必须教导人伟大、可悲，必须引导人尊敬自己与鄙视自己，引导人爱自己并恨自己。

312.

如果说活着而不去探求我们是什么，是一种超自然的盲目，那么信仰上帝而又过着罪恶的生活，便是一种可怕的盲目了。

313.

经验使我们看到虔诚与善意之间的巨大区别。

314.

反对那些漫不经心地信赖上帝的仁慈而又不行善事的人，我们罪恶的两大根源就是骄傲与怠惰，上帝便向我们显示了他的两种品质来加以矫治，即他的仁慈和正义。正义的任务是要折服骄傲，不管我们的工作是多么神圣，求你不要审问（《诗篇》第 143 篇第 2 节："求你不要审问其人，因为在你面前凡是活着的人没有一个是义的。"等等）仁慈的任务是以劝勉善行来克服怠惰，按照下面这段话："上帝的仁慈引人悔改"，以及尼尼微①人的那一段话："让我们悔改吧，看他也许会垂怜我们"。因此仁慈远不是批准懈怠，反而它那性质是正式攻击怠惰，所以它并非说："如果上帝并没有仁慈，我们就必须尽种种努力以求德行"，反倒是必须说："正因为上帝具有仁慈，所以我们就必须尽种种的努力"。

315.

步入虔敬是艰难的，这是真的。但是这种艰难并非来自我们自身所开始出现的虔敬，而是来自其中依然存在的不虔敬。如果我们的感官并不反对悔改，如果我们的腐化并不反对上帝的纯洁，那么这里面就不会有任何艰难痛苦的东西了。我们受苦难仅仅是和我们天赋的邪恶和抗拒超自然的神恩成比例的。我们觉得自己的心在做这些相反的努力时被撕碎了。然而把这种暴力诿过于引导我们向前的上帝，而不归咎于滞留我们不前的世界，那就非常不公正了。这就好像一个母亲从强盗的手里夺回自己的孩子一样。孩子在受痛苦之中，应该是爱母为他取得自由的那种深情而合法的暴力，而只能憎恨那些不正义地拘留了他的人们那种凶恶专横的暴力。上帝对人们的一生所进行的最残酷的战争，就是不让他们经历他所要带来的这场战争。他说，"我来是带来战争的"，又教导这场战争说，"我来是带来剑与火的"。在他以前，世界就生活在这种虚假的和平之中。

316.

外表的行事——没有什么能像既讨上帝喜欢又讨人们喜欢那样危险的了。因为这种既讨上帝喜欢又讨人们喜欢的状态，就是有一种东西讨上帝喜欢，又有另一种东西讨人们喜欢。例如圣德丽撒的伟大：讨上帝喜欢的是她在自己的启示之中那种深沉的谦卑，讨人们喜欢的则是她的光明。因此，我们想模仿她的状态总是拼命模仿她的言谈，而并不那么爱上帝之所爱，把自己置于上帝所爱的状态。

不禁食并因此而谦卑，比禁食并因此而自满要好得多。——法利赛人（税吏）。

---

① 尼尼微曾经是古亚述的首都，在两河流域（今伊拉克境内）。尼尼微曾被称为"狮穴"。

记得这些，对于我又有什么用呢？假如它既能伤害我，又能帮助我；假如一切都有赖于上帝的恩典，而他又只按他自己的规矩、以他自己的方式把恩典赐给为他成就的事物，并且手段和事物是同样的重要，也许还更重要。

因为上帝可以从恶中引出善来，而没有上帝我们却从善中引出恶来。

317.

对善与恶这些字样的理解。

318.

第一级：作恶会受谴责，为善会受赞扬。第二级：既不受赞扬，也不受谴责。

319.

亚伯拉罕①并不为自己博取任何东西，除非是为了他的仆人。所以正义的人不会为自己博取世上的任何东西，也不会博取世人的喝彩，除非仅仅是为了他用其作为自身主宰那些热情，他对其中的一种说：去吧，又对另一种说：来吧。你的欲念将屈伏在你下面。他对热情这样加以驾驭，便成为德行：贪婪、嫉妒、愤怒，甚至上帝也使自己赋有这些东西。而这些正像仁爱、怜悯、有恒（它们也是热情）一样也是德行。对于它们必须像对奴隶那样地加以使用，把它们的粮食留给他们而禁止灵魂取得任何一部分。因为当热情成为主宰的时候，它们便是罪恶，这时它们便把自己的粮食送给灵魂，灵魂便以之为营养并且由此中毒。

320.

哲学家奉献出罪行，并把它们置于上帝自身之中；基督徒则奉献出德行。

---

① 亚伯拉罕或易卜拉辛，原名亚伯兰或阿巴郎，是犹太教、基督教和伊斯兰教的先知，被认为是上帝从地上众生中所拣选并给予祝福的人，同时也是传说中希伯来民族和阿拉伯民族的共同祖先。

321.

正义的人在最细微的事情上也依据信仰而行事。当他谴责他的仆人时,他希望他们能被上帝的精神感化,并祈求上帝纠正他们,而且他期待于上帝的也正像期待于他的自责一样多,他祈求上帝能保佑他们改正。这样,在其他的行为上失掉了上帝的精神,那么他的行为就会由于上帝的精神在他身上中断或中辍而欺骗我们,并且他会在他的苦痛之中忏悔。

322.

任何东西对于我们来说都可以致命,哪怕那些造就出来是为我们服务的东西。例如在自然界中,墙壁可以压死我们,楼梯可以摔死我们,如果我们走得不正当的话。

最细微的运动都关系着全自然。整个的大海会因一块石头而起变化。因而,在神恩之中,最细微的行为也会引起不一样的后果而关系着一切。因此,一切都是重要的。

在每一个行为中,我们还必须在行为之外注意到我们目前的、过去的和未来的状态以及其他一切与之有关的状态,并必须看出这一切事物的联系。这时,我们便会十分小心慎重了。

323.

但愿上帝不把我们的罪行归咎于我们,也就是说别追究我们罪恶的一切影响和后果,哪怕是其中最微小的过错,假如我们愿意无情地追究它们到底的话,也都是非常可怕的。

324.

神恩的运动,内心的顽固,外界的环境。

325.

要使人成为圣者,就一定得有神恩。谁要是对此怀疑,就不懂得什么是圣者、什么是人。

326.

哲学家——向一个不认识自己的人大声喊道,他应该由自己而达到上帝,这是美好的事。而向一个认识自己的人说这些话,也是美好的事。

327.

人是配不上上帝的,但是他并不是不可能被转化为配得上上帝。

上帝把自己与可悲的人结合在一起,这是配不上上帝的。

然而上帝把人从可悲之中挽救出来,这却不是配不上上帝的。

328.

法律并不曾摧毁天性,而是教诲了天性;神恩并不曾摧毁法律,而是使得它行动。由受洗所得的信心乃是基督徒与皈依者全部生命的根源。

329.

神恩将永远存在于世界,天性也是如此,从而它在某种程度上就是天然的。所以就永远会有皮拉基派,永远会有天主教徒,并且永远会有斗争。因为第一次的诞生造就了一种人,而第二次诞生的神恩则造就了另一种人。

330.

法律则使人去做它所没有给予的。神恩则给予人以它所责成的。

331.

一切信仰全在于耶稣基督与亚当;一切道德全在于欲念与神恩。

332.

没有什么学说比如下这种学说更适于人类的了。这种学说由于人永远都暴露在绝望与骄傲的双重危险之下,便教导人认识自己接受神恩与丧失神恩的双重可能性。

333.

哲学家并没有规定相对于这两种状态的情操。

他们鼓舞了纯粹伟大的情绪，而那却不是人类的状态。

他们鼓舞了纯粹卑贱的情绪，而那也不是人类的状态。

卑贱的情绪是必须有的，但不是出自天性而是出自悔罪。

不是为了要停滞于其中，而是要步入伟大。伟大的情绪是必须有的，但不是出自优异而是出自神恩，并且是在已经经历了卑贱之后。

334.

可悲说服人绝望，骄傲说服人自满。道成肉身则以人所需要的补救之道的伟大而向人显示了他可悲的伟大。

335.

认识上帝而不认识自己的可悲，便形成骄傲。认识自己的可悲而不认识上帝，便形成绝望。认识耶稣基督则形成中道，因为我们在其中会既认识上帝又能认识我们的可悲。

336.

耶稣基督就是一个我们与他接近而不骄傲，我们向他屈卑而不绝望的上帝。

337.

基督徒的上帝是这样一个上帝，他使人们的灵魂感到上帝才是灵魂的唯一的美好，灵魂的全部安憩都在上帝之中，灵魂除了爱上帝外就没有别的欢乐。而同时他又使灵魂憎恶种种妨碍自己得以尽力去爱上帝的障碍。那些束缚它的自爱与欲念，对他来说都是不堪忍受的。这个上帝使灵魂感到它所具有的这种自爱的根基会毁灭它自己，并且唯有上帝才能拯救它。

338.

耶稣基督所做的事只不过是教诲人们说：他们爱的是他们自己，他们是盲目的、病态的、不幸的奴隶和罪人，他必须解救、启发、降福与医治他们。他们通过恨自己并根据可悲和死于十字架去追随他，就可以做到这一点。

339.

没有耶稣基督，人类就必定会沦于邪恶与可悲，有了耶稣基督，人就会免于邪恶与可悲。在他那里有着我们全部的德行和福祉。离开了他，就只有邪恶、可悲、错误、黑暗、死亡、绝望。

340.

耶稣的神秘——耶稣在受难中忍受着别人所加给他的苦痛，然而他在忧伤中却忍受着自己所加给自己的苦痛，"心里悲叹，又甚忧愁"。语出《约翰福音》第11章第33节。那不是出于人手而是出于全能者之手的一种苦难，因为必须是全能者才能承担它。

耶稣可以寻求某种安慰，至少是在他最亲爱的三个朋友中间，而他们却睡着了。他祈求他们和他一起承担一些，而他们却对他完全不在意，他们的同情心是那么少，少到竟不能片刻阻止他们沉睡。于是耶稣就剩下孤独一个人承受上帝的愤怒了。

耶稣在地上是孤独的，不仅没有人体会并分担他的痛苦，而且也没有人知道他的痛苦。只有上天和他自己才有这种知识。

耶稣是在一座园子里，但不是像最初的亚当为自己并为全人类所丧失了的那样一座极乐园，而是在他要拯救自己和全人类的那样一座苦难园里。

他在深夜的恐怖之中忍受这种痛苦和这种离弃。

我相信耶稣从不曾忧伤过，除了在这唯一的一次。可是这时候他却忧伤得仿佛再也承受不住他那极度的悲苦："我的灵魂悲痛得要死了。"

耶稣向别人寻求伴侣和慰藉。我觉得这是他一生中独一无二的一次。

但是他并没有得到,因为他的弟子们睡着了。

耶稣将会忧伤,一直到世界的终了。我们在这段时间里绝不可以睡着。

耶稣在这种受到普遍遗弃以及那些被他选来和他一起守夜的朋友们所遗弃的状态之中,他发现他们都睡着了,便因他们不是把他而是把他们自己暴露在危险之中而烦恼,他为了他们的得救与好处以一种对他们的诚挚的温情在他们不知感恩的时刻来警告他们。他警告他们说,精神是飘忽的而肉体又是软弱的。

耶稣发现他们仍然在睡着,既不被对他的也不为对他们自己的顾虑所萦绕,便满怀善意不把他们唤醒而让他们好好安息。

耶稣在不能确定父的意志的时候就祈祷着,因为他害怕死亡。

然而当他认识到它之后,他就走向前去献身给死亡。我们去吧。我们走吧。(见《约翰福音》第18章第4—8节,又《马太福音》第26章第46节。)

耶稣祈求过人,但不曾为人倾听。

耶稣在他的弟子睡觉时,就安排了他们的得救。在义人酣睡的时候,他便造就了每一个义人的得救,既在他们出生之前的虚无之中也在他们出生以后的罪恶之中。

他仅仅祈祷过一次要离开,然后就顺从了。并且他还会去祈祷第二次的,假如有必要的话。

耶稣在忧烦中。

耶稣看到自己所有的朋友都睡着了,而自己所有的敌人都警觉着,就把自己完全交给了他的父。

耶稣在犹大的身上看到的并不是他的敌意,而是看到他所爱的、所承认的上帝的秩序。因为他称犹大为朋友。

耶稣摆脱自己的弟子才能进入忧伤,我们必须摆脱自己最亲近的和最亲密的人才能仿效他。

耶稣既然是处于忧伤之中,处于最大的痛苦之中,就让我们祈祷得格外长久吧!

我们祈求上帝的仁慈,并非为了要他让我们在我们的邪恶之中得到平

静,而是为了让他把我们从其中解救出来。

如果上帝亲手给我们以主人,啊,那么我们多么有必要衷心地服从他们啊!必然性与各种事件是丝毫无关的。

——"安慰你自己吧,假如你不曾发现我,就不会寻找我。

"我在自己的忧伤中思念着你,我曾为你流过如雨的血滴。

"若是想着你会不会做好这样或那样不存在的事,那就是试探我更多于考验你自己了。当它到来时,我会在你的身上做出它来的。

"你要让我的规律来引导,看看我把童贞女以及我在他们身上起作用的那些圣者们引导得多么好吧。

"父,爱我所做的一切。

"你愿意它永远以我人性的血为代价,而你却不流泪吗?

"你的皈依就是我的事业,别害怕,满怀信念地祈祷吧,就像是为我那样。

"我以我在圣书中的话,以我在教会中的灵,并且以感召以我在牧师身上的权力,以我在虔敬信者身上的祈祷而与你同在。

"医生不能救治你,因为你终将死去。然而救治你并使你肉身不朽的却是我。

"要忍受肉体的枷锁与奴役,目前我只从精神上解脱你。

"比起这些和那些人来,我更是你的朋友,因为我为你做的比他们更多,他们不会忍受我所忍受于你的,也不会在你的不敬与残酷的时候为你而死,就像我在我的选民中以及在圣体中所曾做过的以及所准备做的和正在做着的那样。

"如果你认识你的罪恶,你就会丧失你的心。"

——主啊!那么我就丧失它吧,因为我依据你的保证而确信它们的毒恶。

"——不,因为我(你是从我这里学到这些的)可以救治你,而我向你所说的正是我要救治你的一个标记。随着你赎这些罪,你就会慢慢认识它们,并且你就会听到说:'看哪,你的罪被解免了。'因此,为你那隐蔽着的罪行和你所知道的那些罪行的秘密毒恶而忏悔吧。"

——主啊!我把一切献给你。

——"我爱你要比你爱你的污秽（像沾满了尘土那样不洁）更热烈。

"让光荣归于我，而不是归于你，你这虫豸与尘土。

"当我亲口对你说话对你竟成为恶德与虚荣或好奇心的缘由时，你就去询问你的指导者吧。"

——我看到了自己的骄傲、好奇心与欲念的深渊。我与上帝或正直的耶稣基督并没有任何关系。然而他却因为我而被弄成有罪了。所有你的鞭挞都落在他的身上。他看起来倒比我更可憎恶，但他远没有憎恶我，反而使自己受到尊敬，以至我要走向他并且救他。

然而他却救治了他自己，而且会更加有理由救治我。

必须把我的创痛加在他的上面，把我和他结合在一起，他将在拯救他自己时也拯救我。然而这却决不可推给将来。

你将知道善与恶，像上帝那样。（《创世记》第3章第5节："你们便如上帝能知道善恶。"）在判断"这是善或恶"的时候，每个人就都造就了上帝，并且对于某个事件不是过分地痛苦便是过分地高兴。

做小事要像大事那样，因为在我们身中做出这些事并过着我们的生命的耶稣基督是尊贵的。做大事要像轻易的小事那样，因为他是无所不能的。

341.

我觉得耶稣基督只是在他复活之后才许人摸他的伤痕的：不要摸我。（语出《约翰福音》第20章第17节。）我们必须只把自己和他的苦难结合在一起。

他在最后的晚餐中把自己奉献给圣餐时好像是要死的，对于以马忤斯的门徒则是复活了的，而对全体教会则是升了天的。

342.

"绝不要拿你自己比较别人，而只能比较我。如果你在那些你与之相比较的人们中间并没有发现我，你就是在和一个可憎的人相比较了。如果你在其中发现了我，那么就以你自己来比较吧。然而你将比较什么呢？是比较你自己吗，还是在你身上的我呢？如果是你自己，那你就只是一个可

憎的人。如果是我,那你就是以我来和我自己相比较。而我是一切中的上帝。

"我在向你讲话并且时时劝导你,因为你的引导者不能向你讲话,而我又不肯让你缺少引导者。

"而或许我是其他的祈祷这样做的,因此他在引导着你而你却看不见他。如果你里面没有我,你就不会寻找我。

"因而,就不要惶恐不安!"

六 基督宗教的基础

343.

因此,这就是真的:万物都在把人的情况教导给人,然而他却必须好好地理解,因为真的万物既不是都显示出上帝,也不是都隐蔽起上帝。而是上帝向那些试探他的人隐蔽起自己来,而向那些追求他的人显示出自己来,这两者同时都是真的,因为人类配不上上帝,但同时又能得到上帝,由于他们的腐化而配不上,由于他们最初的本性而能得到。

344.

除了我们的不配外,我们从自己全部的蒙昧之中还能得出什么结论呢?

345.

假如上帝从不曾显现过任何东西,那么这种永恒的缺陷就会是暧昧可疑的,并且同样可以联系到并不存在任何神明,正如联系到人们不配认识上帝一样,然而他却有时候(但不是永远)显现,这就勾销了暧昧可疑性。假如他显现过一次,那他就是永远存在的,于是我们就只能由此结论说:"存在着一个上帝而人们又配不上他。"

346.

我们既不理解亚当的光荣状态,也不理解他罪恶的性质,更不理解它为什么被传递给了我们。这些事情所经历的状态,其性质是与我们自己全然不同的并且是超出我们目前的能力之外的。

我们知道这一切都无补于我们从其中脱身出来,而全部我们所需要认识的只是我们是悲惨的,腐化了的、脱离了上帝但又被耶稣基督所赎救。而正是关于这些,我们在大地上却有着种种可惊叹的证明。

因此,腐化与赎救这两种证明就是从对于宗教无动于衷而活着的不信教者那儿得来的,也是从成为宗教不可调和的敌人的犹太人那儿得来的。

347.

有两种方式可以说服人相信我们宗教的真理,一种是以理智的力量,另一种是以发言者的权威。

我们并不使用后一种方式,而是使用前一种方式。我们并不说:"必须相信这些,因为叙述它们的圣书乃是神圣的。"

反倒是说:"根据如此原因就必须相信它,而这些原因又都是脆弱的论证,因为理智对一切都是百依百顺的。"

348.

大地上的事物无一不在表明:或则人类可悲,或则上帝仁慈,或则人没有上帝就毫无能力,或则人有了上帝就有能力。

349.

沉沦者的迷乱之一就是他们受自己的理智所谴责,而他们本来是想以它来谴责基督宗教的。

350.

两种相反的理由。

我们必须由此着手,否则我们就什么都不理解,于是一切就都成为异

端。并且甚至于在每个真理的尽头我们也都必须补充说,我们要记取相反的真理。

351.

反驳:圣书中显而易见充满着并非由圣灵所口授的东西。答辩:但是它们一点也无损于信仰。反驳:但是教会已经断定一切都出自圣灵。答辩:我答复两点,一是教会从不曾这样断定过,二是如果教会这样断定过,它就可以成立。

福音书中所引的预言,你以为提出它们是为了使你信仰吗?不是的,那是为了使你脱离信仰。

352.

何以故的理由。象征——他们要接待的乃是一个肉欲的民族,却要使之成为精神约束的受托人。要对弥赛亚①有信心就必须要有事先的预言,而预言又应该由无可怀疑的、勤勉诚恳的、具有非凡热忱并为举世所知的人们来传布。

为了成就这一切,上帝便选择了这个肉欲的民族,委托他们来宣告弥赛亚是救主并且是这个民族所喜爱的种种肉欲事物的解脱者的那些预言。于是,他们便对他们的先知们怀有一种非凡的热情,并在全世界的面前传播了这些预告他们弥赛亚的书籍,向一切的邦国保证弥赛亚必将到来,并且将以他们公之于全世界的书籍中所预言的那种方式到来。因此,这个民族便被弥赛亚的不光彩和可怜的来临所欺骗,竟成了他的最凶恶的敌人。从而这便是世界上最不用害怕会偏爱我们的那个民族,并且以其法律及其先知而可能被人称道为最严谨、最诚恳的那个民族,他们完好无缺地传播了这些书籍。从而那些摒弃并钉死遭受他们诽谤的耶稣基督的人,便是那些传播说他将被人摒弃、遭受诽谤的那些书籍的人。从而他们就表明了,正是他自己在拒绝自己,而且他既被那些接受了他的正义的犹太人所证

---

① 弥赛亚,在《圣经》中与希腊语词"基督"是一个意思,在希伯来语中最初的意思是受膏者,指的是上帝所选中的人,具有特殊的权力,是一个头衔或者称号,并不是名字。

实，也被那些摒弃了他的不义的犹太人所证实，两者都是被预言了的。

正是因此，预言才有一种隐蔽的意义，在精神方面这个民族是它的敌人，但在肉欲方面这个民族又是它的朋友。

假如精神的意义被揭示出来，便不可能被他们爱，他们既不会传播它，也不会有热情保存他们的书籍和他们的仪式；而且假如他们爱这些精神的诺言，并完好无缺地保存下来到直迄弥赛亚的时代，那么他们的见证就不会有力量，因为他们乃是它的朋友。

这就是精神的意义最好是被掩盖起来的原因。然而，另一方面，假如这方面的意义竟是那样地隐蔽以至全然不曾显现的话，那么它就不能用以证明弥赛亚了。然则，又能怎么办的呢？它在大部分的章节里都被掩盖在尘世的意义之下，但在有几段里却又被揭示得那么明白。此外，世界的各个国家和其每个时代也都被预告得如此明白，乃至比太阳还要明亮。在某些地方，这种精神的意义被解说得那么明白，以至于只有是像精神屈服于肉体时肉体所加之于精神那样一种盲目，才会认识不到它。

而这就是上帝怎样在行动的了。这种意义在无数地方都被另一种意义所掩盖着，只是在极罕见的几个地方才被揭示出来而又是采取那样的方式，从而凡是隐蔽它的地方都是暧昧的并能适用于两种意义，反之凡是揭示它的地方都是毫不含混的，并只能适用于精神的意义。

从而它就不可能引向错误，并且唯有那样一个肉欲的民族才能加以误解。

因为当美好大量地被允诺时，若不是他们的贪婪（它把那种意义限定为地上的美好，）又有什么能妨碍他们去理解真正的美好呢？然而那些只在上帝那里才能得到美好的人，则把它们整个都归之于上帝。因为有两条原则划分了人们的意志，即贪婪与仁爱。并不是贪婪不能够与信仰上帝同在，也不是仁爱不可以和地上的东西同在。而是贪婪要利用上帝并享受现世，而仁爱则相反。

最后的目的才是赋予事物以名称的东西。一切妨碍我们达到目的的，都叫作敌人。因此，无论是多么好的人，当其背弃上帝的时候，就都是正义者的敌人，而上帝本身就是起了贪心的那些人的敌人。

这样，敌人这个名词既然取决于最后的目的，所以正义者就用它来理

解自己的感情，而肉欲者则理解为巴比伦人。因此这些名词就只有对不义的人才是幽晦难明的。而这便是以赛亚所说的：法律的封印在我的选民中间。（《以赛亚书》第8章第16节："在我门徒中封住教诲。"）并且耶稣基督也将成为绊脚石。但是，"那些在他那里不会绊倒的人有福了"。《何西阿书》末尾说得最好："智者在哪里？他能理解我说的话。义人将理解它，因为上帝的道是正直的，但恶人却将在那上面跌倒。"

353.

伟大——宗教是如此伟大的一种东西，以致那些不肯费力去追求它的人（假如它幽晦难明）就应该被剥夺其宗教，这是十分公正的。因而，我们又有什么可尤怨的呢，假如只要我们去追求便可以找到它呢？

354.

一切都有利于选民，甚至是圣书中的幽晦。因为他们是由于神圣的明确性而尊崇它们的。一切都不利于其他的人，甚至是明确性。因为他们是由于他们所不理解的幽晦而亵渎它们的。

355.

世人对教会的一般行为：上帝想要蒙蔽与照亮。事情既已证明了这些预言的神圣性，所以其余的就应该被人相信了。我们由此便看到世界的次序是这样的：创世纪与洪水的奇迹既被遗忘，上帝便遣送来了摩西的法律与奇迹还有预言具体事物的先知们。并且为了准备一场持久的奇迹，他便准备了预言及其实现，但是预言既然可以受到怀疑，所以他就要使得它们不受怀疑，等等。

356.

既有足够的明白可以照亮选民，也有足够的幽晦不明屈卑他们。既有足够的幽晦不明蒙蔽被遗弃者，也有足够的明白谴责他们并使得他们无可宽恕。圣奥古斯丁，蒙田，赛朋德。

旧约中耶稣基督的家谱掺杂了那么多其他无用的东西，以致无法辨别了。假如摩西仅仅记录下耶稣基督的祖先，那就会太明显了。假如他不曾指出耶稣基督的祖先，那又不够明显了。然而凡是仔细阅读它的人终究会看出，耶稣基督的祖先是可以根据他玛路泽等等辨识出来的。

凡是规定这些牺牲的人，都知道它们无用；凡是宣称它们无用的人，都不曾放弃对它们的实践。

如果上帝仅仅允许有一种宗教，那就太容易认识了。然而我们若仔细观察的话，我们就很容易从这种杂乱无章之中辨别出真理来。

原则：摩西是个聪明人。所以假如他以自己的精神在控制自己，他就不会明晰地说出任何直接违反精神的话来。

因此，任何非常明显的弱点就都是力量。例如：圣马太与圣路加中的两种家谱。难道还能有什么比这一点讲得更加明白的吗？

357.

我们使得真理本身成了一种偶像。因为真理脱离了仁爱就不是上帝而只是上帝的影子或者是一个偶像，那样我们根本不应该爱也不应该崇拜的。而它的反面，也就是谎言，我们就更不应该爱或者崇拜了。

我很可以爱全然的幽晦。但是如果上帝把我约束在一种半幽晦的状态，那么其中所有的那一点幽晦都会使我不愉快。

并且因为我在其中看不到通体都幽晦不明的那种便利，所以它使我不愉快。这是一个错误，并且是我把自己弄成脱离了上帝秩序的一个幽晦不明的偶像的一种标志。我们必须只崇拜他的秩序。

358.

病弱者乃是虽认识真理但却仅以其自己利益所涉及的范围为限才拥护真理的那种人。如果超出此外，他们便放弃了真理。

359.

世界的存在乃是为了要实现仁慈与审判，并不像人类是出于上帝之手而生存在世上，反倒像人类是上帝的敌人。上帝由于神恩而赐给人类足够的光明复归于上帝（如果他们想要寻求他并追随他的话），但是也可以惩

罚他们（如果他们拒绝寻求他并追随他的话）。

360.

这种宗教在奇迹、圣者、无可指责的信徒，学者和伟大人物见证，殉道者，确立的王（大卫），流血的君主以赛亚各个方面，都是那样伟大；在显示了其全部的奇迹与其全部的智慧之后，在知识方面是那样伟大；而它却否定了这一切，并且宣称它既没有智慧也没有标志，而只有十字架和愚蠢。

由于这类标志和这种智慧而值得你信仰并曾向你证明了他们特性的那些人在向你宣称，这一切之中并没有任何东西能够改变我们并可以使我们认识上帝与热爱上帝，除非是靠那种既没有智慧又没有标志的十字架的愚蠢的德行，而绝不是靠没有这种德行的那些标志。因此，我们的宗教就其有效的原因来看，是愚蠢的，而就其为此做准备的智慧来看，则是智慧的。

七 永存性

361.

论基督宗教并不是独一无二的。这远不能成为使人相信它不是真正的宗教的原因，相反地这正使人看出它就是真正的宗教。

362.

各种宗教都得真诚：真异教徒，真犹太人，真基督徒。

363.

违反中国的历史。墨西哥的历史学家论五个太阳，其中最后的一个才只有八百年。

是一个民族所接受的一部书还是造就出一个民族的一部书两者之间的

不同。

364.

穆罕默德而没有权威。那时他的道理既然只有欺骗本身的力量，就必须是非常之强而有力的。

那时候，他会说什么呢？是说我们必须信仰他吗？

365.

《诗篇》为全大地所咏唱。

谁给穆罕默德作了见证呢？只有他自己。耶稣基督却要求他自己的见证应该当做没有。

见证的性质就使得它们必须是永远存在而且到处存在的。但可怜的是，他是孤独的。

366.

反穆罕默德——古兰经属于穆罕默德并不甚于福音书属于圣马太，因为福音书曾一个世纪又一个世纪地被许多作家所引征，甚至它的敌人赛尔苏斯和蒲尔斐利也从不曾否认过它。

古兰经说圣马太是个好人。因而，穆罕默德就是个假先知，因为要么他就是把好人称作坏人，要么他就是始终不赞同他们所说耶稣基督的那些话。

367.

我要求人们判断穆罕默德，并不是根据他里面幽晦难明的而我们可以视之为一种神秘意义的东西，而是根据其中清楚明白的东西，根据他的天堂以及其他东西。正是在这上面，他是荒唐可笑的。正是有鉴于他的明白确切之点都是荒唐可笑的，才把他的幽晦当做是神秘，就是不公正的了。

圣书却不是这样。我要说其中有些幽晦难明，也像穆罕默德的东西是一样地兀突可怪。然而其中却有令人惊叹的明确性以及已经明显昭彰被成

就了的预言。因此双方的情形并不相等。我们绝不可混为一谈,并把仅是由于幽晦但不是由于明白确切而相似的东西,等同于值得我们去敬仰其幽晦的那种东西。

368.

耶稣基督与穆罕默德之间的不同:穆罕默德并没有被预告过;耶稣基督却被预告过。

穆罕默德在杀戮;耶稣基督却使他自身被杀戮。

穆罕默德禁止人读书;使徒却命令人读书。

最后,他们是那样地相反,以至于假如穆罕默德采取的是人世上成功的道路,那么耶稣基督采取的便是人世上败亡的道路。而且我们不能得出结论说,既然穆罕默德是成功的,所以耶稣基督也就更是成功;反之却必须说,既然穆罕默德是成功的,所以耶稣基督就应该败亡。

369.

人人都能做穆罕默德做过的事,因为他并没有做出什么奇迹,他根本没有被预告过;但没有人能做出耶稣基督做过的事。

370.

异教徒的宗教是没有基础的在今天。据说根据已传过的神谕,它曾一度是有基础的。然而向我们肯定这一点的,又都是些什么书籍呢?以及它们的作者的德行,它们值得信仰么?它们是否被保存得很谨慎,以致我们可以保证其中绝没有被窜改过?穆罕默德的宗教以古兰经和穆罕默德为基础。然而这位应该成为全世界最后的希望的先知曾经被预告过吗?他具备什么别人都没有的标志,可以自称为先知呢?他说他自己创造过什么奇迹吗?纵使按照他自己的传说,他曾教导过什么神秘吗?他提出过什么道德和带来什么福祉吗?

犹太人的宗教在圣书的传说里与在这个民族的传说里,是应该分别看待的。在这个民族的传说里,它的道德与福祉是荒唐可笑的;然而在圣书的传说里,却是可赞美的。

而一切宗教都是这样，因为基督教在圣书里与在决疑论者那里，也是大为不同的。它的基础是可赞美的，那是世界上最古老的书籍又是最有权威的书籍。穆罕默德为了使自己的书籍存在而禁止人阅读它，而摩西为了使自己的书籍存在，却命令所有的人都阅读它。

我们的宗教是那样神圣，以致另一种神圣的宗教只不过是它的基础而已。

371.

每种宗教里都有两种人。在异教徒之中，有禽兽的崇拜者，又有自然宗教里对独一无二的上帝的崇拜者；在犹太人之中，有肉欲的人，也有注重精神的人，后者是古代法律里的基督徒。在基督徒之中也有庸俗的人，他们是近代法律里的犹太人。肉欲的犹太人期待着一个肉欲的弥赛亚；庸俗的基督徒相信弥赛亚解除了他们对上帝的爱；真正的犹太教徒与真正的基督教徒则都崇拜一个使他们热爱上帝的弥赛亚。

372.

国家是会灭亡的，假如不经常使法律屈从于需要的话。

然而宗教却从不曾遭遇过这种事，也不曾采用过这种办法。因此，就必然是有这类的协调或者奇迹了。人们通过屈从得以自保，这是不足为奇的，严格说来，这也不是维护自己，何况他们还终归都要灭亡，绝没有谁会延续上千秋万代。然而那种宗教却可以永世长存而且坚强不屈，这才是神圣的呢。

373.

不管怎么说。我们不能不承认基督宗教有着某种令人惊异的东西。有人会说："那是因为你是生于其中。"远非如此，我正是由于这种缘故而在极力抗拒它，生怕这种偏见会诱惑我。然而尽管我生于其中，我仍然不能不发现它就是那样。

374.

永存性——弥赛亚始终都为人所信仰。亚当的传说在挪亚和摩西那个时代还是新鲜的。此后的先知则在不断地预言着别的事情时预言了他。这些时时出现在人们眼前的事件就表明了他们使命的真理,并且因此也就表明了他们有关弥赛亚的诺言的真理。耶稣基督创造过奇迹,使徒们也创造过奇迹,他们皈化了所有的异教徒。所有的预言既都由此而完成,所以弥赛亚也就得到了永远的证明。

375.

永存性——让我们考虑,自从世界开始以来就不断地存在着对弥赛亚的期待与崇拜,并且我们还发现有人说过,上帝曾向他们启示,会有一个救主降生来拯救他的人民,而且随后又来了亚伯拉罕说他得到过启示,弥赛亚将从他所生的儿子当中诞生。而且雅各又宣布在他的十二个孩子之中,弥赛亚将从犹大而诞生。而且随后摩西和先知又宣布了弥赛亚来临的时间和方式,而且他们说,他们所有的法律只不过是在等待着弥赛亚的法律,并且他们的法律延续至此将结束,但另一种法律则会永恒地继续下去。而且因此他们的法律,或者说他们的法律只不过成为允诺的弥赛亚的法律,就会永远存在于大地上。而且事实上它是亘古长存的,而且最后耶稣基督就在这一切被预言了的境况之中来临了。这真是值得赞美的。

376.

这是事实。正当所有的哲学家分裂为不同的派别时,人们却发现在世界的一隅有着世界上最古老的种族在宣称举世都是错误的,宣称上帝向他们启示了真理,宣称它将永远存在于大地上。事实上,所有其他的派别都不复存在了,唯有这种宗教四千年来却始终长存。

他们宣称:从他们的祖先起,就认为人类是从与上帝相通之中堕落下来的,完全脱离了上帝,但上帝却曾允诺救赎他们。而且这种学说会永远存在于大地上。他们的法律也有着两重意义。而且在一千六百年之间他们有过他们信为先知的人,向他们预言过时间和方式,而且四百年之后他们到处散布开来，因为耶稣基督是要到处都得到宣告的。而且耶稣基督就以被预言了的方式和时间来到了。从此之后犹太人就散布到各处，受人咒诅，但却仍然存在。

377.

我看到基督宗教建立在一种先行的宗教之上，这就是我所发现的事实。

我在这里不谈摩西的、耶稣基督的以及使徒们的奇迹，因为它们乍看起来好像不能令人信服，也因为我只想在这里提出成为这种基督宗教确凿无疑的而又不可能被人怀疑的全部基础来作为证据。确凿无疑的是，我们在世界上许多地方都看到有一个特殊的民族与世界上所有其他的民族分别开来，它就叫作犹太民族。

我又看到在世界上许多地方并且在一切时代里都有大量的宗教，然而它们既没有使我悦服的道德，也没有可以使我心折的证明。因此，我要同等地拒绝穆罕默德的宗教和中国的宗教，以及古代罗马人的宗教和埃及人的宗教，所依据的唯一理由就是它们相互比起来都既不具备更多真理的标志，也没有任何可以必然决定我的东西，所以理智就不可能倾向于某一种更甚于另一种。

然而，这样在考虑各个不同时代里的风尚与信仰之间这种变异无常的多样性时，我却发现在世界的一隅有一个特殊的民族，他们与大地上一切其他的民族分别开来，而且是一切民族中最古老的，他们的历史要比我们最古老的历史还要早许多世纪。

于是我发现了那个源于一个人但现在伟大而人数众多的民族，他们崇奉唯一的上帝，他们说是根据得之于上帝之手的法律而行事。他们坚持认为他们是世界上唯一有人受到上帝启示过的民族。全人类都腐化了并蒙受上帝的羞辱，他们完全委身听任自己的感官和自己精神的摆布。

由此在人类中间便产生了的种种宗教上以及习俗上的稀奇古怪的错误与连绵不断的变化，而同时他们在自己的行为中却屹然不动。但是上帝不会永恒地让其他的民族处于这种黑暗之中的。有一个全人类的解放者将要到来，他们在世上就是为了要向人们宣告他。而且他们被造就显然就是为

了要做这一伟大事件的先驱者和传令官，并召唤所有的民族与他们结合起来一道期待着这位解放者。

遇到这个民族真是使我惊异，并且看来也值得我注意。我考虑那种他们自诩为得之于上帝的法律，而我发见它是可赞美的。它是一切法律中最先的法律，甚至还早在希腊人使用法律这个名词之前差不多一千年，他们就已经毫不间断地接受并遵守法律了。我还觉得奇异的是，这种世界上最原始的法律恰好又是最完美的法律，以至最伟大的立法者们也都借鉴他们的法律，如后来为罗马人所采用的雅典十二铜表法就是例子，并且假如约瑟夫不曾和别人充分讨论过这个题目的话，它也会很容易被别人证明的。

378.

犹太民族的优异——在这一探讨中，犹太民族首先就以他们所呈现的大量可赞美的和独特的事物吸引了我的注意。

我首先就看到它是一个完全由兄弟所组成的民族，而其他一切民族都是由无数家庭集合而形成的。这个民族尽管是繁庶得那么可惊，却完全源于一个人，并且既然是这样都属于同一个血胤，人人互相都是彼此的肢体，所以他们就构成了一个强大有力的、独自一家的国家。这一点是独特无双的。

这个家庭或者说这个民族，乃是人类知识领域中最古老的一个。我觉得这就使它引起人的特别敬意，而尤其是在我们所进行的这一探讨中。因为假如在一切时代里上帝曾与人相通的话，那么就一定要和他们才能求得有关这一传统的知识。

这个民族不仅是以其古老性而赢得重视，在其悠久性方面也是独一无二的，他们自肇始以来一直延续到现今。因为希腊的和意大利的、拉西第蒙的、雅典的、罗马的各民族以及其他姗姗来迟的民族都早已经消灭了，而唯有这个民族始终生存着。并且尽管有过那么多强大的国王曾经几百次地力图把他们消灭，（正如他们的历史学家们所见证的，又正如在如此漫长的一大段年代里根据事物的自然秩序是很容易推断的）然而他们却始终得以保全（而这种保全是被预言过的）。从他们最初的时代一直延续到最近的那部历史，在其历程之中就包含了我们全部的历史，而他们的历史又统治着这个民族的法律既是世界上最古老的法律，又是最完美的并且也是唯一在一个国家里不断被维护着的。这是约瑟夫在《驳阿皮安书》中赞美地指明了的，也是犹太人费罗在许多地方证明了的，他们使人看它是那么的古老，乃至法律这个名词本身也还是一千多年之后才为最古老的民族所知悉的。故而那位曾经写过那么多国家的历史的荷马就不曾使用过这个名词。它那完美性是只需要读一遍就很容易判断的，我们从那里面可以看出它对一切事物都是如此备极智慧、公道、精审，以致对此略有所知的希腊和罗马的最古老的立法者们也都从其中借取而完善他们的主要法律。这从他们所称之为十二铜表法的法律以及约瑟夫所提出的其他证明中就可以看到。

然而同时这种法律就其宗教的崇拜而言，又是一切法律中最严峻和最酷烈的。为了约束这个民族做到他们的义务，它便对他们加以千百条特殊的而又痛苦的和处之以极刑的规定，从而它竟在那么多的世纪里如此一贯地被一个像犹太人那样叛逆不安的民族所保存下来，而同时其余的所有国家却时时都在改变着自己的法律，尽管它们全都要简便得多。这真是一件足以令人惊异不止的事。

包含着一切法律中最原始的法律的那部书，其本身便是世界上最古老的书，荷马的、赫西俄德的以及其他人的书，都是六七百年以后的事。

379.

创世纪和洪水既已成为过去，上帝既不再要毁灭全世界、重新创造世界，也不再要做出他自己这些伟大的标志。

于是他就着手在地上建立一个故意造就的民族，这个民族要一直持续到弥赛亚以其圣灵造就的那个民族灭亡为止。

380.

创世纪已经开始远去了，于是上帝提供了一位当时独一无二的历史学家，并委任整个民族作为这部书的守护者，为的是让这部历史成为世界上最有权威的历史，并让一切人都能从那里面学得如此有必要知道的并且只

有从那里面才能知道的一件事。

381.

摩西为什么要把人的生命弄得那么长,而把他们的世代弄得那么少?

因为使得事物幽晦难明的,并不是年代的悠久而是世代的繁多。因为真理是由于人的变更才改变的。然而同时他却把所可能想象的最值得纪念的两件事,即创世纪和洪水,安放得那么近,竟至我们可以触及它们。

382.

闪见过拉麦,拉麦见过亚当也见过雅各,雅各见过那些曾经见过摩西的人。因而洪水和创世纪都是真的。这一点在某些很好地理解了它的人那里乃是定论。

383.

祖先生命的悠久并没有使过去事物的历史消灭,反而有助于保存它们。因为使得人们有时候没有充分学习好自己祖先的历史的,就是人们几乎从不曾和自己的祖先生活在一起,并由于在人们在达能思考的年龄时祖先们往往已经死去了。可是,当人们活得如此悠久的时候,子孙们就可以长时期和他们的父母生活在一起了。他们可以长时期和父母交谈。但是除了他们祖先的历史外,他们又能交谈些什么呢?因为一切历史都被归结到这上面来,而且他们并不研究占据了今天大部分日常生活谈话的种种科学与艺术。

我们还可以看到,当时各个民族都是小心翼翼在保存他们的谱牒的。

384.

我相信约书亚是上帝的人民中第一个有那个名字的,正如耶稣基督是上帝的人民中没一个有那个名字的。

385.

犹太人的古老性——一部书和另一部书有着怎样的不同?我并不惊奇

希腊人写过《伊利亚特》①,也不惊奇埃及人和中国人写过他们的历史。

我们只需看一下这一点是怎样产生的。这种杜撰的历史学家们并不是他们所写的那些事情的那个时代的人。荷马写了一部传奇,他如是叙述,它也如是为人所接受,因为没有人怀疑特洛伊和阿伽门农也像金苹果一样是并不存在的。他也并没有想写成一部历史,而仅仅是一种消遣罢了。他是当时唯一写作的人,但这部作品之美却使得事情流传下来。人人都读它并且人人都谈它;人人都需知道它,人人都会背诵它。

四百年以后,这些事情的见证人已经不在世,再没有人以自己的经历知道它究竟是神话还是历史了。人们只是从他们的祖先那里学到它,于是它就可能被当成是真的了。

凡不是同时代的历史书,如西倍尔和特利斯美吉斯特的书以及其他许多为世人信任的书籍,都是假的,并且在以后的时间里被人发现是假的。但同时代的作家却不是如此。

一部由一个人所著并公之于全民族的书籍与一部其本身便造就出一个民族的书籍,两者之间是大为不同的。我们无法怀疑这部书不像这个民族一样古老。

386.

犹太人的真诚——他们满怀热爱与忠诚保存下来了一部书,在这部书里摩西宣布他们终生都是对上帝忘恩负义的,他还知道在他死后他们会更加猖狂。然而他召唤天和地作为反对他们的见证,他所教给他们的是足够了。

他宣布上帝会对他们恼怒,终将把他们分散到大地上的其他民族中间去。既然他们由于崇拜根本不是上帝的那些神祇而激恼了上帝,上帝也就同样地称他们为一个根本就不是他的子民的民族来激怒他们,并愿意让他全部的话都能永恒地保存下来,并且他的书籍也能置于约柜之中,以便永远作为反对他们的证据。

---

① 《伊利亚特》是古希腊诗人荷马的叙事史诗,是重要的古希腊文学作品,与《奥德赛》同为西方的经典。

《以赛亚书》也说过同样的话,见第30章。

387.

当尼布甲尼撒由于害怕人民会相信要取消犹大的王笏因而迁走时,他事先向他们说,他们在这里将是短期的,并且他们将得到恢复。

他们始终受到先知们的安慰,他们的列王也在继续。然而第二次的毁灭却没有关于恢复的诺言,没有先知,没有列王,没有安慰,没有希望。因为王笏是永远被取消了。

388.

看到这个犹太民族在此后那么悠久的岁月中一直生存着,又看到他们始终是悲惨的,那真是一场惊心动魄而特别值得瞩目的事。无论是他们一直生存着以便证明耶稣基督,还是他们因为曾把他钉死在十字架上而沦于悲惨,这两者都是必要的。而且,尽管生活悲惨与继续生存这两者是相反的,但他们却不管自己的可悲而继续生存着。